続・カンヴァスの向こう側

リディアとトラの謎

フィン・セッテホルム
枇谷玲子 訳

評論社

リディアは自分に備《そな》わった特別な能力《のうりょく》のせいで、奇想天外《きそうてんがい》なタイムスリップの旅に出ることになった。その時のことは、一巻《かん》の『カンヴァスの向こう側——少女が見た素顔《すがお》の画家たち』に書かれている。

旅から戻《もど》ったリディアは、その体験を家族や友だちに話したが、だれ一人信じてくれなかった。それどころか、夢《ゆめ》でも見ていたのだろうと言われたり、うそつき呼《よ》ばわりされたり。それでリディアは何もかも忘《わす》れ、冒険《ぼうけん》などなかったことにしよう、普通《ふつう》の子に戻ろうと心に決めた。

けれど物事というのは、必ずしも思い通りにいかないものだ。リディアが特別な子だと知っている人物が、あることを思いついた。リディアが巻《ま》きこまれることになる計画を……。

目次

第六章　アルバート・アインシュタイン　217

続・カンヴァスの向こう側

リディアとトラの謎

時は迷宮《めいきゅう》

――J・L・ボルヘス（アルゼンチンの作家）

同じ川に二度踏《ふ》み入ることは出来ない

――ヘラクレイトス（ギリシャの哲学者《てつがくしゃ》）

プロローグ

ドアが開き、そっと何かが部屋に入ってきた。床《ゆか》に耳をつけでもしないと聞こえないほどのしのび足だ。大きな足が床をこすりながら、そろりそろりとベッドに近づく。その巨大《きょだい》な動物はベッド際《ぎわ》に着くと、のどの奥《おく》で低くうなった。ベッドの上では、一人の女の子が眠《ねむ》っている。

一瞬後《いっしゅんご》、雲の陰《かげ》から顔を出した月が青い光を部屋に投げかけたが、そこには怪《あや》しいものの姿《すがた》はなかった。古新聞も、ジュースの空き瓶《びん》も、紙も、机《つくえ》も、本棚《ほんだな》も、黄色いシェードのランプも、脱《ぬ》いだ服がかかったいすも、いつも通り。窓《まど》のすき間から入る風がカーテンをゆらし、獣《けもの》のにおいを消し去った。

思いがけない提案《ていあん》

「またお腹《なか》が痛《いた》いのかい？」

部屋の外からお父さんの声がする。いらいらしてる感じだ。リディアは返事をしないで、耳元まで毛布《もうふ》をかぶった。今日はいつも以上に退屈《たいくつ》で憂鬱《ゆううつ》な一日になりそうだ。「低い雲に頭がつっかえそうな日」リディアは随分《ずいぶん》前に、お父さんとお母さんにそう言ったことがあった。二人は笑って、「上手《うま》いことを言うね。暗い気持ちにぴったりの言葉《ことば》だ」と言っていた。

リディアは、早く大人になりたいと思っていた。大人になれば自分で自分のことを決められるし、大人ならしてもいいことがたくさんあるから、さぞかし楽しいだろう。でも不思議なことに、大人は楽しそうではない。毎日毎日、朝になれば仕事に行き、夕方家に帰って口にする言葉といえば、「疲《つか》れた」やら、「ストレスがたまった」やら、「あれをやらなくちゃ」、「これをやらなくちゃ」。リディアが話しかけても、上《うわ》の空《そら》だ。

ところが最近リディアにも、やらなくてはいけないことが増《ふ》えてきた。その朝のリディアは、大人どころかもっと小さいころに戻《もど》りたいと思った。

「もう、嫌《いや》になっちゃう」

リディアはベッドの上に寝転《ねころ》がったままつぶやいた。小さいころは何もかも、もっと単純《たんじゅん》だった。それに学校にも行かなくてよかった。ドアの向こうには、お母さんも来ているらしい。ひそひそ声が聞こえる。

「痛いようなら、休ませましょうよ」

するとお父さんが言った。

「学校に行きたくないから、言ってるんだろう？　だいたいあの子は休み過《す》ぎだよ。授業《じゅぎょう》についていけなくなるぞ」

「でも、つらそうよ」

「ああ、そうだな。だが、病気ではない。お義父《とう》さんに診《み》てもらっても、悪いところはなかったじゃないか。まあ、お義父さんの診断《しんだん》だから、あてにはならないけど」

「やめて」リディアのお母さんが言った。「お父さんのせいにしないでよ」

おじいちゃんはお医者さんで、リディアの唯一《ゆいいつ》の理解者《りかいしゃ》だ。診察してもらった時、朝起きがけや学校で、急にお腹が痛くなるというリディアの訴《うった》えを聞いて、おじいちゃんは、うなずいてくれた。

「リディア、少し環境《かんきょう》を変えたほうがいいかもしれないな」おじいちゃんが真剣《しんけん》な顔つきで言った。「例えばしばらく旅に出るとか」

おじいちゃんは額《ひたい》にしわを寄《よ》せ、青いひとみでリディアをじっと見て聞いた。

「そういえば、このごろ絵は描《か》いているかい？」

リディアは首を横に振《ふ》った。

リディアはこのところ絵を描いていなかった。理由は自分でもわからない。リディアが絵を描くのが好きで、いつもスケッチブックとペンを持ち歩いているのは、周りのだれもが知っていた。学校でもみんなから、「どうやったらそんなに上手く描けるの？」「なんで私《わたし》たちには描けないんだろう？」などと、答えようのない質問《しつもん》をもらうほどだった。

でもこのごろは、美術《びじゅつ》の授業以外絵を描かないし、でき上がるのは退屈な絵ばかり。美術の先生は何も言わなかったけれど、見るからにがっかりしていた。最近のリディアの絵は上手《じょうず》に描けてはいたけれど、何かが足りない。それは、先生以上に本人が実感していた。ペンを握《にぎ》る手から魂《たましい》がぬけたようで、単調で退屈な絵にしかならないのだ。

家でも何も描かなかった。スケッチブックとペンは、もう何週間も机《つくえ》の引き出しにしまいっ放しだ。時々引き出しを開けることはあっても、引き出しから出すことも、線を引くこともなかった。リディアは手を見て考えた。どうしてこの手は、絵を描きたがらなくなったんだろう？

けれど、頭のどこかでは、あの公園のベンチと関係があるとわかっていた。公園の木と草むらに隠《かく》れたそのベンチを気に留《と》める人は、リディアしかいないようだった。学校からの帰り道、スケッチブックとペンを持って、いつもそのベンチに座《すわ》っていた。そこなら一人で絵を描くことができたから。

全てが始まったのは――不思議な出来事が起きたのは、あのベンチからだ。鳥少年との出会いもあそこ。リディアは、地球上のだれもしたことがない経験《けいけん》をしたのに、地球上のだれにも真実を告げられずにいる。おじいちゃん以外、だれも信じてくれないだろうから。

タイムトラベルから帰った直後は、お母さんからもお父さんからも、あれこれ聞かれた。両親の勧《すす》めでカウンセリングを受けることにした心理療法士《りょうほうし》のマリアからも質問責《しつもんぜ》めにされた。それで、何があったかをそのまま話し始めたけれど、そのうちに相手の目を見て悟《さと》った。両親もマリアも、リディアの話を空想としか思わないのだ。今度は本当にあったことを話してね、などとも言われた。信じてもらえないなら本当のことを言っても仕方がないと答えると、三人とも困《こま》ったような顔をしたが、そのうちにあきらめて、忘《わす》れることにしたようだ。

秘密《ひみつ》を話せる相手がいないのは寂《さび》しい。親友のリンでさえ、信じてくれなかった。リンに、「そんなことありえない」とか、「あんた、格好《かっこう》つけて変わり者を演《えん》じているんでしょ」とか言われたリディアは、タイムトラベルから持ち帰ったスケッチブックを見せた。そのスケッチブックには、十六世紀に描いた絵もあった。小さなドラゴンやサル、スペインのお姫様《ひめさま》やオウムの絵やその他のあらゆる絵。スケッチブックを見せるのは、リディアにとって特別なことだった。

リンはちらっと見ただけで言った。

「上手《うま》く描けているけれど、だから何？　この絵が十六世紀に描かれたって、どうしたら信じられる？」

そこでリディアは机の引き出しにしまっていた小包を取り出し、リンの前に突《つ》き出した。

「消印を見て。一九三五年八月十五日、カダケス。これはダリが送ってくれたのよ」

リンは小包をしげしげと見て言った。

「十六世紀じゃないわね。親戚《しんせき》かだれかに送ってもらったんでしょ？　例えば、変わり者のおじいちゃんとかさ」

前からリンは、リディアのおじいちゃんをうらやんでいた。

「変なことばかり言う親友を持つ、こっちの身にもなってよ」

リディアはしばらく黙《だま》っていたが、やがて口を開いた。

「もう、この話はおしまいにしましょう」

それ以来、リンと一緒《いっしょ》にいることもなくなった。リンはアルヴァやカミラと仲よくなり、リディアはひとりぼっちになった。このことがあってからリディアは、タイムトラベルのことは二度と人に話さないと決めた。もちろんおじいちゃんは別だ。そのうち、だんだん全て夢《ゆめ》だったように思えてきた。ついには、自分が本当にタイムスリップしたのかどうかもわからなくなってきて、中国の話を思い出した。

『荘子《そうし》という人が、ある時チョウになった夢を見た。でも目を覚ました時、自分がチョウになった夢をみていたのか、それとも今の自分は、チョウが見ている夢なのかわからなくなった』

リディアは十七世紀のマドリードの城《しろ》に行った時、ディエゴ・ベラスケスにこの話をした。

「もうたくさん」

灰色《はいいろ》の朝日の中、毛布にくるまってあれこれ考えていたリディアは、うんざりしてきた。全てはあの鳥少年のせいだ。私を冒険《ぼうけん》に誘《さそ》い出したのはあの人だ。素晴《すば》らしい体験もできたけれど、やっぱり旅になんか出るんじゃなかった。戻ってきてから、みんなに信じてもらえずに悩《なや》んでいたせいで腹痛《ふくつう》も始まったんだわ。

リディアは決心した。あのことを考えるのはやめよう。何もかも忘れて、なかったことにしよう。あれはただの空想の話だと思えばいい。

その時、部屋のドアが開いた。毛布の下からのぞくと、お父さんだった。平静を装《よそお》っているけれど、心の中では相当いら立っているのがわかった。

「おはようリディア。学校はどうする？　起きて朝ご飯を食べたら、気分がよくなるんじゃないかな？」

「お母さんと話したい」

「もう仕事に行ったよ」

「お母さんは休んでいいって言ったわ」

リディアはできるだけ哀《あわ》れっぽい声を出した。両親相手に言い分が通らない時は、目の前にいないほうがこう言っていたと言うのが一番だと、だいぶ前からわかっていた。この作戦はたいてい上手くいったが、今回は通らなかった。

「お母さんと話して、休まないほうがいいってことになったんだ」お父さんが言った。「起きておいで。紅茶《こうちゃ》とオープンサンドを用意したから。お父さんは少しなら一緒にいられるよ。欠席がだいぶ続いたから、これ以上授業に遅《おく》れるわけにはいかないだろう」

「お腹が痛くて倒《たお》れたら、お父さんのせいだから」

泣きそうな声で言った時には、お父さんはもう部屋を出ていた。

リディアはため息をつくと、ベッドからはい出した。ため息をもう一つつくと、洗面所《せんめんじょ》に行って、冷たい水で乱暴《らんぼう》に顔を洗《あら》った。リディアは思わずつぶやいた。お腹が痛くて死ぬなら、いっそ校舎《こうしゃ》から飛び降《お》りてやろうか。こんな体くたばっちまえ。リディアがそういう過激《かげき》な言葉を使うとお父さんとお母さんは怒《おこ》るけれど、おじいちゃんは違った。

「本当に頭にきた時には、言ったっていいんだ」とおじいちゃんは言う。「でも、流行《はや》りの言葉ではなく、自分なりの言い方を考えてごらん」と。

朝食を食べたら、少し気分がよくなってきた。お父さんが向かいのいすで新聞を読みながら、時々ちらちらリディアを見る。

「どうしても辛《つら》くなったら、早退してもいい?」

リディアがたずねると、お父さんは答えた。

「ああ。だが、先にお父さんに連絡《れんらく》してくれよ。携帯《けいたい》は充電《じゅうでん》してあるね?」

「うん、多分」

お父さんは時計を見て立ち上がった。

「走っていかなくちゃ」とお父さん。「家を出る時、かぎを忘れずにかけるんだぞ」

リディアはうなずくと、玄関《げんかん》のドアが閉《し》まる音を聞いてから、部屋に戻った。リディアの部屋は広い。両親と三人暮《ぐ》らしのこの家の中で、一番大きな部屋だ。三方の壁《かべ》に窓《まど》が一つずつあり、壁はそれぞれ黄色と青、緑、灰色に塗《ぬ》られている。リディアが決めた色だ。床《ゆか》の上の通学かばんから携帯電話を取り出し、充電を確《たし》かめた。メールの着信がある。もしかしてリン? 今日会おうっていうのかな? ずっと話していないから、リンに本当に会いたいかどうかわからないけれど、気分が少し明るくなった。

ところが、リンではなく知らない番号だった。メールの文字を見て、頭がくらっとした。

『リディア、しばらくだね。新しい冒険の旅に出ないか?』

トラよ、トラよ

リディアは携帯《けいたい》の画面を見直した。送信者の名前はない。だれが送ってきたんだろう? あのことについて考えるのはやめようと決めた時に変なメールが届《とど》くなんて、偶然《ぐうぜん》にしてはでき過《す》ぎている。まるで、心の中をのぞかれたみたいだ。次第に怒《いか》りがわいてきた。

やがて、全ての出来事の元凶《げんきょう》となっている人物の姿《すがた》が頭に浮《う》かんだ。本当にあの人だろうか? まあ、だれだろうと、迷惑《めいわく》なメールを送ってくるような人間に興味《きょうみ》はない。リディアはメールを返した。

『私《わたし》に構《かま》わないで』

キッチンの時計は、八時十五分を指していた。おかしなメールのせいで遅刻《ちこく》したくない。リディアは学校に向かって駆《か》け出した。小雨が降《ふ》り始めていて、かっと熱くなったリディアの頭を雨が冷やしてくれる。少ししてリディアは速度をゆるめた。走ることはないわ、どうせ遅刻だもの。

リディアは自転車通学をしていたが、二週間前に自転車はパンクしていた。庭つきの一戸建てや、食料雑貨店《ざっかてん》、運動場といった見慣《みな》れた風景の中を通りぬける。散歩中の初老の夫婦《ふうふ》や、自転車の郵便配達員《ゆうびん》、ベビーカーを押《お》す女の人、大型犬を連れた男の人など、どの人も、通学かばんを持ったこげ茶色の髪《かみ》の少女、リディアに視線《しせん》を向けたが、リディアは見返さなかった。

一時間目が終わると、リディアはまっすぐリンのところに行った。

「今朝メールくれた?」

「何?」

リディアはリンの顔をじっと見た。とぼけているとしたら、上手《うま》過ぎる。

「メールって何?」もう一度リンが、いらいらした声で聞いた。

「もういいわ」

アルヴァとカミラがこっちを見て、何かひそひそ言っている。別に構わない。これ以上考えるのはやめよう。考えたって仕方がない。

その後は問題なく時が過ぎた。美術《びじゅつ》の授業《じゅぎょう》では満足できる絵が描《か》けた。高い塔《とう》の絵で、塔の壁《かべ》には緑のツタと、色とりどりの花が絡《から》まっていた。塔のてっぺんの窓《まど》から外を見ている人の顔も描いた。美術の先生は、その絵を気に入ってくれたものの、こう言った。

「何か考えごとでもしながら描いたの?」

「いいえ」とリディアは答えた。

「以前描いたような絵にはなっていないね、リディア。最近どうしたんだい？　この絵も、まあ上手くは描けているがね」

「ありがとうございます」

リディアは、それ以上何も言えなかった。

学校からの帰り道、ふと思い立ったリディアは、遠回りして公園に寄《よ》ってみた。何か月も行っていない。木々の葉が落ちて、公園は寂《さび》し気《げ》だった。丘《おか》に登る小道でリディアは立ち止まった。茂《しげ》みの先にベンチがあるはずだ。全ての始まりだったあの緑のベンチが。リディアはあれ以来、ここへ来たことがなかった。リディアは立ち止まったまま考えた。どうして来ようなんて思ったのだろう？　やっぱり家に帰ろう。ところが気持ちと反対に、足がベンチに向かっていた。

すると、あのベンチが消えていた。自分の特等席が待っていると思っていたリディアは、がっかりしてあたりを見回した。取り払《はら》ったの？　何てことをしてくれるんだろう！　腹《はら》が立ってならない。あの出来事が終わったとしても、何もかも忘れるのが一番だとしても、ベンチがなくなったことが、なぜか腹立たしい。

その時リディアのかばんの中の携帯が振動《しんどう》した。また、あの番号からメールだ。

『君に選択肢《せんたくし》はない……』

リディアは携帯を茂みに投げつけそうになった。何なの？　即座《そくざ》に返信する。

『だれだかわからないので、消去します』

家に帰ると、英単語の勉強を始めた。リディアは、普通《ふつう》の子になると決意した。昼間は学校で授業を受け、夜には宿題をする自分の姿が頭に浮かぶ。休みの日にはテレビを見たり、スナック菓子《がし》を食べたり、リンたちと町に買い物に行く。同じ年ごろの子たちみたいに。少しも面白くないけれど、人生なんて退屈《たいくつ》なことの繰《く》り返しだもの。リディアは憂鬱《ゆううつ》な気持ちのまま英語の本を持って座《すわ》り、夕闇《ゆうやみ》の舗道《ほどう》を見下ろした。

その時、家の電話が鳴ったが、だれかと話したい気分ではなかったので、ほうっておいた。しばらくして留守番《るすばん》電話の応答音《おうとうおん》が流れたとたん、相手はメッセージを入れずに切った。番号を見ると、おじいちゃんだった。留守電嫌《ぎら》いのおじいちゃんらしい。リディアは子機を持って、リビングのソファに座った。おじいちゃんとなら、話したい。

「リディア、いたのか。お腹《なか》の具合はどうだい？」

おじいちゃんの声はいつも明るい。どうしていつも明るくいられるのだろう？

「なぜ電話したかわかるかい？　お前にプレゼントを用意しているんだ。マジック・ショーだよ」とおじいちゃんは言った。

「え？」

リディアは戸惑《とまど》った。マジックって？　帽子《ぼうし》の中のコインを緑や紫《むらさき》のスカーフに変えるとか、そんなもの？　おじいちゃんはリディアの思いを感じ取ったようだった。

「子どもだましの手品とはわけが違《ちが》う」とおじいちゃんが言った。「このマジシャンは世界的に有名な大スターだよ。生きたトラを一瞬《いっしゅん》で消すんだ。今回のスウェーデン公演《こうえん》のことが新聞にも出ていたが、見てないかい？」

リディアは全然知らなかったけれど、「すごそうだね」とだけ答えた。本当にそう思ったけれど、子どもっぽくはしゃぐのはやめておいたのだ。

「来週の土曜日だ」とおじいちゃんは言った。「お前の都合《つごう》が悪ければ、アンドレアを誘《さそ》うが」

「ううん、行けるわ」リディアはすぐに答えた。「連れてって」

アンドレアというのはリディアのお母さんだ。マジック・ショーの会場は、繁華街《はんかがい》の大きなレストランだそうだ。ショーが始まる前に夕飯を食べよう、とおじいちゃんが言った。

電話の後、気分がよくなってきた。やっと楽しいことが起きそうだ。

お父さんとお母さんが帰ってくると、おじいちゃんからの電話のことを話した。二人はひどくうらやましがった。お父さんは、「そのマジック・ショーの記事を読んだよ。素晴《すば》らしいショーだそうだ。チケットはすごく高いんだぞ」とも言った。

「おじいちゃんは、リディアに甘《あま》いから」とお母さんが言った。「私はそんなショーに連れて行ってもらったことは一度もないわ」

リディアは寝《ね》る前にいつも一日を振《ふ》り返り、一から十で点数をつけることにしていた。今日は出だしは二点、最後は九点。一日全体としては六点。まずまずだ。

その時ふと、妙《みょう》なメールのことを思い出した。もしもあの時、違う返事をしていたら、どうなっていただろう？　今ごろ何かに巻《ま》きこまれているかな？　いつの間にかまた、冒険《ぼうけん》のことを考えている自分が、腹立たしくもある。あれは、ずっと前に見た、ただの夢《ゆめ》。そう自分に言い聞かせて、リディアは目を閉《と》じた。そして、翌朝《よくあさ》カーテンのすき間から、秋の日が顔を照らすまで、ぐっすり眠《ねむ》った。

朝、目が覚《さ》めたリディアは、ベッドから出て携帯を見た。また、メールが来ている。わけがわからない。

『Tyger! Tyger! burning bright
in the forests of the night . . .
（トラよ！　トラよ！　夜の森で
こうこうと燃《も》えるトラよ……）』

何で急に英語なの？　リディアは何度もメールを読み返した。詩だろうか？　それとも、おまじない？『burning bright』と『forests of the night』の意味はわかった。『こうこうと燃える』

と『夜の森』って意味だよね……？　でも『tyger』は？　スウェーデン語だと布《ぬの》、とか織物《おりもの》って意味だけど？　十回も読み返しただろうか、はっと気づくと、急に身体が震《ふる》えだした。『tyger』って『tiger』（トラ）のことだろうか？　夜の森で燃えるトラ？

リディアは決して臆病《おくびょう》ではないが、何か不吉なものを感じた。おじいちゃんのジョークだろうか？　でも、おじいちゃんは携帯を持っていないし、メールを使ったこともないだろう。昨日、トラを消すマジック・ショーに誘われた。そしたら今朝、トラのことを書いたらしいメールが来た。ただの偶然だろうか？　それともどこかでつながっているのだろうか？　だれかに、こっそり監視《かんし》されているような気がする。

影《かげ》

部屋のドアにノックの音がした。

「おはようリディア。お邪魔《じゃま》していい？」

お母さんだった。お母さんは茶色い髪《かみ》を一つにまとめ、ワンピースの上にシナモン色のカーディガンを羽織《はお》っていた。今日は仕事のはずなのに、パーティーにでも行くように念入りにお化粧《けしょう》をしている。リディアの口から「邪魔しないで」という言葉が出かかったが、ぐっとこらえてお母さんに背中《せなか》を向けた。

お母さんは部屋に入ってくると、リディアのベッドに腰《こし》かけた。「お腹《なか》の調子はどう？」とか、「何か心配事があるの？」とか聞こうとしているのだろうと思ったら、その通りだった。リディアは肩《かた》をすくめ、大丈夫《だいじょうぶ》とつぶやく。

「学校はどう？　勉強のことじゃなく、お友だちのことよ。最近リンが遊びにこないわね。喧嘩《けんか》でもした？」

「別に」とリディアは言った。

「学校で、あなたをいじめる子はいない？」

リディアは首を横に振《ふ》った。いつも同じことを聞かれ、同じことを答える。ほうっておいてほしい。お母さんはため息をつくと、ベッドから立ちあがり、ワンピースのしわを伸《の》ばした。

「朝ご飯ができてるわよ。お父さんはもう出かけたわ。今日の放課後、ジーンズを買いに行くって約束だったわね？　買い物の後、パスポートの写真を撮《と》りに行くわよ」

リディアはすっかり忘《わす》れていた。買い物になど行きたくないけれど、今さら断《ことわ》れない。

「四時に商店街で待ち合わせね」

お母さんはリディアのそばに来ると、そっと髪をなでた。お母さんが部屋を出る直前に、リデイアが呼《よ》びかけた。

「ねえお母さん、トラって英語の綴《つづ》りは『tiger』？」

「ええ、そうね」

「『tyger』とは書かないでしょ？」

「そんな言葉《ことば》見たことないわ。どうしてそんなことを聞くの？」

「ちょっと気になっただけ」

しばらくすると玄関《げんかん》のドアが閉《し》まる音がした。リディアは朝食を食べにキッチンに行った。家にだれもいなくて静かなのは素晴《すば》らしい。これで一人で考えることができる。

机《つくえ》の上の携帯《けいたい》を手に取り、トラに関するメールを画面に出す。何か返信するべきだろうか？　リディアは窓《まど》の外の、葉の落ちたリンゴの木をながめながら、コーンフレークとチーズトーストを口に運んだ。どこかで読んだ言葉が頭に浮《う》かぶ。『行き詰《づ》まった時や難《むずか》しい選択《せんたく》を迫《せま》られた時は、何もしないのが一番』つまり様子を見ろということだ。リディアはその言葉に従《したが》うことにした。

そう決めたら、気持ちが落ち着いた。ジュースを飲みながら、テーブルの新聞をめくる。おじいちゃんと行くマジック・ショーの広告が載《の》っている。『ロサンゼルス、ロンドン、パリ……世界の大都市で評判《ひょうばん》のショーが、いよいよスウェーデンに上陸』とある。写真には、大きく開いた口から牙《きば》を見せる二頭のトラと、その隣《となり》に立つ世界的マジシャン、ジョセフ・ホフマンの姿《すがた》が写《うつ》っていた。黒髪に太い眉《まゆ》のホフマンが、写真の中からリディアをまっすぐに見つめているようだ。

その日の学校はさんざんだった。まず、数学の教科書を忘れて叱《しか》られた。休み時間にリンとアルヴァとカミラが、一人ぼっちのリディアのことなどお構《かま》いなしに、笑いながら歩いてきた。こちらをちらりと見るリンの姿が視界《しかい》の端《はし》に見えた時には、悲しみがのど元まで上がってきた。リンとはもう昔のように仲よくなれない。そう思うと、寂《さび》しかった。

リディアは商店街のベンチでお母さんを待ちながら、買い物の袋《ふくろ》や箱を持って行き交う人々をながめていた。ようやくやって来たお母さんは機嫌《きげん》が悪く、お店でも、どのジーンズを買うかで言い合いになった。リディアが欲《ほ》しがる流行《はや》りのデザインのジーンズを、お母さんは気に入らなかったのだ。でも、最後にはお母さんが折れた。

その後、パスポートの写真を撮《と》るために、証明写真機のところに行った。リディアは、自分で撮れるから、近くの薬局で待っていてとお母さんに言った。

リディアは中に入ってカーテンを引いた。顔がちょうどよい高さにくるように、いすを回す。それからお金を入れてボタンを押《お》した。何も起きない。いつもなら写真を撮る時フラッシュが光るはずなのに、機械の調子が悪いのかしら？　急に人の気配を感じて、振り向いた。ばかばかしい。他の人がいたら、一つのいすに二人で座《すわ》るしかないもの。前にリンとやったように……。

再《ふたた》び前を向いたとたん、フラッシュが四回光った。ああ、良かった。リディアは機械の外に出て、写真が出来上がるのを待った。出てきた写真は、目を大きく見開いた自分の顔だった。四枚《まい》ともほとんど同じ表情《ひょうじょう》で、ひどく間ぬけだ。さらによく見ると、リディアの顔の横に黒い影がのぞいているではないか。写真を持つ手が震《ふる》える。リディアは写真をもう一度見た。カメラの調子が悪くて、前に撮った人の写真が重なったのだろうか？　写真の中の影はぼやけているが、顔の下半分の輪郭《りんかく》が見える。これは何かの暗示《あんじ》だろうか？　写真に写った影。おかしなメール。どうして私《わたし》のまわりで不思議なことが起きるんだろう？　私はただ普通《ふつう》に暮《く》らしていたいのに。おじいちゃんはよく、「平穏《へいおん》と休息が訪《おとず》れるのは、墓場《はかば》に入ってからさ」と言う。そう思ったら、急におじいちゃんに会いたくなってきた。おじいちゃんなら説明してくれそうな気がする。

顔を上げると、急ぎ足でこちらに向かってくるお母さんが見えた。陽気に手を振っている。リディアは写真を素早くポケットにしまった。

「上手《うま》く撮れた？」

「ううん……だめ」

リディアは言った。

「え？　どういうこと？　お金は入れたんでしょ？」

「うん、入れたけど写真が出てこないの。この機械、壊《こわ》れているみたい」

何でそんなことを言ったのだろう？　どうしてお母さんに奇妙《きみょう》な影の入った写真を見せたくないのか、自分でもわからない。

お母さんはぷりぷりしている。「世の中、メチャクチャだわ。お金を返してもらわないと」

そう言って、機械に表示してある電話番号をメモした。

「ちゃんとした写真屋さんに行きましょう。今日はもう時間がないから、来週ね」

家への帰り道、機嫌を直したお母さんがあれこれ話している。リディアは新しいジーンズの入った買い物袋を提《さ》げて、何も言わずにお母さんの横を歩いた。買い物から帰り、夕飯を食べ、宿題をし、テレビを観る。どこにでもいる母子だ。でもリディアの心の中は、いつもと違《ちが》っていた。何かが変わってしまった。何が変わったかはわからないけれど、唯一《ゆいいつ》確《たし》かなのは、間もなく何かが起こりそうだということで、自分はその何かから逃《に》げられない運命のようだ。リディアはポケットから写真を取り出して、触《ふ》れてみた。外は暗く、空気も冷たい。雪が降《ふ》りそうだ。

その晩《ばん》リディアはなかなか寝《ね》つけなかった。こんな写真に心をかき乱《みだ》されるとは。リディアは怒《いか》りで飛び起き、かばんから携帯電話を取り出した。トラのメールにもう一度目を走らせると、ベッドに座って返信文を打った。

『あなたはだれですか？　トラ？　意味不明のメールも、写真の影もあなたの仕業《しわざ》？

私は冒険《ぼうけん》旅行になど行きません。おどしには負けないわ』

リディアはすっきりしてベッドにもぐりこんだ。ところが目を閉《と》じる間もなく、携帯電話が振《しん》動《どう》した。着信メールは一言。

『後で会おう』

トラのマジシャン

リディアは新しいジーンズと、よそゆきの黒のタンクトップを着た。今日は特別な日、おじいちゃんとマジック・ショーに行くのだ。いつものようにバスで行くつもりでいたら、おじいちゃんは、「タクシーで迎《むか》えに行くよ」と言うのだ。何てぜいたくなんだろう。

「後で話を聞かせてくれよ」とお父さんに言われた。「お父さんが行ければ、マジックの種ぐらい見破《みやぶ》れるんだが」

「わかったわ」

そう言ったものの、心の中で笑ってしまった。お父さんは時々、自分が何でもできるようなことを言う。リディアも小さいころは、お父さんは万能《ばんのう》だと信じていた。でも今は違《ちが》う。パリやロサンゼルスの観客が熱狂《ねっきょう》したマジックの種を、お父さんが見破れるはずがない。トラを消すには、床板《ゆかいた》が外れるなどの仕かけがあるはずだ。でも、それだけだろうか？　クラクションが聞こえたので、リディアは上着を羽織《はお》り玄関《げんかん》から飛び出した。

家の外ではおじいちゃんがタクシーの横に立ち、リディアのためにドアを開けて、待っていてくれた。リディアはおじいちゃんに思い切り抱《だ》きついた。おじいちゃんはゆったりしたズボンと黒の上着という正装《せいそう》だった。ワインレッドのネクタイを締《し》め、胸《むな》ポケットに白いポケットチーフを入れたおじいちゃんは、古い映画《えいが》に出てくる俳優《はいゆう》さんみたいに気品があった。おじいちゃんに手を取られてタクシーに乗りこむ時、リディアは自分も女優になったような気がした。何ていい気分なんだろう。

タクシーの中でおじいちゃんは、最近のことを、あれこれたずねた。おじいちゃんは聞き上手だ。きっとお医者さんだからだろう。リディアは学校での出来事や、お父さんやお母さんのこと、腹痛《ふくつう》がだいぶおさまってきたことなどを話した。おじいちゃんは、絵のことも聞いた。リディアは「美術《びじゅつ》の授業《じゅぎょう》で描《か》いた絵をほめられたの。先生から返されたら、おじいちゃんにプレゼントするね」と言った。話さなかったのは、例の変なメールと、写真の影《かげ》のことだけだった。言おうとしたけれど、タクシーの運転手に聞かれると思ってやっぱりやめた。ところがあとでリディアは、どうしてあの時おじいちゃんに話さなかったんだろうと後悔《こうかい》することになる。

マジック・ショーの会場となるレストランに着いた時には、外はもう真っ暗になっていた。入り口には行列ができていて、リディアとおじいちゃんはしばらく順番を待った。玄関ホールはドレスアップした人たちでごった返している。リディアと同じ年ごろの子は見当たらないことに気づくと、大人の中に混《ま》じっている自分が誇《ほこ》らしい気持ちになった。やがて制服《せいふく》を着た給仕がリディアとおじいちゃんを、シャンデリアのある部屋の、舞台《ぶたい》のすぐそばのテーブルに案内してくれた。舞台はまだ暗く、青いベルベットの幕《まく》が下ろされている。

おじいちゃんは「何でも好きなものを選びなさい」と言ってくれた。リディアはメニューを見て考えた末、「ラムチョップと豆のサルサ・ソース」を選んだ。するとおじいちゃんは「よさそうだな。わしもそれにしよう」と言った。そして、食後のデザートにクリームブリュレを頼《たの》んだ。しばらく待ってようやく出てきた料理は、リディアには夢《ゆめ》のようにおいしかったが、おじいちゃんは「少し冷《さ》めているな」と一言。デザートはさらにおいしかった。食事を終えると間もなくシャンデリアの灯りが消え、青いベルベットの幕が色とりどりのスポットライトに照らされた。ファンファーレが響《ひび》き司会者の声がするのと同時に幕が上がった。

「みなさまお待たせいたしました。今夜は摩訶不思議《まかふしぎ》な世界に皆さんをお誘《さそ》いしましょう。世界中の観客を魅了《みりょう》するマジシャン、ジョセフ・ホフマンの素晴《すば》らしいマジック・ショーを、ごゆっくりお楽しみください」

やがて銀の縦縞《たてじま》入りの黒いスーツを着たホフマンが、笑みを浮《う》かべて舞台に現《あらわ》れた。しなやかな動きは、まるでネコのようだ。大きなこげ茶色の目で観客を見渡《みわた》した瞬間《しゅんかん》から、人々はマジシャン、ホフマンの虜《とりこ》になっていた。スパンコールの水着を着た若《わか》い女の人が舞台に出てきて、ガラスの鉢《はち》をホフマンに差し出す。ホフマンが手を振《ふ》ると、空っぽだった鉢からバラの花たばが飛び出した。ホフマンがもう一度手を振ると、バラの花たばから白いハトが何羽も現れて天井《てんじょう》へ飛んでいった。次にホフマンが両手を挙げると、ハトが一羽残らず輝《かがや》く赤と緑の光の玉に変わって、ひとしきり部屋を飛び回ったと思うと鉢に戻《もど》った。観客はすっかり魅了された。一つ目のマジックですでにホフマンの不思議な世界を見せつけられたのだ。

「すごいな！」おじいちゃんが思わずもらした小声に、リディアは黙《だま》ってうなずいた。

それは、ほんの序《じょ》の口《くち》だった。次のマジックでは、ホフマンがアシスタントのナターシャと紹介《しょうかい》したスパンコールの女の人の身体が、のこぎりで真っ二つに切られた。ナターシャが入ったままのこぎりで切った箱からカールした髪《かみ》と腕《うで》が見え、少し離《はな》れたもう半分の箱からは脚《あし》が出ている。ホフマンがステッキを振ると煙《けむり》がわきあがり、それが消えた時にはナターシャがぴんぴんして立っていた。さらにホフマンはナターシャの身体を空中に浮かび上がらせた。ホフマンは観客の一人を舞台に上げて、透明《とうめい》な糸や何かがないのを確《たし》かめさせた。観客席からは、世界一のマジック・ショーに大きな拍手《はくしゅ》が惜《お》しみなく送られた。やがて、またファンファーレが響いた。

「みなさま、お楽しみいただいていますでしょうか。それではいよいよ、世界のマジシャン、ホフマンが今夜の最大のマジックをお届《とど》けいたします」と司会者が告げた。
一度消したトラをまた出すそうだ。スポットライトの色が変わると、大きな檻《おり》が運ばれてきた。檻の中から二頭の大きなトラが、鋭《するど》い目つきで観客をにらんでいる。ホフマンは表情《ひょうじょう》も変えずに檻に近づき、手を入れると、トラの頭を軽くたたいた。観客が息を呑《の》む。ホフマンは、檻の底板に何の細工もないことを見せた。次の瞬間、ホフマンがステッキをサッと振り、紫色《むらさきいろ》の煙が出て何かが光ったと思うと、檻の中は空《から》になっていた。会場はシーンと静まり返った。少しして拍手が沸《わ》き起こり、観客の中から歓声《かんせい》があがった。ホフマンが観客のうち二人を舞台に上げたが、二人とも、ちょっぴりおびえているみたいだった。二人は空《から》の檻をのぞいて、トラが隠《かく》れていないのを確かめたが、もちろんどこにも隠れていなかった
拍手が鳴り響く中、ホフマンが深々とおじぎをした。それから再《ふたた》びステッキを手に取り、今度は銀色の煙と光が飛び出したと思うと、檻の中にトラが一頭座《すわ》っていた。再び割《わ》れんばかりの拍手と「ブラボー！」という歓声。しばらくしてホフマンがもう一度ステッキを振ると、期待に満ちた沈黙《ちんもく》が流れた。再び銀色の煙が上がる。だが、煙が消えた時、檻の中のトラは相変わらず一頭だけだった。もう一頭の姿《すがた》はない。やがて幕が下り、スピーカーから重々しい音楽が流れ出した。幕が再び上がったが、舞台の上にいるのはホフマン一人だった。拍手と歓声《かんせい》を浴びて、おじぎをしている。ひきつったような笑顔で、もう一度おじぎをして幕が下りた。

席を立つ観客たちは、口々に言いあっていた。

「もう一頭のトラはどこに行ったんだろう？」、「失敗したのかな」、「これもマジックなの？」

リディアもおじいちゃんに言わずにいられなかった。

「もう一頭のトラ、どうしたんだろうね？」

するとおじいちゃんはこう言って笑った。

「魔法《まほう》で本当に消されたのかもしれないよ」

後にリディアは、その言葉《ことば》を何度も思い出すことになる。

リディアがトイレに行くと言うと、おじいちゃんは「場所はわかるかい？」とたずねた。リディアは返事のかわりにうなずいた。

リディアがテーブルに戻ると、おじいちゃんの姿がなかった。トイレに行ったに違いないと思って座って待ったが、いくら待っても戻ってこなかった。リディアは席を立って玄関ホールへ行ってみた。もうほとんどのお客が帰ったようだ。冷たい風が入って来て、リディアは身震《みぶる》いした。トイレのドアを見たが、だれも出てこない。おじいちゃん、中で眠《ねむ》っているのかしら？　具合が悪くなったのかな？　おじいちゃんはいつも元気で、病気をしたこともない。それでも何かあったのかもしれない。

玄関に、制服姿の警備員《けいびいん》が立っていた。お客さん達に丁寧《ていねい》におじぎをしている。リディアは意を決して話しかけた。

「すみません。おじいちゃんとはぐれてしまったんです。トイレにいないか、見てもらえますか?」

「いいですよ」

警備員は、すぐにトイレに向かった。

やがて戻ってくると、「トイレには、どなたもいませんね」と言った。

リディアはいよいよ心配になってきた。

「先にお帰りか、タクシーをつかまえに行ったのかもしれませんね」警備員が言った。

リディアは首を横に振った。おじいちゃんがリディアを置いて帰るなんてありえない。でも、どこに行ったんだろう? 警備員は、リディアのテーブルの係のウェイターを呼《よ》んで、聞いてくれたが、おじいちゃんの居場所《いばしょ》はわからなかった。もう、会場にはだれもお客さんは残っていなかった。警備員が言った。

「お孫さんと一緒《いっしょ》に来たのを忘《わす》れてしまったかな?」

リディアは警備員をにらんだ。失礼ね!

「お父さんかお母さんに迎えに来てもらったほうが良さそうですね」

三十分後、お父さんが車で迎えに来てくれた。お母さんがおじいちゃんの家に電話をしたが、家にもいないので、仕方なく警察に連絡《れんらく》した。

お父さんはひどく心配して、おじいちゃんの行動がいつもと違っていなかったかどうかと質問《しつもん》責《ぜ》めにしたが、リディアはただ黙って首を横に振ることしか出来なかった。

お母さんが、「今日はお母さん達の部屋で寝《ね》る？」と聞いたが、リディアは「自分のベッドで寝たい」と答えた。

夜中に目を覚ましたリディアははじめ、自分がどこにいるかも、どれぐらいの間寝ていたのかもわからなかった。部屋は闇《やみ》に包まれ、カーテンのすき間から街灯の光が射《さ》している。リディアの目を覚まさせたのは、携帯《けいたい》の音だった。メールの着信が一件《けん》あった。画面の文字が目の前でゆらめく。

『老人は預《あず》かった。言う通りにすれば無事に返す。

ただし他言した場合は二度と会えないだろう。すぐに返信せよ』

川岸の倉庫

川岸に茂《しげ》る藪《やぶ》の向こうに、古い倉庫がある。半ば崩《くず》れ落ちた屋根や割《わ》れたガラス窓《まど》、壊《こわ》れた壁《かべ》に風が吹《ふ》きつける。床《ゆか》には、破《やぶ》れた袋《ふくろ》、さびたバケツ、壊れた工具が散乱《さんらん》していた。普段《ふだん》からめったに人が通らない道だ。まして肌寒《はださむ》い秋の朝に、こんなところに来る人はいない。

リディアが『了解《りょうかい》』と返信すると、即座《そくざ》にこの場所を指定してきたのだ。そこを選んだということは、相手もこのあたりに詳《くわ》しいということだろう。次のメールには『一人で来ること』とも書いてあった。それ以降《いこう》、リディアは一睡《いっすい》もできなかった。

翌日《よくじつ》、警察《けいさつ》が話を聞きに来るというので、リディアは学校を休んだ。仕事を休めないお母さんの代わりにお父さんが午前中家にいることになった。リディアが息ぬきに散歩に出かけるというと、お父さんは心配そうに「大丈夫《だいじょうぶ》か？」と聞いた。一人で外に出したくないのだろう。そこでリディアは、少しの間部屋で一人になりたいと言っていったん部屋に入り、お父さんがだれかと電話で話している隙《すき》に家をぬけ出した。


倉庫の軒下《のきした》の人影《ひとかげ》を見て、すぐにわかった。黒い長いコートを着た細身で猫背《ねこぜ》の男。リディアはこぶしを握《にぎ》りしめて歩み寄《よ》った。

「落ち着けよ」

鳥のクチバシのような鼻、鋭《するど》い目つき。その顔は覚えていたより大人びていた。

「おじいちゃんに何かしたら、ただじゃおかないわよ！」

リディアの剣幕《けんまく》に鳥少年、いや、今や鳥青年は笑った。

「相変わらず威勢《いせい》がいいね。言われた通り一人で来たようだね」

「何でこんなことをするの？」

「君に頼《たの》みがあってね」鳥青年の声が優《やさ》しくなった。

「どうして私《わたし》？　嫌《いや》だって言ったのに」

「その能力《のうりょく》を持つのは、君だけだからさ」

「そんな力、もうないわよ」リディアは答えた。「あったとしても、使いたくないわ」

「でも、おじいさんに会いたいだろう？」鳥青年が静かに言った。「いいかい、おじいさんは無事だよ。少しの間、預《あず》かっているだけさ。説明するから、少し座《すわ》ろう」

リディアは鳥青年の後ろに続いた。倉庫の正面、川があるほうに緑のベンチがあった。公園にあったリディアのベンチだ。鳥青年がベンチに座ると、リディアはできるだけ離《はな》れて座った。

「ベンチをここに移《うつ》したの？」リディアが聞いた。

「ここならだれにも邪魔《じゃま》をされないから」鳥青年が答えた。「さあ、よく聞いて。君には能力が残っているってわかったのさ。それを生かしてほしいんだ」

「また過去《かこ》の世界を旅しろって言うの？」

リディアは、反抗心《はんこうしん》と同時に、好奇心《こうきしん》がふくらむのがわかった。

「そうさ。今回の旅で、君にやってほしいことがあるんだ」

「絵と関係あるの？」リディアはたずねた。「前と同じように」

「ああ。絵を持ち帰ってきてほしいんだ」

「何のために？」リディアはぎょっとして聞き返した。

「金のため」鳥青年は短く言った。「有名になる前の画家から、ただ同然で絵を買うんだ。現代《げんだい》に持ち帰れば、何億スウェーデン・クローネもの値《ね》で売れる」

リディアは鳥青年を見た。

「そんなことに私を利用しようというの？　貧《まず》しい絵描《えか》きの絵を私に安く買わせて、高く売るために、おじいちゃんを監禁《かんきん》したの？　あなたがそんな人だとは思わなかったわ。前は、そんなじゃなかった」

「人間は変わるのさ」彼《かれ》は言った。「過《す》ぎたことを言っても仕方ない。ぼくの認識《にんしき》が正しければ、君は提案《ていあん》に応《おう》じるだろう」

リディアは黙《だま》って座っていた。他に選択肢《せんたくし》がないのはわかっている。鳥青年の罠《わな》に、まんまとはまってしまったのだ。

「絵を何枚《まい》、持って帰ればいいの？」リディアは抑揚《よくよう》のない声で聞いた。「絵を買って帰れば、おじいちゃんを返してくれるっていう保証《ほしょう》はある？」

鳥青年は肩《かた》をすくめた。

「ぼくが欲《ほ》しいのは、絵だけ。絵が手に入ればおじいさんは必要なくなる。最初から言うことを聞いていれば、こんなことにならなかったんだ。そうだ、君にも分け前を半分あげよう」

「いらないわ」リディアはぴしゃりと言った。「そんなお金、受け取るもんですか。どうやって、だれの絵を買えって言うの？　前の時は、もう少しで元の時代に戻《もど》れなくなりそうだったわ。私に行かせないで、自分で行けばいいじゃない」

「質問《しつもん》が多いなあ。ぼくの能力は、もう失われてしまったんだ。でも今回は、旅を助ける道具がある。君のために特別に作ったんだ」

そう言うと、黒いコートから何かを取り出して、リディアに渡《わた》した。小さなきらきらした金属《きんぞく》のついた黒いブレスレットだ。金属は時計の文字盤《もじばん》のようだが、表面には何も書かれていない。

リディアは、いぶかしげに鳥青年を見た。

「腕《うで》にはめてごらん」鳥青年が言った。「それから真ん中を、七回押《お》すんだ」

リディアは言われた通りにした。文字盤がかすかな光を発した。赤い矢印と文字と数が現《あらわ》れる。

「そこに場所と時間を入力する」鳥青年が言った。「設定《せってい》はブレスレットに記憶《きおく》されているから、アイパッドより簡単《かんたん》さ。これを使えば、過去と未来を行き来できる。これがないと戻ってこられないから、なくさないようにね」

「必ず戻れるの？」

「このブレスレットを使ってタイムトラベルできるのは君だけだ。君の能力があれば大丈夫」

「あなたが一人で作ったの？」

「質問が多過ぎるって言ったろ。もう一度だけ言おう。これがあれば大丈夫。初めは、念のため前と同じ方法で試そうか」

鳥青年は立ち上がって倉庫に向かった。

しばらくすると、茶色い紙に包んだ大きな荷物を抱《かか》えて戻ってきた。青年が包みをほどくと、燃《も》えるようにあざやかな赤と黄色で描かれた風景画があらわれた。

「フィンセント・ファン・ゴッホ」青年は言った。「知人から借りたんだ。君に買ってきてほしいのは、ゴッホの絵さ。描いた当時、彼はまだ世間から認《みと》められていなかったんだ。彼の時代に行けば、ただ同然の値段《ねだん》で買える……でも気をつけて。ゴッホは変人だからね。額《がく》から剝《は》がしてカンヴァスだけ丸めて持って帰ればいい。あとこれも持っていたまえ」

鳥青年は小さな革製《かわせい》の箱を差し出した。

「ナイフと当時のお金が入っている。足りない時のために金貨もある。言葉《ことば》が分かるようになる薬も」

キラキラしたその薬を見て、すぐわかった。行先の国の言葉が話せるようになる薬だ。思わずぞくっとした。

「何枚買えばいいの？」リディアが震《ふる》える声でたずねた。

「四枚」鳥青年は答えた。「四枚持ってくれば、おじいさんは返す。約束する」

「あなたとの約束じゃあてにならないわ」リディアはその時、あることを思いついた。

「トラって何？」

鳥青年が鋭くリディアを見た。

「えっ？」

「メールで送ってきたトラの詩」

「ああ、あれね」鳥青年は、ごまかすように言った。

「さっきも言っただろ。質問が多過ぎる。さあ急いで、今から出発だ！」

リディアは川に目をやった。向こう岸に木が見える。晴れ渡った秋の空に雲が流れている。この世界から離れたくない。その時、おじいちゃんの姿《すがた》が頭に浮《う》かんで、リディアの心は固まった。

震える手をゴッホの絵に伸《の》ばし、しっかりとカンヴァスに触《ふ》れた。

第一章　フィンセント・ファン・ゴッホ

（一八五三〜一八九〇年、オランダの画家）

画商や伝道師《でんどうし》をしていたゴッホは、二十七歳《さい》の時に絵を描《か》き始めた。初期の作品には鈍重《どんじゅう》な色彩《しきさい》の作品が多い。モチーフは『馬鈴薯《ばれいしょ》を食べる人達』に描かれているような、貧《まず》しい労働者階級や小作農だった。パリで印象派《は》の画家と交流したことで、明るい色を選ぶようになった。一八八八年、ゴッホはプロバンス地方のアルルに引《ひ》っ越《こ》した。南仏《なんふつ》のあふれるような光に触発《しょくはつ》された彼《かれ》は、ここで『ひまわり』や『夜のカフェテラス』など名作を生み出した。精神《せいしん》の崩壊《ほうかい》と、仕事仲間であるポール・ゴーギャンとの激《はげ》しいいさかいの後、弟テオの勧《すす》めで神経《しんけい》内科に、後にサン・レミの精神病院に入った。精神病院での一年間の入院中、『イトスギのある麦畑』や『星月夜』などの絵を、次々と描いた。ゴッホは精神病院を一人孤独《こどく》に去り一八九〇年七月、自殺した。今日では、現代芸術《げんだいげいじゅつ》の最も重要な先駆者《せんくしゃ》の一人とされている。

海の馬

闇《やみ》に投げ出される直前、リディアは思った。鳥青年の言う通りだわ。普通《ふつう》に戻《もど》りたいと思っていたけれど、私《わたし》にはまだタイムスリップの能力《のうりょく》があるらしい。数秒後、意識《いしき》を失ったリディアは、紫《むらさき》の火花が散る闇の中へ落ちていった。

ほっぺたがくすぐったい。目を開けると、顔のそばで葦《あし》の葉がゆれていた。リディアは立ち上がり、手で日差しを避《さ》けながらあたりをながめた。見渡《みわた》す限《かぎ》り平らな砂地《すなち》が広がっていて、ところどころ草むらがある。遠くに、白い泡《あわ》が立つエメラルド・グリーンの水面が見える。あれは海？　それとも湖？　その時、激《はげ》しい水音と鳴き声を立てて、フラミンゴの群れが空に向かって羽ばたいた。

ここはどこだろう？　どの時代の、どこに行くのか、聞いておけばよかった。説明もなしに私を送り出すなんて、鳥青年は何を考えているのだろう？　聞かなかった私も悪いけれど。どうやってゴッホを探《さが》したらいいのだろう？　リディアは、渡された黒いブレスレットを見た。元の時代に戻る唯一《ゆいいつ》の頼《たの》みだというのに、使い方さえわからない。

リディアは、その場に座《すわ》りこんだ。小さな鳥の群れが鳴きかわしながら飛びまわり、岸辺でアヒルが泳いでいる。少し先に降《お》り立ったピンク色のフラミンゴたちは、岸のほとりであたりを見まわしている。フラミンゴなんて、動物園でしか見たことがないのに。

遠くから何かがたてる轟音《ごうおん》のような足音が響《ひび》いてきた。浅瀬《あさせ》を駆《か》けてくる白い塊《かたまり》のようなものは、何だろう？　何頭もの白馬！　真ん中の白馬には、人間が乗っているように見える。水を蹴《け》立《た》てて走る白馬の身体が太陽の光を浴びて輝《かがや》き、たてがみやしっぽが風になびく。その幻想的《げんそうてき》な光景に、リディアの目は釘《くぎ》づけになった。やがて馬に乗った人が、リディアに気づくと手綱《たづな》を引いた。すると、十頭ほどの白馬の群れがその場で足を止め、息をはずませながら、足で草地をかき始めた。

真ん中の白馬に乗っていたのは、リディアと同じぐらいの少年だった。色あせたシャツと破《やぶ》れたズボン姿《すがた》の少年が、話しかけてきた。歌うような調子だ。リディアはポケットを探《さぐ》って言葉《ことば》がわかる薬を取り出し、口に入れた。すぐに薬が効《き》いてきた。

「今、何て言ったの？」とリディアがたずねた。

「聞こえないのか？　ここで何してるって聞いてるんだ」

「見ればわかるでしょ、座ってただけよ。この白馬たち、とってもきれいね」

「おじさんの馬さ」男の子は答えた。

「全部白馬なのね」とリディアが言った。

少年は肩《かた》をすくめた。

「海の馬は白いよ」

「海の馬って?」

「カマルグ馬は、海の泡から生まれたって言われてるだろ。知らないの?」

ということは、ここはカマルグの湿原《しつげん》らしい。南フランス、確《たし》かアルルの近くだ。

「ゴッホっていう絵描《えか》きさんを知らない?」リディアがたずねた。

男の子は首を横に振《ふ》った。

「ペンキ屋のアルマンなら知ってる。ぼくはアルマンの窓《まど》ふきを手伝っているからね」

「ペンキ屋じゃなくて、画家よ」

「画家は知らないな。でもアルルにはいるらしいよ。そっちへ行ってみれば?」

男の子はリディアをジロジロ見て、白い歯を見せて笑った。

「君はどこの村から来たの?　何で男の子みたいな服を着てるの?」

「そんなことはいいけど、アルルは、どっちの方角?」

男の子は馬の頭の向こうを指差した。

「あっちだよ。でも、歩いていくには遠いな。アルルの方に行くから、乗せてあげるよ」

リディアが立ち上がって近づくと、男の子が腕《うで》を取って自分の後ろに乗せてくれた。

「名前は？」

「リディア。あなたは？」

「ニコラスさ。さあ、しっかりつかまっていて」

リディアはニコラスの腰《こし》に手を回した。ニコラスは馬のわき腹《ばら》を足で蹴《け》った。二人を乗せて、馬はゆっくりと歩き出した。白馬の群れがおとなしくついてくる。

「ほら、ディンマ、もっと速く！」ニコラスはそう叫《さけ》ぶと、馬の首を優《やさ》しくたたいた。

ディンマという白馬が、走り始めた。前のめりになったニコラスにリディアはしがみつき、目をつぶった。馬の動きが身体に伝わってくる。風に髪《かみ》をなびかせ、かぐわしい花の香《かお》りを思いっきり吸《す》いこむ。リディアは幸福感で一杯《いっぱい》になった。馬に乗るのって、何て気持ちいいんだろう！

目を開けると、流れる景色と、浅瀬の波を蹴立てて走る白馬の群れが見える。

やがてニコラスは、白い小さな家の前で馬を止めた。家の陰《かげ》から、大きな黒い犬を連れた男の人が現《あらわ》れた。雨風にきたえられた顔に、満面の笑みを浮《う》かべている。

「恋人《こいびと》ができたのか、ニコラス？」男の人が大声で言った。

リディアの顔が思わずほてる。

「そんなんじゃないよ、おじさん」とニコラスは答えた。「この子はリディア。アルルまで乗せて行くところなんだ。何とかいう画家を探しているんだってさ」

「ゴッホよ」リディアは答えた。

「知らんな」と男の人は答えた。「ジャックに聞くといい。先生だから知っているだろう」

「おじさん、ディンマを少し借りるよ」

ニコラスのおじさんは、うなずいた。ニコラスは馬の群れをおじさんに預《あず》けると、二人が乗るディンマを先に進めた。

やがて、アルルに到着《とうちゃく》した。干《ほ》し草《くさ》や野菜、薪《まき》を積んだ馬車の横を通り過《す》ぎ、一軒《けん》目の家にさしかかると、ニコラスは馬を止めた。

「ここまでしか行けないよ。教会の裏《うら》が先生の家だから、画家のことはそこで聞くんだね。でもどんな用事があるの？」

「ありがとう。また今度話すわ」

「一人で大丈夫《だいじょうぶ》？」

リディアはうなずいた。さようなら、と手を挙げると、ディンマが歩き出した。

「送ってくれてありがとう！」リディアは声を張《は》り上げた。

「また乗せてあげるよ」ニコラスが叫び返した。「もう一度会えたらね」

リディアはニコラスを見送った。また、ひとりぼっちだ。

やがて両脇《わき》に高い木が並《なら》ぶ道に出た。このまま進めば、アルルの町の中心部に着きそうだ。木立の下の売店で、おばあさんが新聞を売っている。リディアは足を止めて新聞を見た。

「買うのかい？」新聞売りのおばあさんの声。「立ち読みはやめとくれ」

新聞の日付は一八八八年になっていた。

目に映《うつ》るものへの感情《かんじょう》

食堂の客たちは、一人で入ってきた少女を見て首をかしげた。緑のセーターにぴったりしたズボンという男みたいな格好《かっこう》をした奇妙《きみょう》な子だ。リディアは、そんな視線《しせん》をものともせずに、パンとチーズとハムを平らげた。食堂から出ると、教会の鐘《かね》が鳴りはじめた。リディアは鐘の音のするほうへ歩き出した。通りかかる家々の前で、玄関《げんかん》に座《すわ》ったおばあさんたちが編《あ》み物《もの》をしている。窓《まど》には洗濯物《せんたくもの》がはためき、路地で小さな子どもがはしゃぎ走り回っている。教会は、小さな広場に面した石造《いしづく》りの建物だった。教会の裏《うら》に回ると、墓地《ぼち》の前で茶色いひげを生やした小太りの男に出会った。リディアはその人に聞くことにした。

「先生の家はどこですか？」

「ああ、私《わたし》のことかな？　何の用？」男はくっくっと笑いながら言った。

「ゴッホという画家を探《さが》しているんです」

「フィンセントなら、このすぐ先に住んでいるよ。画家と言っても、あいつの描《か》く絵はただの落書きに見えるが。あの人には、パリで画商をしている弟でさえ、期待していないそうだ。知り合いかい？」

先生はリディアをジロジロ見た。

「いいえ、絵を見せてもらいに来たんです」

「ほお？　一人で？」

リディアは急いで考えた。怪《あや》しまれないためには、どう言えばいいだろう？

「あとから叔父《おじ》が来ます。先に来て、家を探しておくように言われたので」

「なるほどね。それなら、この墓地の先を左に曲がって、川のほうへ行くんだ。そこにラマルティーヌという公園がある。その公園に入ると黄色い家が見えるはずさ。そこだよ」

「ありがとうございます」

リディアは、それ以上質問《しつもん》されないよう、急いで別れた。

黄色い家のある公園を見つけるのは難《むずか》しくなかった。ドアと雨戸を緑に塗《ぬ》った、こぢんまりした感じのいい家だ。リディアが家に近づくのと同時に、玄関が勢《いきお》いよく開いて、男が一人飛び出してきた。男はリディアの前で立ち止まった。顔が赤い。

「だれだ？」男が大声でわめいた。

「あ、あの、ゴッホさんに会いに来ました」リディアが答えた。

「やめておけ！　今日は特に、いかれてる！」

答えるひまもなく、男は走り去った。次の瞬間《しゅんかん》、玄関のドアが再《ふたた》び開いて、別の男が飛び出してきた。赤いひげに、ぼさぼさ頭。大声で叫《さけ》ぶ声が、あたりにこだまする。

「戻《もど》ってくれ、ポール！　俺《おれ》が悪かった。そんなつもりじゃなかったんだ！　二度と文句をつけないから戻ってきてくれ、お願いだ」

男は階段《かいだん》にしゃがみこんだ。ひどく取《と》り乱《みだ》し、目に涙《なみだ》を浮《う》かべている。リディアは、その場から逃《に》げ出したかったが、何とか思い留《とど》まった。この人がフィンセント・ファン・ゴッホだわ。おじいちゃんの画集で、自画像《じがぞう》を見たことがある。

「お前は何だ？」

ゴッホが目を上げた。暗い青色のひとみが、ひどく悲しそうだ。

「絵を売ってもらいに来ました」リディアは恐《おそ》る恐る言った。

ゴッホは口をあんぐりと開けたが、やがて言った。

「何の悪ふざけだ？　たった今、俺は親友を怒《おこ》らせてしまったところなんだ。ああ、取返しのつかないことをしてしまった。あいつはもう、この家には戻ってこないだろう。俺はどうしようもない落伍者《らくごしゃ》だ。俺の絵を認《みと》めてくれる者など一人もいやしない。もうこれ以上生きていてもしようがない。よりによって、こんな大変な時に冗談《じょうだん》はやめてくれ。だれかの差しがねで、俺をからかいに来たのか?」

「違《ちが》うわ」リディアは答えた。「大変な時にお邪魔《じゃま》してごめんさない。でも、お願いだから、少し落ち着いてください」

ゴッホはしばらく考えていたが、やがて首を振《ふ》りながら立ち上がると、つぶやいた。

「まあ、入るがいい。一人でいると気が変になりそうだ」

小ぢんまりとしたキッチンの隣《となり》に、一回り大きくて明るい部屋があった。床《ゆか》にカーペットを敷《し》き、簡素《かんそ》な木のいすとテーブルを置いた居心地《いごこち》のよさそうな部屋だ。絵の具の缶《かん》と筆が置かれた机《つくえ》と画架《がか》があるからアトリエに使っているようだ。二階に続く狭《せま》い階段が見える。部屋を見回したリディアは、言葉を失った。こんなに絵で一杯になったアトリエは初めて見た。四方のどの壁《かべ》にも何枚《まい》も絵が立てかけてある。画架には、明るい黄色の絵がある。花瓶《かびん》に生けられた数本のヒマワリの絵だ。この絵もおじいちゃんの本にあった。

ゴッホは部屋の真ん中に立って、頭をかいている。

「さてと……何をしに来たと言ったかな?」

「絵を買わせていただきに来ました」リディアはすぐに答えた。「それにしても、ずいぶんたくさん、絵があること」

「ああ。一日中、絵ばかり描いているから。だが買い手がいない。あんた以外は」ゴッホは言うと、小さく笑った。「ひょっとして、大人より子どもの方が私の絵がわかるのだろうか。とすれば、今の時代の人に受け入れられなくても、悔《く》やむことはないかも知れないな」

「そう、その通りですよ」リディアは思わず、『将来《しょうらい》あなたの絵は、数億クローネもの価値《かち》がでますよ』と言いそうになったが、言葉を飲みこんだ。

どの絵を選ぼうか？　その時、ふと思った。将来美術館《びじゅつかん》に収《おさ》められる有名な絵を鳥青年に渡《わた》し、それがだれかに買われたら、歴史が変わることになるではないか？　美術館の絵はどうなってしまうんだろう？　鳥青年はそこまで考えているのだろうか？

リディアは立てひざをついて、積み重ねられた絵をじっくり見た。どの絵も光を帯びて、きらきらと輝《かがや》いている。黄、赤、緑、青といった色が光を投げかけ、まるで光の世界に入りこんだようだ。太陽が輝く景色、道、人——どの絵も豪快《ごうかい》な筆使いで描かれている。

「気に入った絵はあるかい？」ゴッホがたずねた。

「たくさんあり過《す》ぎて選べない」リディアは言葉を選んで言った。「ゴッホさんは、黄色をよく使うのね」

「黄色、ああ、そうさ！」ゴッホの声が急に明るくなった。「パリの景色は暗くて灰色《はいいろ》だった。南のこの地に移《うつ》って、光や太陽の美しさに気が付いたんだ。すると何を描くのも楽しくなった。俺の絵をどう思う？」

「現実《げんじつ》の世界そのままではなく」リディアは慎重《しんちょう》に言った。「……目に映るものへの感情が表されているみたい」

「目に映るものへの感情」ゴッホが叫んだ。「おお、まさにその通り。お前のような子どもから、その言葉《ことば》を聞こうとは思わなかった。お前は何者だ？」

「私はリディアよ」何と答えればいいか分からず、そう言った。

「リディア、お前も絵を描くのか？」

「ええ。でも、しばらく描いていないの」とリディアは答えた。

「ここで描くといい。筆と絵の具だけはいくらでもある。この家で、ポール・ゴーギャンと俺は貧《まず》しい絵描きを集め、全てをわかち合ってきた。共同生活は素晴《すば》らしい考えだと思っていたのに、あの通り、ポールは出て行ってしまった。もう何もかもおしまいさ。それもみな俺のせいだ！」

今にも泣き出しそうなゴッホを見て、何と声をかければよいか分からず、無意識《むいしき》に机の上の色とりどりの毛糸の束《たば》を手にとった。それを見て、ゴッホの表情が輝いた。

「編みものをするのかと思うだろう？　だがそうじゃない。色の組み合わせを見るのに使うんだ」とゴッホは言った。

いいアイディアだ。リディアは鮮《あざ》やかな毛糸を見つめて思った。ゴッホらしい色だ。

「そうだ、ポールを探して謝《あやま》ろう。リディア、お前ここで好きにしていてくれ。絵を描いてもいい。そこにある物は何でも使ってくれ」とゴッホが言った。

リディアが「長い間はいられないの」と言おうとした時には、すでにゴッホは出ていったあとだった。急ぎ足で遠ざかる足音がする。

リディアは床に座っていた。午後の日ざしが窓から注いで、周りの絵を輝かせている。リディアは目を閉《と》じた。選ぶことなどできそうもない。いくらで売ってくれるかも聞けなかった。

しばらくすると立ち上がりスケッチブックと何本かの筆を手に取った。そして、黄色い家の外階段に腰《こし》を下ろして絵を描き始めた。ざらざらとした紙の上を手が勝手に動く。何も考えずにただ描き続けた。

公園の高い木の向こうで太陽が沈《しず》むころ、リディアは描き終えた絵を見つめていた。風にそよぐトウモロコシ畑と、その向こうの空に弧《こ》を描く黒い鳥の群れだ。リディアは家に戻り、ゴッホの絵を四枚選んだ。肖像画《しょうぞうが》が二枚——一枚は女性《じょせい》の絵、もう一枚は麦わら帽子《ぼうし》をかぶった男性の絵。あとは今日通りかかったアルルのカフェの絵と、この黄色い家がある公園の絵。そして、テーブルの上に四百フランと金貨二枚、それと持って行く絵のメモを置いた。自分が描いた絵も置いた。留守《るす》の間に絵を持って行って、怒らなければいいけれど。

リディアは、絵を四枚抱《かか》えて、来た道を戻った。そして公園の出口で立ち止まり、ナイフを使ってカンヴァスを木枠《きわく》からはずすと、絵を丸めて上着の内側に隠《かく》した。空《から》の木枠は、大きなマロニエの木の陰《かげ》に置いた。

絵に描かれたカフェの前を通りかかった時、ついふらふらと入って、カフェオレと、パンを頼《たの》んでいた。これで任務《にんむ》は終了《しゅうりょう》、あとは元の時代に帰るだけだ。ブレスレットに内蔵《ないぞう》された操作《そうさ》方法をチェックしようと思いながら、後回しにしていた。今こそ見なくては。説明を読むと、戻る年月日と場所が表示《ひょうじ》されるよう、あらかじめ設定《せってい》されているようだ。あとは文字盤《もじばん》の真ん中を、七回押《お》せばいい。

リディアは辺りを見回した。カフェのテーブルには男女が座り、笑い、語り合い、ワインを楽しんでいた。この人達は、自分が一八八八年のアルルにいることを知っている。でも、すぐそばにいる少女が、ゴッホの絵を四枚買ってきたことは知らない。しかもその子は二十一世紀から来たのだ。リディアはブレスレットを七回押した。

隣のテーブルの人がちらと見た。子どもが一人でカフェにいるなんて、変ね。少ししてもう一度見ると、女の子の姿《すがた》は消えていた。それからしばらくの間、アルルの村は不思議な女の子の話題で持ちきりだったが、やがて人々の記憶《きおく》から消えてしまった。

　ゴッホは、親友のポール・ゴーギャンを探して町を歩き回ったが、日が落ちても、まだ見つからなかった。町を出たのだろうか。ゴッホは悲しみに沈《しず》んで家路についた。ゴーギャンは戻ってこないだろう。自分はこの先、あの黄色い家で一人ぼっちで暮《く》らさなくてはならない。弟のテオは遠く離《はな》れたパリに住んでいるから、めったに会えない。ゴッホはよく自分が描いた絵のことなどを手紙に書いて、テオに送るが、弟からはあまり返事が来ない。

　月の光が木々を照らす公園を重い足取りで歩きながら、ゴッホは考えた。ネコでも飼《か》うか。木の幹《みき》にツタが絡《から》まっている。ゴーギャンから「君はヒマワリにとりつかれているんだね」と笑われたが、一番好きなのはセイヨウキヅタだ。一度からみついたら、二度と離れないから……。

　草むらでかさかさと音がして、思わずそちらを見た。影《かげ》が動き出し、ゆっくりと草の上を進んでいく。ゴッホは足を止めて闇《やみ》を見つめた。ネコか何かだろうか？　それにしては大きい。ゴッホは身震《みぶる》いした。

「きっと幻影《げんえい》だ」幻影を見るきらいがあると、医者に言われたではないか。

　その時、うなり声が聞こえた。くぐもった声だったが、猛獣《もうじゅう》の声のようだ。ゴッホはこわくなって足を速めた。玄関に滑《すべ》りこみ、かぎをかけたあと、暗闇の中でしばらく息を整えた。

　話しかける人がいたら、「公園にトラがいた」と話したかもしれない。それでも相手は笑って、

「君の頭は、どうかしている」と哀《あわ》れむように言うだけだろう。村の人たちは、自分を見てささやきあっている。

「ゴッホ――あいつは狂《くる》っている」

テーブルのランプをつけたゴッホは、リディアが置いたお金とメモを見つけた。あの奇妙な子のことなど、すっかり忘《わす》れていた。大金だ。あんな子どもが、どうしてこんな大金を持っていたのだろう？　不思議だ。ゴッホの目が、リディアが描いた絵に止まった。トウモロコシ畑と鳥の絵だ。

「これはいい」とゴッホはつぶやいた。「俺の絵に似《に》ている。あの子も幻影だったのだろうか？」

元の時代に戻《もど》る――一歩手前

「ブレスレットの操作《そうさ》、合っていたようね」

闇《やみ》に包まれる瞬間《しゅんかん》、リディアはそう思った。あたりには紫色《むらさきいろ》の閃光《せんこう》が散っている。リディアは目を閉《と》じた。再《ふたた》び開けた時には、鳥青年と会った川岸に横たわっていた。拍子《ひょうし》ぬけするぐらい簡単《かんたん》に戻ってこられた。体が痛《いた》み、頭も重かったけれど、特に問題はない。上着の内側に手を入れると、丸めた画布がある。おじいちゃんを返してもらったら、鳥青年を警察《けいさつ》に突《つ》き出してやる。

リディアは起き上がった。空気がひんやりと冷たい。太陽が空に昇《のぼ》ろうとしている。まず鳥青年にメールして、絵を持って帰ったと伝えようか？　それとも、お父さんとお母さんが心配しているだろうから、いったん家に帰ろうか？　帰ったら、何と言《い》い訳《わけ》をしよう。そういえば、警察が家に来ることになっていた。ゴッホの絵を持っているのを警察に見つかったら、とんでもない騒《さわ》ぎになってしまう。家に持ち帰らず、この辺に隠《かく》せばいい。その後、鳥青年に連絡《れんらく》をして、おじいちゃんを連れてくるように言おう。おじいちゃんを返してもらうまで、絵は渡《わた》さない。

隠し場所を探《さが》すと、幹《みき》の高いところに穴《あな》がある樫《かし》の木をみつけた。リディアは木登りが得意だった。木のこぶに足をかけて登り、穴をのぞいた。何も見えない。丸めた絵を穴に入れながら、穴が深すぎないことを祈《いの》った。ところが木の穴はちょうどいい深さで、腕《うで》を入れれば届《とど》きそうだ。

リディアは満足して、樫の木から飛び降《お》りた。その時、何か様子が違《ちが》うと感じた。川があって、水が流れているけれど、川の向こうに木があっただろうか？　古い倉庫は、リディアの後ろにある。ペンキを塗《ぬ》り替《か》え、窓《まど》も直したようで、見違えるようにきれいになっている。リディアは戸《と》惑《まど》った。私《わたし》がいない間に直したのかしら？　近づくと、倉庫の中で大きな音がしている。窓からそっとのぞくと、大きなストーブで火が燃《も》えていて、すすだらけの顔に革《かわ》のエプロン姿《すがた》の男が、鉄の杭《くい》をハンマーで打っている。

何か変だと思いつつ、家に向かって歩いた。行く手に、見たことのない橋がある。橋のところで女の人が二人、木の桶《おけ》で洗濯物《せんたくもの》をすすいでいた。白い布《ぬの》を頭に巻《ま》き、青のチェックの長いワンピース。リディアの心に疑念《ぎねん》が芽生えた。森の木々がまばらになってきた。そろそろ私の家が見えるはず……。

ところが家はなくて、田畑と草地が広がっているだけだった。ずっと先で、牛が草を食《は》んでいる。リディアはこぼれ落ちる涙《なみだ》を止められなかった。ブレスレットの操作が違ったのか、場所の移動《いどう》はできたが、現代《げんだい》に戻れていない。リディアの家は一九一二年に建てられたと聞いていた。今家があるはずの場所に家はない。つまり、まだ建てられていないのだ。お父さんもお母さんもまだ生まれていない。おじいちゃんさえ生まれていない。

「アルルと同じ、一八八八年にいるんだわ」何もかも鳥青年のせいだ。このブレスレットがちゃんと機能《きのう》しないから。このまま十九世紀の世界で暮《く》らすのだろうか？　白い布に頭を包んで川で洗濯をする自分の姿が思い浮《う》かんだ。

リディアはささいなことでへそを曲げると、両親からよく言われるが、どんなことがあっても、冷静に対処《たいしょ》できる子だとも言われていた。まさに今が、その力を発揮《はっき》する時だ。リディアは岩の上に座《すわ》って考えた。嘆《なげ》いても仕方がない。ブレスレットは上手《うま》く動かなかった。初めの設定《せってい》が違っていたのかもしれない。もう一度やってみよう。十九世紀に留《とど》まりたくなければ、そうするしかない。リディアは急に疲《つか》れを感じた。積み重ねられた干《ほ》し草《くさ》が黄金色に光っている。一番近い干し草に近づくと、中にもぐりこんだ。柔《やわ》らかくて気持ちがいいうえに、外からは見えない。リディアはすぐに眠《ねむ》りに落ちた……。

ホフマンと鳥青年

百二十年後、男が二人、グランドホテルのレストランで、食事をしている。デザートが終わり、食後のコーヒーが運ばれてくるところだ。片方《かたほう》の男がタバコを吸《す》おうとして、サービス係から、ホテル内は禁煙《きんえん》なので外で吸うようにと言われた。男が、「ひとかどの人間が、道端《みちばた》でタバコを吸えるか」と言い返した。もう一人がその男をなだめ、代わりにコニャックを注文した。男は「こんな調子じゃ、じきにコニャックも飲めなくなるさ」とつぶやいた。

「いい加減《かげん》にしてください、ホフマン。仕事の話をしましょう」

ホフマンは一昨日からずっと機嫌《きげん》が悪かった。マジック・ショーは大失敗だった。檻《おり》に戻《もど》るはずのトラが消えたまま、今も見つからない。何が起きたか説明できないことが、彼《かれ》を余計《よけい》にいきり立たせた。

トラはどこに行ったのだろう？　ここまで調教したというのに。あのトラの代わりになるトラなどいない。ホフマンは消えたトラのサマンサに随分《ずいぶん》と手こずらされ、手荒《てあら》な真似《まね》もしてきた。かわいそうだといさめる者もいたが、動物にはだれが主人なのかを教える必要がある。だが今、そのサマンサが消えてしまった。一頭だけでもショーはできるが、残ったアガサも機嫌が悪く、ホフマンに向かってうなり声を上げるのだ。孤独《こどく》なせいかもしれない。

ホフマンはコニャックを口に含《ふく》むと、正面に座《すわ》る鳥青年の顔を見た。鳥青年がリディアに渡《わた》したブレスレットは、二人で作ったものだった。特別な能力《のうりょく》を持つ少女を過去《かこ》に送りこんで、有名になる前の画家の絵を買わせ、大儲《おおもう》けしようと考えたのも二人だった。リディアに言うことを聞かせるために、鳥青年がおじいちゃんの誘拐《ゆうかい》を提案《ていあん》したのだ。

今おじいちゃんは秘密《ひみつ》の場所の、窓《まど》のない部屋に閉《と》じこめてある。ホフマンのアシスタント、ナターシャがその世話を任《まか》されていた。ナターシャは、マジック・ショーのアシスタントをする以外にもトラの面倒《めんどう》を見たり、食事を与《あた》えたりしていた。ホフマンはナターシャに、おじいちゃんと会う時、変装《へんそう》するよう言いつけた。マジック・ショーのアシスタントだと気づかれるとまずいからだ。ところが、ナターシャはこともあろうにリディアのおじいちゃんと気が合うようで、食事を持っていく時、よくおじいちゃんと話しこんでいた。ホフマンはきつく叱《しか》ったが、ナターシャは不満そうだった。

鳥青年はコーヒーを飲みながら、リディアをゴッホの元に送った時のことを話した。もう、戻ってきてもいいころだ。あの子は実に強情《ごうじょう》な娘《むすめ》だが、いったん決めたらやりぬくだろう。

「ブレスレットがきちんと機能していれば、今ごろは帰っているはずだ」ホフマンが言った。

「技術上《ぎじゅつじょう》の問題は、あなたの責任《せきにん》ですからね」鳥青年が言った。

ブレスレット型のタイムマシンの発明は、ホフマンにとっても大仕事だった。時空を超《こ》える理《り》論《ろん》を考えたのは鳥青年だが、実際《じっさい》の装置を作り出したのはホフマンだった。

フロントから新聞をもらってきた鳥青年が飛び上がった。一面に盗難《とうなん》の記事が載《の》っている。新聞によると、世界の四か所からゴッホの絵が同時に消えたそうだ。美術館から二点、収集家《しゅうしゅうか》のもとから二点。一番の謎《なぞ》とされるのは、その鮮《あざ》やかな手口だ。どの現場《げんば》も、窓も割《わ》らず、ドアもこじ開けず、警報《けいほう》装置も作動しない中から、忽然《こつぜん》と絵が消えていた。警察はまだ何も手がかりをつかめていないようだ。消えたゴッホの作品四点の価値《かち》は、合計二十億クローネだそうだ。

「あの娘なら、やるだろうと思ってた！」鳥青年が叫《さけ》んだ。

「静かに！　人に聞かれるぞ」

そう言うホフマンも喜びを隠《かく》しきれない。これから元の所有者に秘《ひそ》かに接触《せっしょく》して、絵の買い戻しを持ちかけるのだ。もちろん警察には内緒《ないしょ》だ。いくら高くても手元に取り戻したいだろうし、他にも欲《ほ》しがる億万長者はいくらでもいる。二人で分ければ十億クローネだが、独《ひと》り占《じ》めだと二十億、とホフマンは考えた。その時、鳥青年もまったく同じことを考えていた。お互《たが》いに、何とかして自分だけが得をしようと企《たくら》んでいたのだ。

「その子が戻ってきたら、連絡《れんらく》が来るのか?」ホフマンがたずねた。

「それは打ち合わせなかったんですが、きっとメールがきます」鳥青年が答えた。

「まぬけが」ホフマンが吐《は》き捨《す》てた。

鳥青年は、自分でも失敗したと思っていた。連絡方法を決めておかなかったのは、まずかった。だが、リディアはおじいさんを取り戻すために、必ず連絡してくるはずだ。もしかしたらもう一回行かせてもいい。有名になる前の画家なら、だれでも安く売るだろう。今度はホフマンぬきでやろうか……。

「そういえば、リディアにトラのことでメールをしましたか?」

「何のために私《わたし》がそんなことをする?」

「いや、ぼくからだと思われたもので。知らない番号から、トラのことでメールがあったらしいです」

「ばかばかしい。では、連絡を待っている」ホフマンはそっけなく言った。

ホフマンは立ち上がりレストランを後にした。鳥青年はタクシー乗り場へ急ぐホフマンを窓ごしに見送った。灰色《はいいろ》の燕尾服《えんびふく》のすそが風にゆれている。あいつ、食事代を払《はら》わずに帰ってしまった。まあ、いいさ。じきに大金が入るのだから……。

洗濯《せんたく》をする女の子

リディアは目を覚ました。干《ほ》し草《くさ》の中で眠《ねむ》ってしまったのだ。背中《せなか》がちくちくする。干し草の山からはい出たリディアの髪《かみ》にも服にも干し草がついていた。リディアはそれを手で払《はら》うと、あたりを見回した。だいぶ日が傾《かたむ》いている。半日近く眠ったのだろうか。空腹《くうふく》も感じた。リディアは、川のほうへと引き返した。キイチゴを見つけて食べると、元気がでた。

リディアは川岸にかがみこんで顔を洗《あら》った。手をお椀《わん》にして、冷たい水を口に運ぶ。魚がはね、穏《おだ》やかな水面に輪が広がっていく。おじいちゃんが、「昔は、海にも川にも魚がわんさといて、網《あみ》でつかまえられた」と話してくれたのを思い出す。おじいちゃん、どうしているだろう。リディアは草地に座《すわ》り、ゆったりと流れる川を見渡《みわた》した。

茂《しげ》みの向こうから声がした。立ち上がると、女の人達が橋のたもとで洗濯物を絞《しぼ》っている。その時、手伝っていたリディアと同じぐらいの年の子が洗濯物を取り落とした。次の瞬間《しゅんかん》、女の一人がその子の横っ面《つら》を殴《なぐ》りつけた。女の子はわっと泣き出した。さらにたたこうというように、女がもう一度手を振《ふ》り上げる。リディアは思わず駆《か》け寄《よ》って、その女に体当たりした。

「やめて！」リディアは叫《さけ》んだ。「かわいそう！」

次の瞬間、ばかなことを言ったことに気づいた。現代《げんだい》とは違《ちが》うんだ。この時代の子どもは、いつもたたかれていたかもしれない。それに、自分も子どもだ。リディアが体当たりした女は、体が大きく、青い目で、ほおにはそばかすがあった。

「余計《よけい》なお世話だ」女の人は言った。「あんたも殴られたいのかい！」

少し年上らしい太った女のほうは、リディアのことなど気にもとめずに、洗濯物を集め始めた。

女の子はまだ、すすりあげながら立っている。やせっぽちで、腕《うで》など棒《ぼう》みたいだ。赤い髪がほうきみたいにつんつんはねていた。女達は洗濯物を持って、立ち去ろうとした。

「落とした洗濯物をさっさと洗い直すんだ、ソーニャ」若《わか》いほうの女が声を張《は》り上げた。「済《す》んだらすぐ帰ってくるんだよ！」

泣き止んだソーニャが不思議そうにこちらを見ているのに気づいて、リディアは笑いかけた。

「あんた、どこから来たの？」ソーニャが聞いた。

「それが、一言では説明できないのよ」リディアは答えた。

「名前は？　何で男の子みたいな格好《かっこう》をしているの？」

リディアは肩《かた》をすくめ、「私《わたし》はリディア」とだけ答えた。

「奥《おく》さんに向かっていくなんて……かわいそうって言ってくれた人は、あんただけよ」ソーニャが言った。

「お父さんとお母さんは？」リディアはたずねた。

「いないわ。孤児《こじ》だもの。孤児院からもらわれて、奥さんのところで働いてるの。ぶたれた耳が痛《いた》いわ」

ソーニャは耳を手で押《お》さえたが、その手はひび割《わ》れて真っ赤だった。リディアはぞっとした。

ソーニャが急に不安そうな表情《ひょうじょう》になった。

「急いで洗わなくちゃ。さもないと、またたたかれる」

「あなたをたたくなんて、許《ゆる》せないわ」リディアはきっぱりと言った。

「また会いたいな」ソーニャが言った。「日曜に、ここで会えない？　もっとおしゃべりがしたい」

「来られるかどうか、わからないわ？」リディアは答えた。

「じゃあ、次の日曜日は？」

「また後で考えましょう」リディアは言った。「行かなくちゃ。ところで今は何年だかわかる？」

「一九〇一年よ。知らないの？」ソーニャは、きょとんとした。

リディアは橋から立ち去り際《ぎわ》に、手を振った。ソーニャも折れそうなほど細い手を挙げ、大きく振っている。二度と会えないというのに、ソーニャのことが好きになり始めていた。

倉庫に戻《もど》ると、ブレスレットを調整し始めた。自分の国には戻ってきたものの、年代が違っていたのだ。今度こそ自分の時代に戻れるよう間違いなく入力した。そして文字盤《もじばん》を六回たたいた。七回目をたたくとき、リディアは祈《いの》った。お願い、家に帰らせて！　その時、ゴッホの絵を木の穴《あな》に隠《かく》したことを思い出した。あの絵がないと、おじいちゃんを助けられない！　リディアはすでに暗闇《くらやみ》に吸《す》いこまれていた。

第二章　ロビンソン・クルーソー

（物語上の人物）

ダニエル・デフォー（一六六〇～一七三一年）の有名な三部作小説の主人公。三部作のうち、もっともよく知られ、子どもたちにも愛読されているのは、一七一九年に発表された第一作の『ロビンソン・クルーソーの生涯《しょうがい》と、奇《く》しくも驚《おどろ》くべき冒険《ぼうけん》』である。デフォーは実際《じっさい》の出来事――スコットランドの水夫、アレクサンダー・セルカークが、ファン・フェルナンデス諸島《しょとう》の無人島マス・ア・ティエラ島に置き去りにされ、救出されるまでに四年四か月もかかった――から作品のアイディアを得た。舟《ふね》が難破《なんぱ》し、無人島で二十七年余《よ》の自給自足生活を送ったロビンソン・クルーソーの物語は、すぐに世界的な成功を収《おさ》め、たくさんの言語に翻訳《ほんやく》された（日本語に初めて翻訳されたのは幕末《ばくまつ》）。大人向けには、『ロビンソン・クルーソー』と題して第一作と第二作を収めた書籍《しょせき》が刊行《かんこう》されているが、第三作は現在《げんざい》ほとんど読まれていない。

砂《すな》の上の足跡《あしあと》

何の音だろう？　まるで大きなのこぎりで木を切っているような音がする。鋭《するど》い悲鳴のような声も聞こえる。目を開くと、高い木の幹《みき》にツタが巻《ま》きついているのが見えた。暑い。リディアは立ち上がり、ズボンのひざを払《はら》った。あたりは、うっそうと茂《しげ》る緑に囲まれている。木の枝葉《えだは》の間からわずかに日の光が入るだけで薄暗《うすぐら》い。空気はねっとりと熱く、木々の葉から湯気《ゆげ》が立っているようだ。またブレスレットは失敗だ。家に帰るどころか、ここはジャングルらしい。

どうしよう？　大声で泣くことしか思いつかない。ふと上を見ると、小さなサルが木の枝にぶら下がり、叫《さけ》び声を上げながら、別の枝へ飛び移《うつ》っていく。一頭のサルの首には小ザルがしがみついている。何メートルもある長い茎《くき》の先で赤と紫《むらさき》の大きな花が咲《さ》いている。高い木の上から黄色いクチバシの鳥が、リディアを見ていた。

「何見てんのよ？」リディアはむっとして言った。「人間を見たことないわけ？」

きっと見たことがないのだろう。こんなに深い原生林に人間が住んでいるとは思えない。泣いても仕方がないので、リディアはツタや低い木が茂る中を分け入って歩きはじめた。鉈《なた》も斧《おの》もないけれど、進むしかない。息が切れ、体中、汗《あせ》ばむ。どこに向かっているかもわからない。もしかしたら同じ場所をぐるぐる回っているだけかもしれない。

やがて疲《つか》れ果てたリディアは、寝転《ねころ》がって目を閉《と》じることにした。このまま死ぬのだろうか。その時、かすかな水音が聞こえた。残った力をふりしぼって、音のする方向へ進むと、ようやく小さな滝《たき》がある場所に出た。リディアは澄《す》んだ水を思いっきり飲むと、セーターを脱《ぬ》いで水浴びをした。それから太陽で熱くなった岩の上にはい上がり、体を乾《かわ》かそうと大の字で寝そべる。鮮《あざ》やかな黄色と緑の鳥が、頭上の木で羽ばたいている。その時ふと、腕《うで》のブレスレットに目がとまった。こんなもの、外して投げ捨《す》ててしまおうか。全然役に立ちゃしない。出発した川辺に戻《もど》ったかと思ったら、別の時代だったし、今度はいつの時代のどこに来てしまったのか見当もつかない。まさか、人類の誕生《たんじょう》以前の時代に来てしまったのだろうか？　そう思うと、ぞっとした。残念ながら、ここからぬけ出すには、このブレスレットが頼《たよ》りだ。たとえあの洗濯女《せんたくおんな》の時代にタイムスリップすることになったとしても、人間のいない世界よりはましだ。

少し元気になったので、向こう岸に渡《わた》って歩きだした。すると、草むらに踏《ふ》み跡《あと》があるではないか。リディアの胸《むね》はときめいた。ここを通った人間がいる証拠《しょうこ》だ。けれど、そのうちに考え直した。いや、人間とは限《かぎ》らない。水を飲みに来た動物かもしれない。踏み分け道が下り坂になって、足が痛《いた》くなってきた。顔にぶつかりそうな枝をくぐろうとかがむと、目の前に大きなクモがいて、ぎょっとした。何百万も積まれたって、ジャングルはいやだわ。何百万といえば、と、突《とつ》然《ぜん》ゴッホの絵で何百万、何千万もの大儲《おおもう》けを企《たくら》む鳥青年を思い出した。思い出しただけでも胸が悪くなる相手だが、おじいちゃんを取り返すためには、あいつと渡り合わなければならない。リディアは息が切れて立ち止まった。ブレスレットを操作《そうさ》できるかどうか試してみたが、文字盤《もじばん》は真っ暗だ。壊《こわ》れてしまったようだ。仕方なくリディアは歩きだした。頭上で大きな鳥が輪を描《か》いて回っている。タカ？　それともコンドル？　私《わたし》が飢《う》え死《じ》にするのを待っているの？

その時、急に目の前が開けた。太陽の光に輝《かがや》く青緑色の海が、見渡す限り広がっている。リディアは海岸に向かって走り出した。波が泡《あわ》を立てる岩礁《がんしょう》が見える。聞こえるのは、ただ、打ち寄《よ》せる波の音だけだ。リディアは、何もかも忘《わす》れてその美しさに見とれてしまった。裸足《はだし》になって、砂浜《すなはま》を歩く。濡《ぬ》れた砂に足の指を埋《う》めるのは、何て気持ちがいいのだろう。

そのうちに我慢《がまん》できなくなり、服を脱いで海に飛びこんだ。海はすぐに深くなったが、リディアは泳ぎが得意だった。水面から顔を出した岩に近づいて、ひょいと手をかけようとすると、その瞬間《しゅんかん》岩が動いた。驚《おどろ》いたことに、その岩には顔と脚《あし》があって、波間を進んでいくではないか。それは巨大《きょだい》なウミガメだった。ウミガメはゆうゆうと砂浜へと泳ぎ着き、上陸した。リディアが面白がって追いかけると、緑の茂みへはいこんで姿《すがた》を消した。

海から上がって服を着たリディアは、ひどくお腹《なか》が空《す》いていた。竿《さお》や針《はり》があれば、魚が釣《つ》れるかもしれない。ただし、火がおこせないから、釣っても生のまま食べるしかないけれど。あのウミガメは、海岸で卵《たまご》を産むのだろうか？　ウミガメの卵でもいいから口にいれたいと思った。

食べものを探《さが》して水辺沿《ぞ》いに進んでいたリディアが、突然足を止めた。湿《しめ》った砂に足跡のようなものがある。人間の足跡に見える。リディアはその足跡をじっくり調べた。大きさからすると、子どもや女の人ではなさそうだ。とにかくその足の持ち主に会えれば、助けてもらえるだろう。他にもあるかと探したものの、波が消してしまったのか、その一つしか見当たらない。

リディアは空腹《くうふく》も忘れ、目を皿のようにしてあたりを見まわした。どこかに人間が住んでいる形跡《けいせき》があるだろうか？　ボートは見えないか？　自分が、いつの時代のどこにいるかわからないのは、ひどく不安で、まるで時空に空いた穴《あな》の中を、あてもなく漂《ただよ》っているようだ。疲れたリディアは、ヤシの木陰《こかげ》に横になって目を閉じた。

波の音で目を覚ますと、ひげ面《づら》が目に飛びこんできた。毛皮の帽子《ぼうし》をかぶり、よく日に焼けた顔に青い目、目じりにしわがよっている。その男は、何も言わずにじっとリディアを見つめている。リディアは飛び起きた。男の人の背《せ》たけは中ぐらいで、毛皮の服を着て、棒《ぼう》を持っている。

「足跡の人」まだ目が覚めきらないリディアは、ぼんやりとつぶやいた。

毛皮を着た男の人は、咳払《せきばら》いをしたあとがらがら声で言った。

「どこから来た？」

「ここはどこですか？」いそいで薬を飲みこんでから、リディアが聞いた。

「私の島だ。お前は船から落ちたのか?」

「まあ、そんなものです。今は何年でしょう?」リディアが重ねて聞いた。

「切った木に毎日刻《きざ》み目《め》を入れている。七日目は二倍の長さ。一か月の初めはさらにその二倍の長さの刻み目だ」男の人は言った。

「何のこと?」

「一六八四年だ。そうやって私は数えている」

その時、低いうなり声がして、草むらから大きな犬が飛びだしてきて、男の人の足元でうずくまった。荒《あら》い息をしながら、リディアをじっと見ている。

「よしよし、スキッパー」と男の人は言った。

「ここは島なの? 一人で住んでいるなんて。ロビンソン・クルーソーみたい」

それを聞いた男が怒《おこ》りだした。

「いかにも私はロビンソン・クルーソーだが、それがどうした? お前はだれだ?」

リディアは何が何だかわからず、とりあえず調子を合わせることにした。

「そんな気がしただけです。ところで、何か食べるものを分けていただけないでしょうか?」

「お前も神のご意志《いし》で送られてきたのだろう。何年もの間この島で船を待っていたが、今日海岸に女の子が流れ着いた。来るがいい。私には食料の備蓄《びちく》がある」男の人が言った。

男の人は犬を連れて海岸を歩き始めた。リディアはためらった。この人についていって大丈夫《だいじょうぶ》だろうか？　少し考えた末に、リディアは男の人の後を歩き始めた。一人ぼっちでは何もできない。ジャングルに入り、切り開かれた道をたどると、頑丈《がんじょう》な囲いがめぐらされた木の家があらわれた。男の人は囲いの戸を開けて、リディアを中に入れた。家の前では、黒い小さな雌鶏《めんどり》が地面をつつき、ヤギも数頭つながれている。家の中に足を踏み入れたリディアは、初め何も見えなかった。目が慣《な》れてくると、採光用《さいこうよう》の穴から入るかすかな光で、粗削《あらけず》りの机《つくえ》といすが見えてきた。壁際《かべぎわ》にはベッドもある。ベッドにはわらを敷《し》き、毛皮がかけてあった。

「食べるものを持ってこよう」

男の人は暗がりに姿を消した。机の上には木の鉢《はち》やナイフ、黄色いろうそくの燃《も》え残りが置いてある。V《ブイ》字型の刻み目を並《なら》べた柱がある。さっき言っていたのは、これのことだろうか？　一六八四年というのが本当なら、さらに過去《かこ》にさかのぼってしまったわけだ。あの人は自分はロビンソン・クルーソーだと言っていたけれど、ロビンソン・クルーソーの本が書かれたのは、いつだったろう？

そこへ、自分をロビンソン・クルーソーと言った男が木の板を運んで来た。板の上には干《ほ》しブドウと木の実、干した肉、そして水を入れた木の器が二つ乗っていた。

「食べなさい」と男の人は言った。

リディアはお腹が空き過《す》ぎていたので、口もきかずに平らげてしまった。男は、そんなリディアを見ながら、何か独《ひと》り言《ごと》を言っていた。

「ごちそうさま。すてきな家ですね」ようやく余裕《よゆう》ができたリディアが言った。

「自分で建てた。自分一人で」男はうれしそうに言った。「この家に客を迎《むか》えるのは初めてだ。名前は?」

相手が自分をロビンソン・クルーソーだと言うなら、こちらも考えよう。

「今日は何曜日?」リディアは聞いた。

「木曜だ」

「じゃあ。サーズデー(木曜日)、って呼《よ》んでください。私たちは今日、出会ったから」

リディアは大まじめに言った。

「それはいい!」男は興奮《こうふん》して言った。「よろしく、サーズデー」

リディアはまじまじと相手の顔を見た。その青いひとみは冗談《じょうだん》を言っているように見えない。

リディアはふざけるのをやめた。

「ロビンソン・クルーソーの本、私も大好きです。あなたは、あの本と同じ暮《く》らしを実践《じっせん》しているんですか?」

「本だって?」男の人が、リディアの言葉《ことば》をさえぎった。「私の本とは何のことだ?」

「あの、何年も一人で無人島で暮らした人が主人公の物語です。書いたのは、確《たし》かダニエル・デフォーという作家です」男の表情《ひょうじょう》を見て、リディアは口をつぐんだ。

「その男がロビンソン・クルーソーという名前だと？」男は机にこぶしを打ちつけた。「そんな本など知らん！　俺《おれ》をばかにしているのか？」男は、リディアをねめつけた。

これまで時間と空間を旅して様々な体験をしたけど、今回はさらに理解《りかい》を超《こ》えている。この人の言葉通りだとすれば、リディアは物語の世界に迷《まよ》いこんだということになる。または、物語になる前に、実際《じっさい》にあったことなのだろうか？　頭の中で様々な考えがぐるぐる回っていた。

「教えてくれ」男は少し穏《おだ》やかな声で言った。「お前は、その作家に会ったのか？」

「いいえ」リディアは首を横に振《ふ》った。「でも、本で読んだ……」

「目の前の私が見えるな？」男が口を挟《はさ》んだ。「見えるだろう。ということは、私が実在《じつざい》の人物だということだ。それとも、会ったこともないその作家が実在してると言えるのか？」

「いいえ」リディアはか細い声で答えた。「目の前のあなたは実在の人物です。でも……」

それ以上説明できずに、リディアは黙《だま》りこんでしまった。

「でも、何だ？」男がたずねた。

「何でもありません」

答えながらリディアは考えをめぐらせた。このジャングルの中では、とても自分一人で生きてはいけない。この島にいる限り、この不思議な人物をロビンソン・クルーソーと思って暮らすより他ないだろう。

ロビンソンは平静を取り戻し、ナイフを取り出した。木の匙《さじ》を作っているようだ。リディアが「ヤギを見せてもらってもいいですか？」と聞くと、黙ってうなずいた。

外に出ると、ちょうど太陽が沈《しず》むところで、ジャングルが夕暮れの色に染《そ》まっていた。物陰で寝そべっていた犬のスキッパーが立ち上がって、なでてもらいに寄ってきた。リディアが家の周りを見て歩くと、スキッパーもついて歩く。家の裏手《うらて》に、小さな小屋が二つあった。貯蔵庫《ちょぞうこ》だろうか？　一回りしたリディアは、枝を噛《か》んでいるヤギに近づいた。ヤギは親しみをこめてリディアのお腹に突進してきた。

家に入ると、ロビンソンはろうそくを灯して木を削《けず》っていた。ちらちらとゆれるろうそくの炎《ほのお》が、木材を組んだ壁に長い影《かげ》を作っている。

「そこで寝るといい」とロビンソンが言った。「ベッドを作っておいた」

壁際にわらを積んだ上に、ヤギの皮を数枚《まい》かけてある。リディアは、ジャングルに放り出されなかったことをロビンソンに感謝《かんしゃ》した。

「この島にはどんな動物がいるの？」リディアはたずねた。

「見ての通りヤギがいる。あとは、サル、ウサギ、マーモット、それにヘビ」

「肉食動物はいないの？」

「いないな。人間以外にはな」ロビンソンは自分のジョークに自分で笑った。「さあ、寝るぞ」

ロビンソンは立ち上がって、ろうそくを吹《ふ》き消した。真っ暗になったので、寝床《ねどこ》まで手探《てさぐ》りで行かねばならなかった。ロビンソンが床《ゆか》をのしのしと歩き、ベッドに上がるギシッという音がしたあとは、ジャングルの物音だけになった。

雷《かみなり》のつえ

夜中に、ヤギが鳴き叫《さけ》ぶ声で目が覚めた。蒸《む》し暑い部屋にロビンソンのいびきが響《ひび》いている。またヤギが鳴き始めた。何かあったのだろうか、助けを求めるような声だ。ロビンソンを起こそうかと思ったが、怒《おこ》られそうなのでやめておいた。ドアの外で犬がうなる声が聞こえる。犬のスキッパーも目を覚ましたようだ。リディアは起き出して、真っ暗な部屋を手探《てさぐ》りで歩いた。

少しためらってから、思い切って木戸を開けた。外をのぞくとスキッパーが起き上がり、冷たい鼻をリディアの手に押《お》しつけた。ほっとしたものの、それでもやはり暗いジャングルの中で、何かが身をひそめてこちらを見ているような気がしてならない。リディアは身震《みぶる》いして戸を閉《し》めた。考えすぎだろう。リディアはヤギ皮のベッドにそっともぐりこむと、再《ふたた》び眠《ねむ》りに落ちた。

翌朝《よくあさ》、リディアが起きた時には、ロビンソンはもう外に出て、手に棒《ぼう》を持ち、肩《かた》にライフルをかついで立っていた。リディアを見ると、「海岸に貝を探《さが》しに行く」と言った。

「私《わたし》も行っていい？」

リディアが聞くと、ロビンソンは肩をすくめた。いいという意味だろう。門の前で、スキッパーがくんくん鼻を鳴らして待っていた。背中《せなか》をなでると、体中が震えている。

「何かにおびえているのかしら」とリディアは言った。

「恐《おそ》れるものなど何もないはずだ。この島はすみずみまで知っている」

二人は昨日来た道を進んだ。ジャングルはむしむししているが、海岸に近づくにつれて涼《すず》しい風が潮《しお》の香《かお》りを運んできた。波の音に混《ま》じってドンドンというリズミカルな音が聞こえ、ロビンソンが足を止めると、黙《だま》って後ろに続けと手で示《しめ》した。二人は足音を忍《しの》ばせて進み、木の枝《えだ》の間から、光り輝《かがや》く白い海岸をのぞいた。ほんの百メートルほど先に、何人も人がいる。腰《こし》に毛皮を巻《ま》いただけの、肌《はだ》の黒い人たちが火を燃《も》やしている。海岸に細長い丸木舟《まるきぶね》がある。一つ、二つ……全部で四つ。男の一人が地面にひざをついて、太鼓《たいこ》をたたいている。

「あなたの他に人がいるの？」リディアがささやいた。

ロビンソンは答えずに、海岸の人影《ひとかげ》を見ている。男達が炎《ほのお》の周りをゆっくりと踊《おど》りながら回りはじめた。何かの儀式《ぎしき》のようだ。一人の男を火のほうへと引きずっていく。すさまじい悲鳴をあげているが、構《かま》わず炎の中に投げこもうとしている。

「ひどい」思わずリディアが声をもらした。

「しっ！」ロビンソンが声をひそめて言う。「見つかったらこっちまで危《あぶ》ない」

「ライフルがあるでしょ？　それを使って！」

リディアはロビンソンを茂《しげ》みから外へ押し出した。スキッパーがうなり声をあげて前に飛び出す。海岸の男たちがびっくりして振《ふ》り返った。一瞬《いっしゅん》たじろいだが、たちまちこちらに向かってくる。戸惑《とまど》っていたロビンソンも、ようやくライフルを構えて引き金を引いた。そのとたんに男たちの足が止まり、くるりと方向を変えて我先《われさき》に丸木舟に向かって逃《に》げだした。ほんの二分後には、舟は一目散に沖《おき》をめざして波を蹴立《けた》てていた。焼き殺されるところだった男は、たき火のそばに投げ出されたままだった。リディアが男を助けに行こうとすると、ロビンソンが叫んだ。

「気をつけろ」

リディアが近づいても、男は砂《すな》の上でじっと横になっている。

「もう大丈夫《だいじょうぶ》」念のために薬をもう一粒《つぶ》口に入れて、声をかけた。

男は起き上がると、目を丸くしてリディアを見た。暗い茶色の肌に黒い髪《かみ》の若者《わかもの》だ。

「命の恩人《おんじん》です」若者が言った。

「何だって？」リディアに追いついたロビンソンが聞く。

若者はライフルを持ったロビンソンを見て、ガタガタ震え出した。

「やめて！　雷のつえを使わないで。どうかお願いです。家来になりますから」

「あなたを撃《う》ちはしないわ。少し怒りっぽいけど、優《やさ》しい人だから」

「お前は、この男の言葉《ことば》がわかるのか？」ロビンソンが驚《おどろ》いて聞いた。

「まあね。助けてくれれば家来になりますって」

「そうか」ロビンソンは嬉《うれ》しそうだ。「家来ができるのもいいだろうな。いいことを思いついた、この男を『フライデー（金曜日）』と呼《よ》ぼう。金曜日に出会ったからだ」

「昨日、私が言ったじゃない」リディアがつぶやいた。

「これも神の啓示《けいじ》だろうか」ロビンソンが続けて言った。「何年もこの島に一人でいたのに、急にお前たちが二人続いてあらわれた。サーズデーとフライデーだ」

フライデーと呼ばれることになった若者は、黙ってロビンソンのライフルに不安そうに視線《しせん》を投げかけていた。それでも、さっきほどはおびえていないようだ。

「貝を拾いにいくぞ、とそいつに伝えてくれ」とロビンソンが言った。

リディアがそう言うと、フライデーはすぐにリディアと並《なら》んで軽やかに歩き始めた。ライフルを持ち、重い毛皮の服を着たロビンソンは、息を切らせて後をついてくる。歩きながらフライデーが話したところによると、彼《かれ》の島は、ここから丸木舟でだいぶ行ったところだそうだ。さっきの男たちは別の島の部族で、彼の島を襲《おそ》ってきたのだ。戦いは悲惨《ひさん》な結果となり、何人もの島人が命を落とした。生き残った自分もここに連れてこられ、火あぶりにして食べられるところだった。

「人を食べるの？」リディアがぎょっとした。

「そう」フライデーが言う。「戦いに負けた者の運命だから」

当たり前のように言われてリディアは心底驚いたが、その時いつかおじいちゃんが言っていたことを思い出した。世界には色々な風習がある。それぞれの地域《ちいき》の風土や歴史、文化に起源《きげん》があってのことだ。そこを考えないで、自分たちと違《ちが》うというだけで、変わっているとか、野蛮《やばん》だとかと言ってはいけないよ。野蛮といえば、北欧《ほくおう》のバイキングなんて、世界一野蛮なことをしてきたかもしれない。

水に入って貝を探すのは楽しかった。間もなくかごは二つとも一杯《いっぱい》になり、ロビンソンは家に帰りたがったが、リディアとフライデーは海で遊びたかった。

「あまり水に浸《つ》かると病気になるぞ」ロビンソンが忠告《ちゅうこく》した。

リディアがロビンソンの言葉を伝えると、フライデーが笑った。

「あんな毛皮を着てたら、それこそ病気になる」

二人が喚声《かんせい》を上げて海で泳ぐ間、ロビンソンはスキッパーと待っていた。泳ぎが得意なリディアでも、フライデーにはかなわなかった。フライデーは、岩陰《いわかげ》へ泳いでいったと思うと、戻《もど》ってきた時には大きな赤い魚を手にしていた。

「これは、いい」とロビンソンが言った。「素手《すで》で魚を捕《つか》まえられるとは」

ロビンソンの家の近くまで来た時、スキッパーが突然《とつぜん》ほえ始めた。フライデーも何か気になるのか、あたりの空気のにおいをかぎながら慎重《しんちょう》に足を進める。やがて立ち止まると、地面にひざまずいて、指で草に触《ふ》れた。

「見て」フライデーが言った。

初めリディアには何も見えなかったが、よく見ると草の上に何かの足跡《あしあと》がついているようだ。ロビンソンも追いついて、「どうした？」と聞いた。

「大きな足跡。猛獣《もうじゅう》だ」フライデーが言った。

「そんなばかな！」ロビンソンが興奮《こうふん》して言った。「この島に猛獣などいるものか」

そう言うロビンソンも、巨大《きょだい》な足跡を見ると心から驚いたようだ。

「この二十年、こんなものは見たことがない」ロビンソンは、今にも猛獣がジャングルから現《あらわ》れるとでもいうように、そわそわし始めた。リディアもあたりを見回したが、フライデーだけは落ち着いている。

「怖《こわ》がらなくてもいい。雷のつえがある。ぼくも弓矢を作る」

フライデーの言葉を聞いて、リディアは少しほっとした。

「とにかく家に戻ろう」ロビンソンが言った。

ロビンソンの家に着くと、フライデーにあちこちを見せて回ったり、魚や貝を料理して食べたりして、午後は何事もなく過《す》ぎた。やがてジャングルに夜が訪《おとず》れた。

未来からの着信

リディアは島で一番の大木に登るのが好きだった。上の方の木の叉《また》に、具合よくよりかかれる場所がある。上着をまくら代わりにして寝《ね》そべると、まわりの木々で鳥やサルが動き回っているのが見える。ここの鳥たちは、明るい黄色やコバルト・ブルー、黄色がかった赤、エメラルド・グリーンと、どれも色鮮《いろあざ》やかだった。何でスウェーデンの鳥は、地味な色なんだろう。

リディアがこの島に来てから数日がたっていた。初めはジャングルが好きになれなかったが、フライデーが来てからは、楽しめるようになってきた。

ロビンソンはリディアとフライデーに、次々に仕事を言いつけた。片《かた》づけろ。薪《まき》を割《わ》れ。果物をつんで来い。貝を採《と》ってこい。ココナツを拾え。ヤギの乳《ちち》を搾《しぼ》れ……。

ロビンソンは「仕事は山ほどある。怠《なま》け者《もの》は嫌《きら》いだ」と口癖《くちぐせ》のように言った。

リディアが文句を言っても、まったく取り合わない。

「何のためにこんなに働かなくちゃいけないの？」ある日リディアがたずねた。

「働くことこそが生きる意味だ」とロビンソンは答えた。

リディアとフライデーは、時々仕事をぬけ出してジャングルを歩いた。フライデーは色々なことを教えてくれた。まずは、安全にジャングルの中を歩く方法。食べられる果物や木の実の見分け方。狩《か》りのコツ。次の時には一緒《いっしょ》に弓矢を作った。矢の先には鋭《するど》く削《けず》った魚の骨《ほね》をつけた。リディアがほめると、リディアにも弓矢を作ってくれた。フライデーは狩りが上手《うま》く、上手に野ウサギやヤマネやサルをしとめた。ロビンソンとフライデーに食べろと言われても、最初は気が進まなかったリディアだが、肉の焼けるにおいに負けて口に入れてからは、大好物になった。

どうやってこの島に来たのかとフライデーに聞かれた時には、船から落ちたのだと答えた。

あれ以来、猛獣《もうじゅう》の気配《けはい》はなかった。夜にヤギが鳴いたり、スキッパーが家の周りをかぎ回ったりする音が聞こえたことは何度かあったが、それ以外は平穏《へいおん》に過《す》ぎた。

この大木は、リディアとフライデーのお気に入りだった。ここまで登って木の叉に座《すわ》っていると、二人の姿《すがた》は枝葉《えだは》に隠《かく》れて地上から見えなくなる。仕事に疲《つか》れると、二人はよくその木の上に逃《に》げこんだ。ロビンソンが探しに来ても、すぐ上にいるのに気づくことはなかった。

リディアは一人で木の上にいた。フライデーは狩りに出かけ、ロビンソンは家の修理《しゅうり》か何かで忙《いそが》しそうだ。うつらうつらまどろみかけたところに、耳元で何かの羽音がした。見回しても虫の姿はなく、ポケットの中で音がしているようだ。携帯《けいたい》？　充電《じゅうでん》が切れてから携帯電話のことなど忘《わす》れていたが、そういえばポケットに入れっぱなしだった。見ると、なぜかスイッチが入ってメール着の表示《ひょうじ》が出ている。不思議に思いながら開くと、鳥青年からのメールだった。

「何をしている？　絵を持って帰れ」

リディアは困惑《こんわく》してあたりを見回した。ここは十七世紀の無人島だ。携帯電話の電波が三百年以上も過去《かこ》の時代に届《とど》いて、メールを送るなんてことがあるだろうか？　送信の日付は二〇〇九年十月二日になっている。川岸の倉庫に鳥青年に呼《よ》び出されたのは、九月の終わりだったはずだ。何度かメールを読み返すうちに、猛烈《もうれつ》な怒《いか》りがわいてきた。どういうわけかは不明だが、メールを受信したのだから、こちらからも送信できるのかもしれない。高い木の上から、リディアはメールを打った。

『忙しく働いています。

ロビンソン・クルーソーの島にて。

サーズデーより』

送信ボタンを押《お》しながら、リディアはいたずらっぽく微笑《ほほえ》んだ。

ホフマンの胃痛《いつう》

マジシャンのホフマンは、ホテルの部屋でハーブティのカップを片手《かたて》に座《すわ》っている。胃がきりきり痛《いた》む。ストレスが原因《げんいん》だろう。消えたトラはまだ見つからない。マジック・ショーの売りもののトラは、今や一頭だけだ。宣伝《せんでん》文句には、こううたっていた。

『世界一のマジシャン・ホフマンが手を振《ふ》ると、二頭の生きたトラが、みなさまの目の前から魔《ま》法《ほう》のように消えたと思うと、見事再《ふたた》び姿《すがた》を現《あらわ》すのです』

トラが一頭しか戻《もど》ってこなかったことで、何件《けん》もクレームを受けた。返金を要求する人もいた。新聞では、『予算削減《さくげん》で、トラを削減か』と叩《たた》かれた。興行主《こうぎょうぬし》は契約破棄《けいやくはき》する、ギャラも下げろと、言い出している。

ホフマンはトラのマジック・ショーで相当稼《かせ》いできたが、その分支出《ししゅつ》も多かった。高級ホテルの部屋代、トラの飼育施設《しいくしせつ》と餌代《えさだい》、スタッフへの給料、交通費など。

それに、最近アシスタントのナターシャの態度《たいど》が変だ。なぜか反抗的《はんこうてき》で、時々妙《みょう》な顔を見せる。

あいつは、何かを嗅《か》ぎつけたのだろうか？

自分は顔を知られているから、リディアのじいさんの世話はナターシャに任《まか》せてある。先日ナターシャがあの監禁《かんきん》部屋に長居《ながい》し過《す》ぎると叱《しか》ると、「お話をしていると楽しいんですもの。話し相手がいるほうが、あの方も気がまぎれるでしょう？」などと口答えするではないか。じいさんの気がまぎれようが、どうでもいい。親しくなり過ぎるなと言っておいた。

老人と少女の失踪《しっそう》については新聞にも出たが、ほんの小さな記事だった。大きなニュースにならなくてよかった。それにしても、何もかもがうまくいかず混沌《こんとん》としている。

残ったトラのアガサは扱《あつか》いにくい。ちゃんと調教がされていたほうのトラ、サマンサは、一体どこにいるんだろう？　警察《けいさつ》に行くことも考えたが、思い留《とど》まった。『トラを消すマジック・ショーでトラが行方不明』などと新聞に書かれたら笑い物だ。

リディアを過去《かこ》に送りこんだ当初は、上手《うま》くいきそうに思えた。ゴッホの絵が現在《げんざい》の持ち主の元から消えた時には、鳥青年も大喜びしていたが、あれ以来何の進展《しんてん》もない。鳥青年は楽観的で、リディアなら大丈夫《だいじょうぶ》と言っていたが、ホフマンは半信半疑《はんしんはんぎ》だった。失敗したか、ブレスレットを失《な》くしたか、または、とっくにゴッホの絵を持ち帰ったのに、鳥青年が黙《だま》っているのか。ホフマンは窓《まど》の外を、暗い目つきでながめた。よく雨の降《ふ》る国だ。全ての片がついたら、こんな街には二度と来るものか。次はラスヴェガスか東京にしよう。ホフマンはぬるくなったハーブティをもう一口飲んだ。その時、部屋の電話が鳴った。出たくはないが、重要な用件だと困《こま》ると思い、受話器を取った。

電話は鳥青年からで、フロントから、すぐに部屋にやってきた。ホフマンの目の前でひじかけいすにドスンと座る。

「リディアからメールが来ました」と彼《かれ》は言った。「こちらからメールを送信してみたんです。届《とど》くかどうかは賭《か》けでした」

「で、何だって?」ホフマンがたずねた。

鳥青年が携帯《けいたい》電話を差し出した。ホフマンが読み上げた。

『忙《いそが》しく働いています。

ロビンソン・クルーソーの島にて。

サーズデーより』

「何だ、これは!」ホフマンが怒鳴《どな》った。「人をばかにしてるのか」

「どういうことか、ぼくにも見当がつきません」鳥青年が言った。

「すぐに絵を持って帰らなければ、じいさんの命はないと、言ってやれ」ホフマンが言う。

「絵を手に入れるまではじいさんを殺さないと、あの子はわかってます」鳥青年は答えた。

「おどすしかないだろう」

「ただのおどしなら、あの子は見ぬきますよ。みくびっちゃいけません」

「このメールは、どういう意味だ？」

「わかりません。もう少し様子を見ましょう」

「様子を見ましょう、ってそればかりじゃないか！」ホフマンが怒《いか》りを爆発《ばくはつ》させた。

「また連絡《れんらく》します」

鳥青年は部屋を出た。ホフマンは呆然《ぼうぜん》として、空《から》のカップをながめていた。

鳥青年はホテルのロビーから、リディアにメールを打った。

『こちらは本気だ。

じいさんを生きて返してほしくば、すぐに絵を持ち帰れ』

しかし、今回返ってきたのは送信不能《ふのう》のエラーメッセージだった。

大木の上で

リディアが木から下りかけていると急に雨が降《ふ》りだし、ものの数秒でびしょぬれになってしまった。まさにバケツをひっくり返したような雨だ。激《はげ》しい雨に、またたく間に道が川になった。

ロビンソンの家に駆《か》けこむと、ヤギと雌鶏《めんどり》が小屋の軒下《のきした》に逃《に》げこんでいた。家の中ではロビンソンが火を焚《た》いてくれていた。リディアがぬれて帰るのがわかっていたからだ。

その夜リディアがふと目覚めると、雨音はやんでいた。壁《かべ》の穴《あな》から月光が差している。その時突然《とつぜん》ヤギが鳴き出し、激しく鳴き叫《さけ》んだと思う間にぱったり静まった。リディアは、心臓《しんぞう》が止まるほど驚《おどろ》いたが、あとの二人は何事もなかったかのように、いびきをかいている。リディアは身じろぎもせずに横になっているうちに、いつの間にか眠《ねむ》ってしまった。

「大変、早く起きて」

翌朝、フライデーに起こされて外に出ると、家の前の水たまりが血の海になっていて、ヤギが一頭消えていた。震《ふる》えながら体を寄《よ》せ合う残りの二頭を、ロビンソンがなだめていた。フライデーは、地面の上を調べている。

「ここに足跡《あしあと》。ジャングルのと同じ。ここでヤギを襲《おそ》った」フライデーが言った。

フライデーは、ロビンソンに英語を教えてもらっていて、だいぶ話せるようになっていた。

「一度来たからには、また戻《もど》ってくるだろうな」ロビンソンが言った。

「探《さが》して、仕留《しと》める」フライデーが言った。「弓矢と、雷《かみなり》のつえで」

「雷のつえでなく、ライフルというんだ」とロビンソンは言った。

朝食の後、二人は身支度《みじたく》をした。リディアも行きたがったが、どんな猛獣《もうじゅう》が相手かわからないからと、断《ことわ》られた。「女子どもは、留守番《るすばん》だ」と。フライデーも、この時ばかりはリディアの味方をしてくれなかった。リディアはしぶしぶ従《したが》った。やがてロビンソンとフライデーは、猛獣の後を追って、ジャングルへと出かけていった。リディアは二人が霧《きり》の立つ熱帯雨林の中に入っていく姿《すがた》を見送った。あとは無事を祈《いの》るだけだ。

ひと雨降ったおかげで、暑さもやわらぎ空気が澄《す》んでいる。退屈《たいくつ》しのぎに始めた掃除《そうじ》も終わってしまい、リディアは外に出たくなった。残ったヤギたちは元気を取り戻したようで、穏《おだ》やかに草を食べている。その側で小さな茶色い雌鶏が土の上のエサをついばんでいた。襲ってきた猛獣は、ヤギを一頭食べて満腹《まんぷく》だろうから、どこかで眠っているはずだ。少し歩きに行くぐらいなら危険《きけん》はなさそうだ。二人はどこまで追っていったのだろうか？　足跡をたどる名人のフライデーがいれば、間違《まちが》いなく仕留められるに違いない。

土砂降《どしゃぶ》りの後で、道はぬかるんでいたが、リディアはいつもの木まで歩いた。大木の前まで来た時、後ろに何かの気配《けはい》を感じた。思わず振《ふ》り返ると、茂《しげ》みの枝《えだ》がゆれ、緑の葉の向こうで何かが動いている。大きな頭、がっしりした肩《かた》、しなやかな身体……まさか……トラ……？　ロビンソン・クルーソーの島は南米のはずでは？　なぜここにトラが？　その獣が足を止めて、正面からリディアを見た。黄緑色の目に光る黒いひとみが見える。長い尾《お》がゆっくりと左右に動く。どう見てもトラだ。リディアは慌《あわ》てて木に飛びつくと、しゃにむによじ登った。木の叉《また》にたどりついて恐《おそ》る恐る下を見ると、トラは木の根元にまで来ていた。

「来ないで」リディアは祈った。

トラは木に登ろうとする様子はなく、木の根元で寝《ね》そべって落ち着いている。リディアが降《お》りるのを待ち構《かま》えているのだろうか？　リディアが下を見ると、トラも顔を上げてリディアを見た。

その瞬間《しゅんかん》頭に浮《う》かんだ言葉《ことば》を、無意識《むいしき》に口に出していた。

『トラよ！　トラよ！　夜の森で

　こうこうと燃《も》えるトラよ……』

次の瞬間、リディアは後悔《こうかい》した。何かを感じたのだろう、トラが急に動き出したのだ。トラは木に足をかけ、大きな鉤《かぎ》づめを立てて、ゆっくりとよじ登り始めたではないか。リディアはギョッとして立ち上がった。これ以上は登れそうにない。下を見るとトラが迫《せま》ってきていて、うなり声が聞こえ、ゆれるひげが見える。もうおしまいだ。

そう思ったら反射的《はんしゃてき》にブレスレットに手が行った。一か八かの賭《か》けだ。他に道はない。リディアは黒い文字盤《もじばん》を七回押《お》した。いつの時代のどこに行くかはわからない。なるようになるさ。リディアの目に最後に映《うつ》ったのは、閃光《せんこう》に驚いて閉《と》じたトラの目だった。

第三章　フリーダ・カーロ

（一九〇七〜一九五四年、メキシコを代表する画家）

メキシコシティ近郊《きんこう》コヨアカンで育つ。ハンガリー系《けい》ユダヤ人の父とスペイン系メキシコ人の母との間に生まれる。六歳《さい》でポリオに罹患《りかん》、十八歳の時、乗っていたバスが路面電車と衝突《しょうとつ》し、瀕死《ひんし》の重傷《じゅうしょう》を負う。この事故《じこ》を契機《けいき》として本格的《ほんかくてき》に絵画の道に進む。一九二九年メキシコ三大壁画家《へきがか》の一人、ディエゴ・リベラと結婚《けっこん》。二〇歳以上年の離《はな》れた二人は、互《たが》いに深く愛しあい、影響《えいきょう》しあいながらも、離婚《りこん》と再婚《さいこん》を繰《く》り返《かえ》した。フリーダが描《か》くモチーフは、ほとんどが自画像《じがぞう》だった。事故の後遺症《こういしょう》と度重なる手術《しゅじゅつ》で、いつも痛《いた》みに苦しめられていたフリーダは、自身の過酷《かこく》な現実《げんじつ》を作品に描くことで昇華《しょうか》し、受け入れていった。彼女《かのじょ》の絵は象徴的《しょうちょうてき》でシュールレアリストとよく言われるが、本人は否定《ひてい》している。今日フリーダは、熱烈《ねつれつ》な人気を博し、現代芸術の最も重要な開拓者《かいたくしゃ》の一人とみなされている。

リディアは覚悟《かくご》した。トラに殺されるか、異空間《いくうかん》に投げ出されるか、いずれにせよ無事では済《す》まないだろう。

気づくと暗闇《くらやみ》の中にいた。そっと指を動かしてみると、動く。足が何かに触《ふ》れている。耳も聞こえる。どうやら生きているらしい。固い床《ゆか》の上に寝《ね》ているのだろうか、服を通して凍《こご》えるような冷たさが伝わってくる。震《ふる》えながら起き上がると、かすかな光が見えた。めまいがして体中が痛《いた》むが、こらえて立ち上がり、リディアは光の方へと歩き出した。

次第に目が慣《な》れてきた。石積みのトンネルの中を歩いているようで、時折天井《てんじょう》からしずくが落ちてくる。光が見えているのは、曲がったトンネルの先にある空間のようだ。リディアは光を頼《たよ》りに、恐《おそ》る恐る、そこへ足を踏《ふ》み入れた。

目の前に骸骨《がいこつ》がいる。自分の叫《さけ》び声《ごえ》が、壁《かべ》や天井に反響《はんきょう》し耳に響《ひび》く。引き返そうと思ったが足が動かない。リディアは目を閉《と》じて、深呼吸《しんこきゅう》をした。

再《ふたた》び目を開けると、骸骨は一体ではなかった。そこは大きな石室のような空間で、壁に無数の骸骨が折り重なるように並《なら》んでいる。遠くから見えた光は床に置いたおびただしい数のろうそくのもので、炎《ほのお》がゆれる度に黒い影《かげ》が踊《おど》るようにゆらめく。

実際《じっさい》は数百の骸骨に囲まれていたのに、たった一つの骸骨を見て悲鳴をあげるなんて。そう考えたら、自分の臆病《おくびょう》さ加減《かげん》を笑いたくなった。リディアは突然迷《とつぜんまよ》いこんだ無礼を詫《わ》びるように、骸骨の前で頭を下げた。左右の骸骨にあいさつをしながら、ゆっくりと歩く。

「死者の国にお邪魔《じゃま》します」

石室の反対側にもトンネルが見える。リディアはろうそくを一本手に取り、次のトンネルへ進んだ。トンネルはわずかに登り坂になっている。何度かカーブを曲がると、行く手が明るくなってきた。日の光だ。トンネルから出られる！　数秒後には、降《ふ》り注ぐ太陽の光の下にいた。あまりのまぶしさに目を開けていられない。近くで人声と笑い声がする。歌声も聞こえる。その時リディアは、自分が生きていることを改めて実感した。

岩陰《いわかげ》から足を踏み出すと、そこは背《せ》の高いサボテンの生えた平原で、子どもたちが走り回っていた。褐色《かっしょく》の肌《はだ》に黒い髪《かみ》の質素《しっそ》な服の子どもたちで、無邪気にはしゃいでいる。

一人の男の子がリディアに気づいて指さすと、何やら叫びながら子どもたちがリディアのほうへ向かってきた。どの子も手に色とりどりの何かを持っている。よく見ると、ピンクや水色やキラキラした飾《かざ》りがついた小さな骸骨のようだ。おどかすつもりだろうか。ここは一体どこだろう。子どもたちがリディアを取り囲んだ。何を言っているのかわからないので、リディアは急いでポケットの薬を口に入れた。リディアが持っているろうそくを見て、年かさの子が叫んだ。

「墓泥棒《はかどろぼう》！　墓泥棒！」

「ろうそくを借りただけよ。泥棒じゃないわ」

リディアは一番近くにいた子に、ろうそくを返したが、子どもたちはリディアに詰《つ》め寄《よ》る。

「何も盗《ぬす》んでないってば！」リディアが怒鳴《どな》った。

体当たりされてリディアが転ぶと、一人の男の子がリディアにまたがって殴《なぐ》りだした。女の子も寄ってきて、髪を引《ひ》っ張《ぱ》る。リディアも負けずに男の子の顔を殴りつけると、見事に命中して、相手の鼻から血がぼたぼた垂《た》れだした。男の子が反撃《はんげき》しようとした瞬間《しゅんかん》、女の人の声がした。

「やめなさい！」

そのとたん、子どもたちはクモの子を散らすように逃《に》げていき、リディアが一人取り残された。シャツは血だらけ、手は赤土で汚《よご》れていた。リディアが起き上がると、女の人がリディアの顔をじっと見た。女の人の口の端《はし》がわずかに上がっている。そんなにおもしろい？　腹立《はらだ》ちまぎれにリディアも見つめ返した。

それは、不思議な魅力《みりょく》のある女性《じょせい》だった。なめらかなオリーブ色の肌。黒髪をきれいに結《ゆ》った小さな顔に引かれた鮮《あざ》やかな赤い口紅《くちべに》が印象的だ。リディアを見つめる茶色いひとみは、意思の強さを示《しめ》している。そして、何より目立つのは、一本につながりそうな濃《こ》くて太い、黒々した眉《まゆ》。

華奢《きゃしゃ》な身体を優雅《ゆうが》な緑と赤の長いスカートとお洒落《しゃれ》な刺《し》しゅう入りのブラウスに包み、大きなショールを巻《ま》いている。その人が話しかけてきた。

「どうしてあんな子どもたちと喧嘩《けんか》するの？」

「言いがかりをつけられたんです」リディアは言った。

「子どもにしても、大勢《おおぜい》対一人はよくないわ」

女の人は、指輪をはめた指でリディアのほおに触れた。

「いらっしゃい。傷《きず》の手当をしましょう」

リディアは立ち上がりかけて、ふらっと倒《たお》れそうになった。

「大丈夫《だいじょうぶ》？」

「ええ、何とか」リディアが細い声で答えた。「あの、ここはどこですか？」

「あら、迷子《まいご》？　ここはコヨアカンよ」

「コヨアカン？」

「遠くから来たの？　ここはメキシコシティーよ。それならわかる？　あなたって、月から落ちてきた人みたいね」女の人が笑った。

女の人はリディアに手を貸《か》してくれたが、その身体があまりにか細く、しかも足を引きずっているようなので、寄《よ》りかかるのは申《もう》し訳《わけ》ない気がした。

「傷を負った者同士、連れ立って歩く」女の人が言った。「あるべき姿《すがた》だわ。あなたの名前は?」

「リディアです」

「私《わたし》はフリーダ」

リディアはあらためてフリーダの顔を見た。どこかで会ったような気がする。

二人は、両側に低木やサボテンの生える道を歩いた。わらぶき屋根の小さな家がある。ロバに乗った黒いショールの老婦人《ろうふじん》がフリーダにあいさつした。家並《やな》みの向こうにはトウモロコシ畑が広がり、さらにその先の青いもやをすかして雪をかぶった山が見える。そんな景色に太陽が光を降り注いでいる。汗《あせ》ばむリディアを尻目《しりめ》に、ショールを巻いたフリーダは涼《すず》しい顔をしている。

「どこから来たの?」フリーダがたずねた。

「地下の石室。お墓だったらしいです」

「一体何をしていたの?」

「気がついたらそこにいたんです。その前はジャングルの木の上にいたらトラが登ってきて……」

これまでリディアは、自分のことをあまり話さないようにしていた。うそか妄想《もうそう》だと思われるからだ。でも、なぜかフリーダには正直に話せる気がした。

「面白い子ね」とフリーダが言った。「子どものころ、同じ年の友だちがいたわ。想像上の友だち。私たち、広い草原で出会ったの。一緒《いっしょ》に遊び、ダンスして、はしゃいでた。その子とは、何でも話せたわ。どれぐらいの間一緒にいたかは、今でもわからない。一秒だったかもしれないし、千年だったかもしれない。魔法《まほう》の友だちと遊んだ後は、何日もうれしい気分でいられたわ」

　フリーダが口をつぐんだ。リディアは自分の経験《けいけん》とは違《ちが》うと思ったけれど、フリーダの話し方は好きだった。ともかく、ばかにしないで、真剣《しんけん》に受け止めようとしてくれている。

「さっきの子ども達、何を持っていたんですか？　小さな骸骨のおもちゃみたいなもの」リディアがたずねた。

　ちょうどその時、大きな音がして、リディアは飛び上がった。

「花火よ。死者の日だから」とフリーダが言った。

「死者の日って？」リディアはたずねた。

「あなた、よっぽど遠くから来たのね？　メキシコでは十一月一日と二日に死者の日を祝うのよ。家の玄関《げんかん》にも、お店にも、あちこちに祭壇《さいだん》を作って、お花や、ろうそく、果物、死者のパン、それから骸骨の形のお砂糖《さとう》のお菓子《かし》を死者に供《そな》えるの。パレードもあるし、花火を上げる教会もあるわ。この時とばかりに、町はどこもかしこもかわいい骸骨で一杯《いっぱい》」とフリーダは言った。

「骸骨がかわいいなんて」とリディアは言った。

「メキシコ人は皆《みな》骸骨が好きよ。死を笑いとばせっていう思いがあるから。私は十八歳《さい》の時、乗っていたバスの事故《じこ》で重傷《じゅうしょう》を負ってね、とても助からないって言われたけど、死ななかった。

青い家

その時の後遺症《こういしょう》で、今でもコルセットなしではまともに立てないほどよ。身体のあちこちが痛くて、動くのも辛《つら》い時もあるけれど、死神が迎《むか》えに来るまでこうして生き続けるわ」

薬のおかげでフリーダの話す言葉はわかるものの、内容はリディアの理解《りかい》を超《こ》えていた。

「少し休みましょう。疲《つか》れたわ」フリーダが立ち止まった。

微笑《ほほえ》んでいるが、本当は辛そうだ。畑の道を過《す》ぎ、にぎやかな町に入ったところだった。立ち並《なら》ぶ家々は青や緑、黄色といった鮮やかな色に塗《ぬ》られている。確《たし》かにお祭りのようだ。きらきらした民族衣装《いしょう》で正装《せいそう》した男女が歩いている。子どもたちが笑いながら走り回り、黄色いマリーゴールドの花や、砂糖菓子の骸骨や棺《ひつぎ》を売る屋台がたくさん出ていた。通り過ぎる車を見ると、ずんぐりとした古めかしい車だ。リディアはフリーダに今がいつなのか聞こうと思ったけれど、やめておいた。そのうちわかるだろう。

やがてフリーダが立ち止まって指差した。

「やっと着いたわ。ここが私と子どもたちの家」

フリーダの家は鮮《あざ》やかな青色の建物で、あちこちに華《はな》やかな彫刻《ちょうこく》がほどこされていた。リディアは一目でこの家が好きになった。小さなベランダに、緑の木々が影《かげ》を落としている。フリーダと一緒《いっしょ》にドアを入った次の瞬間《しゅんかん》に、リディアの肩《かた》に小さなサルが飛び乗った。すぐにサルがもう一匹《ぴき》やって来て、リディアのズボンをつかんでよじ登ろうとする。部屋に入ると、小ジカが現《あらわ》れて、茶色いひとみでリディアを見つめた。

「私《わたし》の子どもたちを紹介《しょうかい》するわ」とフリーダは言った。「あなたの肩に乗っているサルの名前は、フーラン・チャンっていうの。あなたの足にしがみついているサルはカイミート、小鹿《こじか》はグラニーソ」

「ジャングルみたいに動物だらけだ」リディアはつぶやいた。

「ええ、そうね」フリーダがうれしそうに答えた。

廊下《ろうか》の壁《かべ》には、色とりどりの仮面《かめん》が飾《かざ》ってある。開いたドアから黄色い床《ゆか》と、青と白のタイル張《ば》りのキッチンが見えた。

その時、どこかから、ガラガラ声が聞こえた。

「ひでえ二日酔《ふつかよ》いだぁ！」

声の主は、中庭の鳥かごの中の大きなオウムのようだ。

「ボニートったら！」フリーダが叱《しか》った。「下品で、ごめんなさい」

フリーダが示《しめ》すドアを開けて、リディアは息をのんだ。黄色い毛布《もうふ》を広げた天蓋《てんがい》付きのベッドの上に、ニコニコ顔の骸骨《がいこつ》が二体並《なら》んでいる。骨《ほね》だけの身体にシャツとズボンを着て、ドライフラワーのブーケまで持っている。よく見ると、作りものの骸骨だった。

「死は日常の一部だもの」フリーダが楽しそうに言った。

どうしたらここの人達のように、死を笑いの種にできるのだろう？

その時、ベッドの横に置かれた画架《がか》に目が行った。小さなテーブルの上には絵の具と筆がある。

その絵を見て、ようやくわかった。この人は、有名なメキシコの画家のフリーダ・カーロだわ。描《か》きかけの絵は自画像《じがぞう》で、フリーダに生き写しだった。赤い唇《くちびる》、つながった太い眉《まゆ》。鼻の下の産毛《うぶげ》。何かを見ているようで何も見ていない眼差《まなざ》し。長い首にイバラが巻《ま》きついて血がしたたり落ちている。そこからハチドリがペンダントのように下がっている。きれいに結《ゆ》った黒い髪《かみ》にチョウがとまり、顔の両側には黒《くろ》ネコとサルがいる。このサルはフーラン？ それともカイミート？ 背景《はいけい》は大きな緑の葉だった。リディアはまたしてもジャングルを思い出した。

「どう思う？」

フリーダはベッドに寝《ね》そべってくつろぎ、自分の絵を見ているリディアを観察していた。

「すごいわ」リディアは答えた。「まさかあの有名な画家に会えるとは思わなかった。あなたはフリーダ・カーロさんですね」

「妙《みょう》な子ね。トラに追いかけられてジャングルから逃《に》げてきたというのに、どうして私のことを知っているのかしら?」

「私、あなたの絵が大好きなんです」リディアは答えた。「おじいちゃんに画集を見せてもらったし、美術館《びじゅつかん》でも……」

リディアは言いかけてやめた。今が何年かわからない。もしかしたら、まだフリーダが有名になる前かもしれない。

「おじいちゃんの画集? 何のことかしら? まあいいわ、絵が好きなのね」

フリーダは自分の隣《となり》をぽんぽんとたたいて言った。

「さあリディア、ここに来て私に何もかも話してちょうだい」

突然《とつぜん》リディアの胸《むね》が熱くなった。張り詰《つ》めていた糸が切れたように、涙《なみだ》が堰《せき》を切ってあふれる。どうしたことだろう、あとからあとから涙が流れて止まらない。お父さん、お母さん、おじいちゃん、親友のリン、鳥青年、悲し気な顔のゴッホ、ひび割《わ》れた手の女の子、孤独《こどく》なロビンソン、フライデー……色々な人の顔が浮《う》かんでは消え、その度に心が締《し》めつけられるように悲しい。

フリーダは何も言わずに、放っておいてくれた。そしてリディアが泣き疲《つか》れたころ、黙《だま》ってハンカチを手渡《てわた》した。

「ごめんなさい」まだしゃくりあげながら、リディアが言った。

「私もよく一人で泣くわ」とフリーダは言った。「泣いてもいいのよ。あなた、今まであんまり泣かなかったんでしょ?」

そう言われれば、そうかもしれない。

「泣きたい時には、思いっきり泣けばいいと私は思うわ」

リディアは気持ちを落ち着けて、話しはじめた。

「私の話を信じてもらえるかどうか、わかりません。ありえないようなことばかりで、自分でも夢《ゆめ》かもしれないと思うぐらいなんです」

フリーダが言った。「信じるわ。だれかの経験《けいけん》を他人が否定《ひてい》することはできないもの」

リディアは語り始めた。自分の能力《のうりょく》について。おじいちゃんの行方不明。リディアを過去《かこ》の時代に送りこむ鳥青年の陰謀《いんぼう》。元の時代に帰る唯一《ゆいいつ》の手段《しゅだん》のはずだったブレスレットの誤作動《ごさどう》。ゴッホの絵を手に入れたこと。スウェーデンに戻《もど》ったが時代が違《ちが》っていたこと。ここに来る直前は、ロビンソン・クルーソーの島にいたこと。そして、すべての発端《ほったん》、トラのこと。

フリーダは時折うなずきながら、真剣《しんけん》な表情《ひょうじょう》で聞いていた。

「ただの空想だと思いますか?」話し終えたリディアが、おずおずと聞いた。

「いいえ」フリーダは静かな声で言った。「確《たし》かに、他の人ならそう思うかもしれないけれど、私は違う。私の絵も、ただの空想だとか、悪夢《あくむ》だとかってよく言われる。そんな時はこう答えるの。私は自分にとっての現実《げんじつ》を描《か》いているだけだって」

私が巻きこまれて経験したこととは、少し違うけれど、フリーダの言っていることは、とても正しく思える。なんと賢《かしこ》い、そして強い女性《じょせい》だろう。リディアが黙りこんでいると、フリーダはリディアの髪をなでた。

「今は何年？」リディアは思い切ってたずねた。

「一九四一年よ。さあ、もうお休みなさい」

フリーダの最後の言葉は、まるで厚《あつ》いカーテン越《ご》しのささやき声のように遠く聞こえた。だれにも言えなかったことをすべて吐《は》き出してすっきりしたリディアは、ベッドにもたれかかった瞬間、もう眠《ねむ》りについていた。

ディエゴ・リベラ

リディアは何度も寝返《ねがえ》りを繰《く》り返《かえ》しては寝言を言っていた。窓《まど》からの月明かりがリディアの顔を照らしている。

フリーダはベッドに起き上がって、リディアの話を思い返していた。物語好きのフリーダだが、あれほど不思議な話は聞いたことがない。風変りな服といい、奇妙《きみょう》な腕飾《うでかざ》りといい、何とも変わった子だ。あくびを一つして、やがてフリーダも眠《ねむ》りに落ちていった。

自分の寝言で目が覚めると、太陽の光が明るい部屋の中にはリディア一人しかいなかった。ドンドンという音がしたと思うと、ドアが開いた。見ると戸口に、大男が立っている。頭が天井《てんじょう》につきそうなほど背《せ》が高く、でっぷりとしたお腹《なか》が戸口をすっかりふさぐほどの大男だ。染《し》みの目立つしわだらけの服に弾薬《だんやく》入れのついたベルトをしめ、頭にはカウボーイハット、頑丈《がんじょう》なワークブーツを履《は》いている。大男がベッドに近づくのを見て、リディアは身がすくんだ。おびえた表情《ひょうじょう》に気付いたのか、男が笑顔になった。

「どうしたことだ」大男は地響《じひび》きのような声で叫《さけ》んだ。「『俺《おれ》の小バト』に会いに来たら、ベッドにいるのは小さな女の子じゃないか。お前はだれだ?」

「リディアといいます」

「フリーダはどこだ?」

「さあ、今起きたところなんです」リディアは答えた。

男は、ぺこりと頭を下げると、大きな手を差し出した。リディアが恐《おそ》る恐るその手を取ると、痛《いた》いほど強く握《にぎ》る。

「驚《おどろ》かせてすまなかった。フリーダの夫、ディエゴ・リベラだ。ゾウとハトの結婚《けっこん》って言われる通り、一緒《いっしょ》にいるとうまく行かない夫婦《ふうふ》なんだ。芸術家同士《げいじゅつか》が一つ屋根の下で暮《く》らすのは難《むずか》しいのさ。それでもやっぱりフリーダと離《はな》れられなくて、こうして会いにくるんだよ」と男は言った。

ゾウとハトのたとえに、リディアは思わず笑い出してしまった。

「あなたも芸術家なんですか？」リディアがたずねた。

「えっ？　ディエゴ・リベラを知らないのか？」

ディエゴの顔がくもった。

「フリーダの絵は知っていたんですけど、あなたの絵は見たことがなくて」

ディエゴが吹《ふ》き出した。

「確《たし》かに俺の絵は見たことがないだろうな。俺が描《か》くのは壁画《へきが》だよ。見たければ見せてやるよ」

そこまで言ってディエゴが言葉《ことば》を切った。

「フリーダが朝食を作ってくれるというから来たんだが、どこへ行ったんだろう？」

「ここにいるわ」

フリーダが顔を出した。今日は花柄《はながら》のスカートと華《はな》やかな刺《し》しゅうのブラウスを着ている。

「買い物をしてきたの」フリーダは続けた。「さあ、朝ご飯にしましょう」

「おはよう！」ディエゴがフリーダに言った。「俺の小バト、世界一の美人さん」

ディエゴはそう言ってキッチンへ行った。フリーダがバスルームを教えてくれたので、リディアは急いでシャワーを浴びることにした。ポケットの中身を移《うつ》し替《か》えて、フリーダが用意してくれた赤いスカートと緑のブラウスを着る。キッチンに行くと、ディエゴが拍手《はくしゅ》をした。

「どこの生まれかわからんが、リディア、お前は本物のメキシコ人みたいだ。日に焼けて美しい」

リディアは顔を赤らめた。テーブルには、トウモロコシのトルティーヤ、卵《たまご》、ジャガイモ、ハム、トマトなどが並《なら》んでいる。

「リディア、急いで自分の分をお皿に取りなさい」とフリーダが言った。「ディエゴに全部食べられる前にね」

「全部食べるわけがない」ディエゴは笑いとばした。「俺だって二人に腹一杯《はらいっぱい》食べてもらいたいよ。だいたい近ごろの女はどうも痩《や》せすぎで、腕を回す気にもならん」

「やめて、ディエゴ」フリーダが顔をしかめる。

リディアは何も言わずに、テーブルの上のごちそうを次から次へと口に運んだ。こんなにおいしい朝食は初めてだ。目を上げると、ディエゴが満足そうに見ていた。

「リディア、お前はどこから来た?」

「家は、スウェーデンです」

「スウェーデンだと?」ディエゴが驚いて言った。「そりゃまた遠いところから来たものだ。一体どういうわけで?」

「ディエゴ、その話はあとにしましょう」とフリーダが言った。「長い話だから」

「実は俺は中国人なんだ」とディエゴが言った。「じいさんはすご腕の剣術家《けんじゅつか》で、何百人もの剣士と戦って……」

フリーダが首を横に振《ふ》っているが、ディエゴは気がついていない。

「お願いだから」フリーダがディエゴをさえぎった。「あなたの目茶苦茶な話は、それぐらいにして」

すると、怒《おこ》ったディエゴがベルトから銃《じゅう》を抜《ぬ》いて、テーブルに置いた。

「俺の話が目茶苦茶だと言うなら、これで撃《う》つがいい!」

リディアはどうしたらいいかわからず、おろおろするばかりだった。メキシコの人って、皆《みな》こんななのかしら? フリーダは澄《す》まして微笑《ほほえ》んでいる。少しすると、ディエゴは、怒ったことなどケロリと忘《わす》れて、今取り組んでいる壁画の話を始めた。

「インディオの厳《きび》しい生活を描くだけじゃだめなんだ。誇《ほこ》りや勇敢《ゆうかん》さを表現《ひょうげん》したい。大衆《たいしゅう》の心に、希望をともすような壁画にしたいんだ」

「芸術」ディエゴは食べものを口に一杯ほおばりながら話し続ける。「芸術はハムだ。芸術は卵だ。芸術は人々に栄養を与《あた》える。朝食を腹一杯食べたら、今日も仕事の続きに取《と》り掛《か》かる。そうだ、一緒に来て俺の作品を見るかいリディア?」

リディアはためらった。突然《とつぜん》怒りだすディエゴと一緒にいるのは、正直言って少し怖《こわ》い。けれど、考えてみれば、今までも、信じられないような行動をする画家や、気性《きしょう》の激《はげ》しい画家と出会ってきたが、最後には心が通じあう瞬間《しゅんかん》を持てた。ディエゴとも、そうなれるだろうか。

「それとも、フリーダと家にいたいのか?」とディエゴが言った「フリーダの絵のほうが好きなんだろう?」

「私《わたし》の絵は、帰ってきてから見ればいいわ」とフリーダが言った。「行ってらっしゃいな」

フリーダとディエゴ、両方から作品を見せてもらえるとは、何て光栄なんだろう。リディアは誇らしい気分だった。

ディエゴは最後の一口を飲みこむと、ため息をついた。

「俺の小バトが用意してくれる朝食は最高だよ。ごちそうさま」と言った。それから立ち上がると、銃をベルトに戻《もど》した。

「さあ、行こう」

フリーダとディエゴ

ディエゴは大きな黒い車に案内すると、礼儀《れいぎ》正しくリディアのためにドアを開けて乗せてから、運転席に座《すわ》った。ずいぶん汚《よご》れた車だった。ディエゴの車は砂利《じゃり》を蹴散《けち》らし、すさまじい勢《いきお》いで走り出した。肝《きも》を冷やすほどのスピードで道を曲がるとタイヤがきしみ、リディアの身体は座席《ざせき》の上で左右に振《ふ》り回された。通行人は、悲鳴をあげて飛びすさった。リディアの目の前を、人がごった返す店やオープンカフェが飛ぶように過《す》ぎていく。交差点で交通整理をしていた警官《けいかん》は、猛《もう》スピードで走り去るディエゴの車に、こぶしを振りあげた。

ディエゴが片手《かたて》でハンドルを回しながら、リディアに向かって叫《さけ》んだ。

「俺《おれ》は運転が好きなんだ。生きているって感じられるからな！」

「私《わたし》のほうは、生きた心地がしないわ」

リディアのつぶやきはディエゴの耳には届《とど》かなかった。

「ここはメキシコシティーの中心部、素晴《すば》らしい町だ。俺は世界中あちこちで仕事をしたが、いつもここに戻《もど》りたいと思っていたんだ」

その時、タイヤが道の穴《あな》にはまったのか、車がはねてリディアは危《あや》うく天井《てんじょう》に頭をぶつけるところだった。

「さあ、着いたぞ！」

ディエゴがハンドルをきると、車が大きな音を立ててわき道に入り、防水《ぼうすい》シートで覆《おお》われた塀《へい》にぶつかる寸前《すんぜん》で止まった。ディエゴは車から飛び降《お》りて、リディアのためにドアを開けてくれた。身体のわりに驚《おどろ》くほど動きが軽い。リディアは震《ふる》える足で車から下りた。帰りはディエゴの車に乗りたくない。

防水シートの先の白い家の前に、工事用の足場が組んであった。ディエゴがはしごを指差し、リディアに「高いところは大丈夫《だいじょうぶ》か?」とたずねた。リディアがうなずくと、ディエゴはすぐにはしごを登り始めた。念のためリディアは、ディエゴが一番上に着くのを待ってからはしごに足をかけた。

それまでリディアは、ディエゴの自慢話《じまんばなし》をまともに受け取っていなかった。ところが足場に立ち、ディエゴの大きな壁画《へきが》を見て、がんと頭をたたかれたような衝撃《しょうげき》を受けた。巨大《きょだい》な壁画の中には、メキシコの人々の群像《ぐんぞう》が描《えが》かれていた。銃《じゅう》を構《かま》える兵士、赤《あか》ん坊《ぼう》を抱《だ》いた女、拷問《ごうもん》に苦しむ奴隷《どれい》の姿《すがた》もある。車いすに座るフリーダもいる。そのまわりにいるのは、外国の政治家だろうか? 人々の表情《ひょうじょう》と迫力《はくりょく》に圧倒《あっとう》される。

先に着いたディエゴは、もう仕事を始めていて、左下の隅《すみ》に大きなトラの絵を描《か》いているところだった。

「どうしてトラを描くの?」リディアは動揺《どうよう》してたずねた。

ディエゴはトラの前足から目を離《はな》さずこう答えた。

「メキシコにトラはいないよ。だがね、このあたりでトラを見た人がいるってうわさを聞いたんだ。それで、この絵にちょうどいいと思ったのさ」

ディエゴは絵を描きながら話し続けるが、リディアは落ち着いて聞いていなかった。どうしてここで今、トラを見た人が出たのだろう？　ただのうわさならいいのだけれど。その時、だれかがはしごを上ってきた。カールした黒髪《くろかみ》、ピンクのワンピースの豊満《ほうまん》な女性《じょせい》だ。ディエゴのそばに行くと、抱きついた。

「あぁラモーナ、俺の恋人《こいびと》」ディエゴが言った。「この子はリディア。フリーダの拾いっ子さ。ヨーロッパ人だが、本物のメキシコ人みたいだと思わないか？」

リディアは顔を赤らめた。ラモーナはリディアをちらりと見て、冷たく言った。

「ディエゴ、子どもに仕事を邪魔《じゃま》されるのは嫌《きら》いでしょ？」

「ああ」ディエゴは言った。「どういうわけか、この子に見せたかったんだよ」

リディアは黙《だま》って足場の端《はし》に座っていた。ラモーナも何も言わずに、ディエゴの壁画が見渡《みわた》せるいすに座っている。その時、下から呼《よ》びかける声がした。

「ディエゴ！　お昼を持って来たわ！」

フリーダだった。片手にバスケットを持っている。これでフリーダと一緒《いっしょ》に家に戻れるとほっとしたリディアは、はしごを下りた。ところがラモーナの姿を見て、フリーダが眉《まゆ》をしかめた。

「ディエゴ、その人は何?」

「何でもないよ、フリーダ」はしごを下りかけたディエゴがなだめる。「ただ壁画を見に来ただけだもの」

「うそだわ」フリーダが叫んだ。「あなたのうそは、お見通しよ」

「ごめんよ、フリーダ。わかってくれ。本当に愛しているのは君なんだ」ディエゴが言った。

「冗談《じょうだん》じゃないわ。お昼をどうぞ!」

フリーダは鋭《するど》く言って、バスケットのトマトを投げつけた。一つはディエゴの顔に、もう一つはみぞおちに命中した。ディエゴは口を半開きにしたまま立ちすくんでいる。リディアが気まずい思いをしていると、フリーダに手をつかまれた。

「リディア、いらっしゃい。二人でどこかでお昼を食べましょう」

通りに出ると、フリーダはタクシーを止めた。後部座席におさまると、フリーダがぷっと噴《ふ》き出した。

「いい絵が描けそうよ! タイトルは『ディエゴの昼食』でどうかしら」

これにはリディアも笑い出した。フリーダとディエゴは、妙《みょう》な夫婦《ふうふ》だ。

小さな食堂に入ると、フリーダはリディアのために何皿もの料理を注文してくれ、自分はワインを一瓶《びん》飲み干《ほ》した。お店を出る時には、脚《あし》を激《はげ》しく引きずるフリーダの体をリディアが支《ささ》えた。ひどく疲《つか》れているようで、家に向かうタクシーの中でフリーダはほとんど眠《ねむ》っていた。

家に着くと、子どもが二人駆《か》け寄《よ》ってきた。十歳《さい》ぐらいの男の子と、リディアと同じぐらいの年の女の子だ。

「フリーダおばさん、フリーダおばさん」

リディアに気づいて、二人は急に立ち止まった。

「この子、だれ？」男の子がたずねた。

「リディアは、私のお客よ。リディア、これは姪《めい》のイゾルダと甥《おい》のアントニオ」

リディアが手を差し出すと、恥《は》ずかしがり屋なのか、アントニオはうつむいてしまった。黄色のステッチの入った黒いズボンにパナマ帽《ぼう》という、カウボーイスタイルだ。イゾルダは白いレースのワンピースの上にマンティーラというショールをかけている。二人とも興味津々《きょうみしんしん》でリディアを見ている。

「少し横になるわ。みんなで仲よくしていてちょうだい」そう言って、フリーダは先に家に入ってしまった。

「何をする？」アントニオが聞いた。「鬼《おに》ごっこ？」

「そんなの子どもっぽいわ」イゾルダが言った。「家に入ってサルと遊ぼうよ。リディアはどう？」

「いいわ」とリディアは答えた。

家の中に入ると、サルのフーラン・チャンとカイミートが、イゾルダとアントニオの胸《むね》に飛びこんできた。中庭ではシカのグラニーソがリンゴを食べ、オウムのボニートがかごの中で羽を整えている。

台所に入ると、テーブルにスケッチブックとカラーペンが置いてあった。

「よくフリーダおばさんと一緒に絵を描くの。私達が描いた絵も棚《たな》一杯あるわ」とイゾルダが言った。

「お菓子《かし》食べる?」と、アントニオ。

アントニオは骨《ほね》の形の砂糖菓子《さとうがし》と、キャラメルでできた頭蓋骨《ずがいこつ》が一杯入った袋《ふくろ》を持ってきた。

「死者の日にたくさんもらったんだ」

三人は、おしゃべりしながら骨や頭蓋骨のお菓子を食べた。イゾルダは昨日の花火の話を始め、鼓膜《こまく》が破《やぶ》れるかと思ったと言った。それからカラーペンを手に取って、星が飛んでいるような花火の絵を描いた。絵の真ん中で女の子が耳をふさいでいる。アントニオとリディアも、花火や星や太陽を描き始めた。サルたちはテーブルの上に座って見ていたが、やがてペンを持って紙に落書きを始めた。

その時、リディアの携帯《けいたい》が鳴った。充電《じゅうでん》が切れているので空耳かと思ったが、ポケットから取り出して見ると、メールの着信があった。アントニオとイゾルダが目を丸くして見ている。

「それは何？」

二人には答えず、リディアは画面に目を走らせた。

『絵を待っている。

どこで何をしている？これ以上は待てない。』

前回のメールが届いたかどうかもわからないまま、リディアは返信した。

『ブレスレットが不調。

メキシコで骨を食べてます』

それから二人に、これでメールが送れることを説明したが、信じてもらえなかった。

「信じたくなければ信じなくてもいいわ」リディアは言った。

「あなたのブレスレット……」イゾルダが言った。「変わってるわね」

「そうよ、魔法《まほう》のブレスレットなの。これでタイムスリップできるんだけど、今はちょっと調子が悪くてね」リディアは答えた
「うそだ！」アントニアが言った。「ディエゴおじさん以上のうそつきだ」

おじいちゃん

こちらは監禁《かんきん》中のリディアのおじいちゃん。手荒《てあら》な扱《あつか》いも受けず、ベッド、家具、シャワー、清潔《せいけつ》な服も本もある。それでも、患者《かんじゃ》が待っていると思うと、いてもたってもいられなかった。なぜ、こんなところに監禁されているのだろう？

リディアとトラのマジック・ショーを見たおじいちゃんは、帰る前にトイレに行った。すると突然《とつぜん》、だれかに腕《うで》をつかまれ、注射《ちゅうしゃ》の針《はり》を刺《さ》されたのだ。拉致《らち》したのがだれかはわからないが、あのマジシャンが一枚噛《いちまいか》んでいると思う。ここに食事を運んでくる世話係は、マジック・ショーのアシスタントをしていた若《わか》い女の人だ。初め口をきかなかったが、このごろは少しずつ話をするようになっていた。ロシア生まれの英国育ちで、おじさんがサーカスにいた関係で、十代からトラに接《せっ》していたそうだ。読書好きで、おじいちゃんが頼《たの》んだ本のうち何冊《さつ》かを、彼女も読んでいた。ボスは、読書を快《こころよ》く思わないという。

「そのボスって、だれ？」

おじいちゃんは、この質問《しつもん》を十回ぐらいした。ところが女の人はいつも笑って首を振《ふ》るだけだった。あのマジシャンだろうか。何よりもリディアの無事を確《たし》かめたくて、何度も聞いたが、その度に女の人は「元気だと思うわ」と答えた。

この人をねじふせて逃《に》げようかと考えたこともあるが、暴力《ぼうりょく》をふるうのは気が進まなかった。それに彼女は若く体力があるのに、自分は男だとはいえ若くない。逆《ぎゃく》にねじふせられてしまうだろう。しかも、外に別の監視役《かんしやく》がいるかもしれない。

マジック・ショーでトラが一頭戻《もど》ってこなかったのはなぜかともたずねたが、女の人は謎《なぞ》めいた笑みを浮《う》かべて首を横に振るだけで何も聞き出せなかった。誘拐《ゆうかい》されたのがリディアでなくてよかったが、自分を捕《と》らえたのはなぜだろう？　身代金目当てだろうか？　自分もリディアの両親も、特に裕福《ゆうふく》なわけでもないのに。

その夜、マジシャンは夜明けまで眠《ねむ》れずにいた。眠りに落ちても、悪夢《あくむ》に襲《おそ》われるのだ。マジック・ショーで失敗し、腐《くさ》った卵《たまご》を投げつけられる夢《ゆめ》。観客は減《へ》り続け、赤字がかさんで興業《こうぎょう》は中止になる。ホテルの宿泊料《しゅくはくりょう》が払《はら》えなくて、とうとう警察《けいさつ》に連絡《れんらく》された。パトカーのサイレンが聞こえる……

実際《じっさい》に鳴っていたのは、枕元《まくらもと》の電話だった。ホフマンは文句を言いながら、受話器を探《さぐ》った。また何かトラブルか？　電話は鳥青年からだった。

「何時だと思っている」ホフマンは怒《おこ》った。

それには取りあわず、鳥青年はリディアと連絡がついたと話した。

「それで？　いつ絵を持ち帰ると？」とホフマンは言った。

「どこで何をしていると言ってやったら、こんな返事がきました。

『ブレスレットが不調。

メキシコで骨《ほね》を食べてます』」

「何だ、それは？　あのガキを送ったのが間違《まちが》いだ。あの娘《むすめ》なら大丈夫《だいじょうぶ》と言ったのはお前だろう。お前が悪い。もうこれ以上好き勝手にさせることはしないぞ。とっ捕《つか》まえて、この手で八《や》つ裂《ざ》きにしてやる！」

鳥青年は黙《だま》っていたが、やがて口を開いた。

「確かに、あの子を買いかぶっていたかもしれません。しかし、あなたも同意の上だったはずでしょう？　絵を持ち帰るまでは、生かしておきましょう」

「あいつが絵を持ち帰る可能性《かのうせい》はゼロだ。メキシコで骨だと？　寝《ね》ぼけたことを」

「途中《とちゅう》のメールがぬけているのかもしれません」

「ぬけていようがいまいが、どちらでも構《かま》わん。あいつを待つのはやめだ」

「では当然、次の策《さく》をお持ちでしょうね？」鳥青年が皮肉たっぷりに言った。「あなたのことですから」

「お前がゴッホの時代に行って、絵を買ってこい」とホフマンが言った。「最初に言ったように」

「私《わたし》には、その能力が残っていません」鳥青年は言った。「上手《うま》くいかないでしょう」

「やろうともせずにあの子を行かせて。意気地なしが！」

「あなたが行けばよいではありませんか」鳥青年が答えた。「見事にトラを扱えるあなたなら、できるでしょうよ！」

生意気な鳥青年め！　電話を切ったホフマンは心底怒っていた。絵さえ手に入れたら、あいつはお払い箱だ。

水が私《わたし》にくれたもの

フリーダが寝室《しんしつ》から出てきた時、リディアたちはまだキッチンにいた。お菓子《かし》の袋《ふくろ》は空っぽで、三人とも口の周りがピンクや紫《むらさき》や緑になっていた。

「ああ、山ほど骨《ほね》を食べたわ」リディアはため息をついた。

テーブルには四枚《まい》の絵が置いてあった。

「フリーダおばさん、どの絵が一番いいと思う？」イゾルダが聞いた。

フリーダは、星や火花が描《か》かれた絵をじっと見た。

「これが一番いい」フリーダが言った。「一番独創的《どくそうてき》だわ。描いたのはだれ？」

子どもたちがくすくす笑う。

「当ててみて」

アントニアが言うと、フリーダは、アントニオではないかと言った。次にイゾルダ、その次にリディア。三人とも首を横に振《ふ》る。

「この子よ」

イゾルダは、床《ゆか》を指差した。カイミートが座《すわ》ってお腹《なか》をかいている。

フリーダは笑って、カイミートを抱《だ》き上げると鼻にキスをした。

「おばさんはいつも子どもは優《すぐ》れた芸術家《げいじゅつか》だって言うけど、サルのほうがすごいってことだね」

アントニオが言った。

「本当ね」フリーダが言った。「さあ、そろそろ家に帰りなさい。お母さんが心配するわ」

リディアが二人を見送ったあと部屋に行くと、フリーダは新しい絵を描いていた。他の絵を見てもいいかと聞くと、フリーダはカンヴァスから目を離《はな》さずにうなずいた。部屋にある絵は、ほとんどが自画像《じがぞう》だ。人形と並《なら》んでベッドに座るフリーダ。いすに座るフリーダの足元に豆粒《まめつぶ》のような犬。顔をちょっぴり傾《かたむ》け、ひざに手を置き、背筋《せすじ》をぴんと伸《の》ばして、いつもフリーダは同じポーズで座っている。大きな目を開いているが、何も見ていないように思える。

変わった絵が一枚あった。肖像画《しょうぞうが》ではなくバスタブの絵で、湯の中からつま先だけが出ている。お風呂《ふろ》に浸《つ》かって足をのばすと、自分の足がこんな風に見える。不思議なのは、バスタブの水面に、人や鳥、火山、植物、ドレス、それから何やら得体の知れないものがたくさん浮《う》かんでいることだった。煙《けむり》に包まれる高層《こうそう》ビル、水を噴《ふ》き出す貝、裸《はだか》の女の人、骸骨《がいこつ》もいる。ぞろぞろ綱渡《つなわた》りをする虫も。奇妙《きみょう》な絵だと思いながら、なぜか目が離せないだけの魅力《みりょく》がある。

「それは『水が私にくれたもの』っていう絵よ」とフリーダが言った。「私はお風呂に入るのが好きだから」

壁《かべ》に立てかけられた自画像も、何ともいえない不思議な絵だった。フリーダが二人いて、まっすぐ正面を見据《みす》えたまま、手をつないで座っている。白いレースのドレスを着たフリーダと、民族衣装《いしょう》のフリーダ。どちらも真っ赤な心臓《しんぞう》が見えていて、うねる血管が二つの心臓をつなげている。白いドレスのフリーダが持っているのはハサミか、それとも手術用の鉗子《かんし》？　つまんだ管から純白《じゅんぱく》のスカートに血がしたたり落ちている。もう一人のフリーダの手にあるのは、小さなメダル。メダルの中にいる小人のような男はディエゴだろうか？

「どう思う？」フリーダがたずねた。

「ちょっと怖《こわ》い」リディアは答えた。

「自分の中に二人の人間がいるって感じたことはない？」

「あるわ」リディアはためらいながら言った。「何度も」

「絵を描くのは好き?」

「ええ、好きです。油絵はあんまり描いたことがないけど」とリディアは答えた。

フリーダは立ち上がって、画架《がか》と新しいカンヴァスを取り出した。そしてテーブルに絵の具のチューブと筆を置き、キッチンからいすを持ってきた。

「さあ、お描きなさい」

リディアはおずおずといすに座ると、白いカンヴァスに向かった。何を描いたらいいだろう?ひざの上の頼《たよ》りない手を見て考える。何か思いつく度に、自分には無理だと考え直す。フリーダはリディアの戸惑《とまど》いを感じ取ったようだ。

「私のほうを見て座っているからよ」フリーダが笑って言った。「反対向きに座ると気持ちが楽になるかもしれない」

リディアはやってみた。画架といすを動かして、フリーダに背中を向けて座った。ところが、実際《じっさい》にリディアの手が動き始めると、カンヴァスに現《あらわ》れたのは、窓《まど》の外の美しい中庭ではなく、リディアの肖像だった。二人のリディア。いったん描き始めると止まらなくなり、何日も描き続けた。昼間は何時間も画架の前に座り、夜は手に絵の具をつけたままベッドに入った。絵の具を混《ま》ぜる時にはフリーダが手伝ってくれたが、絵については、一言も口を出さなかった。午後になって少し涼《すず》しくなると、二人で中庭に座っておしゃべりをすることもあった。リディアはオレンジジュースを、フリーダはワインを飲んで。

壁画制作《へきがせいさく》の現場《げんば》で昼食を投げつけたほど怒《おこ》ったのに、フリーダはディエゴとすぐに仲直りをしていた。あれから何日も経《た》たないうちに、ディエゴはブーツを履《は》きピストルを持って家に来ると、フリーダにキスをして、「許《ゆる》してくれ」と言った。いつものことなのだろう。それからディエゴは何事もなかったかのようにキッチンのテーブルについて、冒険談《ぼうけんだん》を始め、フリーダは楽し気にそれを聞いている。時折リディアは、おじいちゃんを思って気がとがめた。ブレスレットを試すことも考えたが、行先の時間と場所が指定できないので、決断《けつだん》できずにいた。

ある日の午後、突然《とつぜん》リディアが筆を置いた。ひざに手を置いて、ただ目の前をまっすぐ見つめる。フリーダがすぐに声をかけた。

「描き上がったのね」

「ええ」リディアが答えた。

フリーダがリディアの絵の前に回ってきた。

二人のリディアは、フリーダの絵と違《ちが》って、人物の大きさが同じではなかった。小さいほうのリディアは、バラ色のほおをして、花の海から体が出ている。手足は細く植物の茎《くき》か根のようだ。頭の上を紫と緑の鳥が飛び回っている。そこから石や岩礁《がんしょう》、草地が現れる。石や岩礁は灰色《はいいろ》のゆがんだ建物を形作り、建物の間から赤い口と黒い目の白い顔がのぞいている。もう一人のリディアの体はマネキンのようだ。背景《はいけい》は暮《く》れゆく空で、月がぼんやりとした光を放っている。

フリーダは何も言わず、その絵をじっと見ていたが、唐突《とうとつ》に部屋を出て行ってしまった。キッチンから聞こえる物音に耳を澄《す》ましながら、リディアの気は沈《しず》んだ。フリーダをがっかりさせるほどの失敗作なのだろうか。リディアは魂《たましい》がぬけたようにキッチンのドアを入った。フリーダはリディアに背を向けて、流しの前にいる。

「期待を裏切《うらぎ》って、ごめんなさい」そう言わずにいられなかった。

「リディア、私はあなたのことをよく知っているわけではないわ。最初の日にあなたが聞かせてくれた話は、今まで聞いた中で一番奇想天外だった。きっと、だれも信じないでしょう」フリーダは振り返ると、リディアを真っすぐに見た。「でも、言葉《ことば》では言い表せないことがある。あなたが描いた絵には、技術的に未熟《みじゅく》な点がいくつもあるけれど、私は生きている限《かぎ》り、あなたの絵を忘《わす》れないと思う」フリーダが言った。

リディアは言葉もなかった。喜びで顔が熱くなる。フリーダが、自分の描いた絵を好きだと言ってくれている。

「あなたにあの絵を贈《おく》らせてください」リディアはようやく口を開いた。

「あんな大事なもの、もらうわけにいかないわ」フリーダが答えた。

「それでも、ここに置いてほしいんです」リディアは小声で言った。「持って帰れないから」

その夜ベッドに横になったリディアは、フリーダ・カーロのところにいられるのも、あと少しになる予感がしてならなかった。


翌朝《よくあさ》リディアは雨の音で目を覚ましたが、しばらく横になったまま、しずくの音に耳を傾けていた。ロビンソンの島では照りつける日の光を浴び続けていたから、雨の音が心地よい。さあ、服を着替《きが》えよう。服は部屋のいすの上にあった。いつものフリーダに借りた服ではなく、何気なくジーンズとセーターを身に着ける。ポケットに、携帯電話《けいたいでんわ》と薬の入った皮の袋と、交通用のIC《アイシー》カードがある。ふと壁の小さな鏡に映《うつ》った顔に目がとまった。髪《かみ》は肩《かた》まで伸び、かなり日に焼けている。ディエゴからメキシコ人みたいだと言われたのを思い出してうれしくなる。腕《うで》に目をやると、やはり小麦色だが、片方《かたほう》の手首の、ブレスレットをつけていた場所だけが白い。

それまでリディアは、ブレスレットをずっとつけていたのだが、昨晩手首がかゆいと思ったら、肌が赤くなっていた。フリーダが、テレビン油でかぶれたなら、肌《はだ》を空気にさらしたほうがいいと教えてくれた。それでリディアは寝《ね》る前にブレスレットを外し、いすの上に置いたのだった。ところが今そこにブレスレットはない。いすの下もベッドの下も見て、シーツを外し、マットまで持ち上げたが、見当たらない。リディアが寝ている間にだれかが部屋に入ってブレスレットを取ったとすれば、それはサルに違いない！　リディアはキッチンに走った。するとそこでは、サルのフーラン・チャンとカイミートが身を寄《よ》せ合い、小さな黒い手で、互《たが》いの毛づくろいをしていた。

「あんたたち、何てことしてくれるの！」

二匹《ひき》のサルは、ぽかんとしてリディアを見つめた。そのとき、居間《いま》で物音がした。見ると、ブレスレットを持ったアントニオが床の上に座っているではないか。

「それ、かえしてちょうだい！」

リディアは、アントニオからブレスレットを奪《うば》い返すと、震《ふる》える手で自分の腕にはめた。

「ごめんね、ちょっと見たかったんだよ。君はまだ寝ていたから」

「おもちゃじゃないんだから、いじっちゃだめなのよ！　これは……」

リディアは思わず口をつぐみ、ブレスレットを見た。黒い文字盤《もじばん》がちかちかし、赤い文字が点《てん》滅《めつ》している。慌《あわ》てて文字盤を押《お》したが遅《おそ》かった。リディアの耳に最後に届《とど》いたのは、アントニオの悲鳴だった……。

第四章　葛飾北斎《かつしかほくさい》（一七六〇〜一八四九年、日本を代表する浮世絵師《うきよえし》）

生涯《しょうがい》で三万点を超《こ》える作品を遺《のこ》した。北斎は西洋絵画の遠近法を取り入れたほか、ぶん回し（コンパス）や定規《じょうぎ》を使って描《か》く基本技法《きほんぎほう》などを後進に伝えるための絵手本を多く刊行《かんこう》した。『北斎漫画《まんが》』は、イラスト集としてだけでなく、江戸《えど》の事物を解説《かいせつ》した百科事典として、国を越《こ》え、時代を超《こ》えて評価《ひょうか》を得ている。大胆《だいたん》な構図《こうず》と色彩《しきさい》が特徴的《とくちょうてき》な北斎の作品は、早くから海外にも伝わり、ゴッホなど印象派《は》の画家にも大きな影響《えいきょう》を与《あた》えた。「北斎」というのは、三十代ごろから使い始めた号で、時代によって三十を超える号を使った。号の多さとともに、転居《てんきょ》の回数が多かったことでも有名である。

北斎の三女お栄は父の代作をこなすほどの絵師で、応為栄女《おういえいじょ》の名で優《すぐ》れた作品を遺す。

浮世絵には木版画《もくはんが》と肉筆画があり、特に木版画は江戸庶民《しょみん》の間に広く流通した。木版浮世絵の作成には、彫師《ほりし》、摺師《すりし》などの専門家《せんもんか》の力と、綿密《めんみつ》な打ち合わせが必要とされた。

雪山

　雪が降《ふ》っている。雪山に囲まれ、あたりは静寂《せいじゃく》に包まれている。降り積もった雪の中から突《とっ》然《ぜん》人の顔が突《つ》き出した。リディアだ。戸惑《とまど》うようにあたりを見回している。ここは一体どこだろう。わかるのは暖《あたた》かな所から一瞬《いっしゅん》にして寒い場所に移動《いどう》したらしいということだけ。最後に覚えているのは、アントニオがいじったせいでブレスレットが動いたこと。このブレスレットに、どれだけ振り回されるのだろう。鳥青年と、彼《かれ》に渡《わた》されたこの役立たずの機器を、リディアはもう百回は呪《のろ》ってきた。

　リディアは、やっとのことで雪からはい出した。そしてゆっくりと斜面《しゃめん》を下り始めた。下るしかないだろう。一歩進むごとに、ひざまで雪に埋《う》まるから、前に進むのは一苦労だ。呼吸《こきゅう》は苦しく、胸《むね》の鼓動《こどう》が激《はげ》しくなる。

　どうやら自分が今、非常に危険《きけん》な状況《じょうきょう》に置かれているらしいことがわかった。大きな雪山に一人でいるのだ。万一歩けなくなったら、雪の上にうずくまるしかない。眠《ねむ》りこもうものなら、二度と目覚めることはないだろう。そんな話を聞いたことがあった。泣きたい気持ちがのど元までこみ上げる。

それから長い間リディアは辛抱強《しんぼうづよ》く歩き続けた。時間の感覚がない。こうして雪の上を永遠《えいえん》に歩くのだろうか？　霧《きり》をすかして振《ふ》り返ると、かすかに曲線を描《えが》いた自分の足跡《あしあと》が雪の上に見える。何度かのどの渇《かわ》きに耐《た》えかねて立ち止まり、雪をすくって口に入れた。リディアはもうくたくただった。

雪が小降りになった。一体どれぐらい歩いたのだろう？　雪の山道はどこまでも続き、足取りは重くなる一方だ。身体は凍《こご》え、脚《あし》は棒《ぼう》のようだ。雪の上でもいいから横になりたい。

とうとう一歩も進めなくなった。ただ眠りたいと思った。雪の上に倒《たお》れたリディアの顔に日の光が落ちる。ここで私《わたし》は凍え死ぬのね。意識《いしき》が薄《うす》らぐ中リディアは思った。ここでリディアの物語が終わるなら、死ぬ前に何か生命の証《あかし》が見たいと思った。ほんの小さなアリでもいい。雪ばかりが広がる大自然の中で、ひとりぼっちで死にたくない。その時、突然、少し先で何か動くものが見えたような気がした。何か雪で覆《おお》われたものが、雪をかきわけて近づいて来るようだ。まぼろしなんかじゃない。望んだ通り、生きているものだった……。でもアリよりずっと大きい。今リディアにはそれがずんずんと近づいてくるのが、はっきりと見えた。その生き物はほんの二メートル先にいる。リディアはその大きな細い黄色いひとみに呆然《ぼうぜん》と見入った。毛皮がすっかり雪にまみれている。リディアは困惑《こんわく》していた。トラかしら？

遠くでだれかがぶつぶつ言っているような声がする。トラの耳にも届《とど》いたようだ。重い頭をもたげ、においをかぎ始めた。それから横に跳《と》んだ。雪がトラの足元で崩《くず》れ、斜面から雪崩《なだれ》落ちた。次の瞬間、リディアは雪の積もる斜面を滑《すべ》り落ちていった。「助けて！」というリディアの叫《さけ》び声は、雪崩の音に消された。山を良く知る人なら、あの雪崩で助かる者はないと言うだろう。

神の子か、天狗《てんぐ》の子か

ここは信州の小布施《おぶせ》。山の村に、小さな家があった。各地に大きな店を持つ地元の商人が、遠方からの大切な客人を泊《と》めるために建てた別宅《べったく》で、ここしばらくは江戸《えど》の有名な絵師《えし》が滞在《たいざい》している。窓《まど》から灯りが漏《も》れている。絵師は戸口に立ち、ドォーンという音を響《ひび》かせる山を見あげていた。山はまだ雪をかぶっている。音の正体は雪崩《なだれ》だ。

高齢《こうれい》の絵師は、毎日山をながめても飽《あ》きることがなかった。この絵師の名は葛飾北斎《かつしかほくさい》。かつては春朗《しゅんろう》、宗理《そうり》という名を使い、最近は戴斗《たいと》、為一《ためいち》、画狂老人《がきょうろうじん》を名乗ることもある。

このあたりでは春になっても雪崩は起きるが、今日のはことに大きかったようだ。少し外を歩く気になり、北斎はつえを手に、山に続く道を歩き出した。見上げると、雪崩で落ちた雪の塊《かたまり》が目に入る。思った通り、かなり大きな雪崩だ。道はうねりながら上がっている。向こうから荷車が下ってきた。北斎を見ると、馬の轡《くつわ》を取っていたお百姓《ひゃくしょう》が荷車を止めた。

「これは先生。あのひどい雪崩で、けがをしたものがあるようでして」

わら束《たば》の下に横たわっているのは、どうやら子どものようだ。

「俺《おれ》の所に運ぶがいい」北斎は言った。

道を急ぎながら話を聞くと、薪拾《まきひろ》いに山に入っていたところ、雪崩にあったそうだ。大層《たいそう》な雪崩で、運よく目の前で止まったのだと。あわてて引き返そうとして、吹《ふ》きだまりから手が出ているのに気づき助け出した。ぐったりしているが、何とか息はあるようだ。そこで、わら束を体にかけて村まで運ぶことにしたそうだ。

「どこの子だい？」北斎が聞いた。

「それが、何とも奇妙《きみょう》な子でしてね。顔立ちといい、ザンバラ髪《がみ》といい、着ているものといい……ついぞ見たこともない子ですよ」とお百姓は言った。

「どこから来たんだろう？」

「さあねえ」お百姓も首をひねる。

北斎の宿の前に着いた。北斎はけが人が横になれるよう、囲炉裏《いろり》のそばに布団《ふとん》を敷《し》いた。短く切った髪が顔にかぶさっている。女の子のようにも見える。確《たし》かに奇妙な子だ。迷《まよ》い子《ご》か、捨《す》て子《ご》だろうか？　まさか鬼《おに》や天狗の子ではあるまいし。そっと腕《うで》と足を見たが、大きなけがはないようだ。

「この雪の中、どうしてこんな子どもがあんな所にいたのか……ともかく、医者を呼《よ》びますかね？」とお百姓は言った。

「ああ、そうだな」と北斎が答えた。

北斎はあぐらをかき、気を失っている子どもの様子を観察した。珍《めずら》しい顔形をしている。これまでさまざまな人間の顔を描《か》いてきたが、こんな変わった顔にはお目にかかったことがない。

外が暗くなり始めた。北斎は囲炉裏に薪をくべた。それから机《つくえ》に向かって下絵の続きを描きはじめた。そうしながらも、寝《ね》ている子どもの様子を盗《ぬす》み見ずにいられない。この子はどこから迷いこんだのだろう。山の神が命を救ったのだろうか？


リディアは目を開けた。薄暗《うすぐら》い室内に寝かされている。覚えているのは、雪の中を歩き続け、身体の芯《しん》まで凍《こご》えていたことだけで、そこから先はぷっつりと記憶《きおく》が途切《とぎ》れている。どういうわけでこの暖《あたた》かな部屋にいるんだろう？　その時、人の気配を感じた。一人の老人が壁際《かべぎわ》の文机《ふづくえ》の前に座《すわ》り、書き物をしている。上着を脱《ぬ》ごうとして身動きしたとたん体中に激痛《げきつう》が走り、リディアは小さくうめいた。座っていた老人が立ち上がり、近づいてきた。しゃがんで、知らない言葉で話しかけてくる。リディアはかじかむ指で上着のポケットを探《さぐ》ると、どうにか薬入れを見つけ、口に入れた。

かなりの高齢見える老人は、カギ鼻に細い目、顔には深いしわが刻《きざ》まれている。額《ひたい》を剃《そ》り上げ、残ったわずかな白髪《はくはつ》を後ろで結んでいる。ゆったりしたズボンに、着古した服を羽織《はお》っているが、着ている服にも指にも墨《すみ》や絵の具がついている。老人は、目を細めてリディアを見た。

「ここはどこ?」リディアがたずねた。

「どこって、俺が借りてる家さ」思ったより優《やさ》しい声だった。「もう少し眠《ねむ》りなさい。心配することはない。ここにいれば安心だ。」

「私《わたし》、どうしてここにいるの?」

「山で見つかったんだ。大きな雪崩にやられてな。運の強い子だ」老人はリディアに笑いかけた。「飲むか?」

老人はリディアのひび割《わ》れた唇《くちびる》に、水の入った器を当てた。リディアはむさぼるように飲んだ。聞きたいことがたくさんあるのに、言葉が出ない。

「寝るんだ」老人が言った。「話は明日」

途中で再《ふたた》び眠りに落ちたので、最後の言葉《ことば》はリディアには届《とど》かなかった。

その夜遅《おそ》く、医者が来た。診察《しんさつ》の間もリディアはぼうっとしていた。医者と老人が声をひそめて話をしているのが遠くに聞こえる。

「骨《ほね》は折れていないようだ」と医者は言った。「何日か経《た》たないとはっきりとは言えないが、見たところ大きな打撲《だぼく》もなさそうだ。まあ、足の指が凍傷《とうしょう》になりかけているぐらいだな。今はとにかく暖かくして眠ること。この薬をせんじて朝晩《あさばん》飲ませて、何かあったらすぐに呼んでください。それにしても奇妙な子だ」

「ああ。全く奇妙きてれつだよ」北斎が答えた。

画狂老人《がきょうろうじん》

翌朝《よくあさ》目を覚ましたリディアが最初に見たのは、一枚《まい》の絵だった。雲に囲まれた赤い山の絵。山《さん》頂《ちょう》には白い雪。見たとたん、リディアは身震《みぶる》いして目をつぶりたくなった。もう雪なんか一生見たくない。

しばらくして、ようやく目を開けて周りを見回す気になった。リディアは土の壁《かべ》と障子《しょうじ》に囲まれた小さな部屋で、薄《うす》い布団《ふとん》の上に寝《ね》かされていた。パチパチ音がする囲炉裏《いろり》のほか、室内にあるものといえば座《すわ》り机《づくえ》と棚《たな》ぐらいなものだ。囲炉裏に手を伸《の》ばすと、指先が暖《あたた》かい。部屋は雑然《ざつぜん》としている。床《ゆか》には描《か》きかけの絵や丸めた紙くずが散らばっていて、木の棚には版画《はんが》や紙の束《たば》が無造作《むぞうさ》に積み重ねてある。リディアは室内を観察しようと、恐《おそ》る恐る体を起こした。足を引きずりながら歩くと、体中が痛《いた》い。棚に川の絵があった。川には船が何艘《そう》も浮《う》かんでいて、船上で飲食を楽しむ人々の様子が生き生きと描かれている。丸い笠《かさ》をかぶった男が釣《つ》り竿《ざお》を握《にぎ》り、水辺の岩に座っている。大きな木の橋がかかっていて、大勢《おおぜい》の人がその橋を渡《わた》っていた。目を覚まして最初に見た赤い山の絵と同じ形の山が遠くに見える。次の絵は街道の風景だろうか、地平線のかなたにやはり同じ山の輪郭《りんかく》が見える。季節が違《ちが》うが、同じ山だ。家の中を描いた絵もあった。窓《まど》際《ぎわ》に美しい着物を着た女の人たちが座っている。暗くなりかけた空の向こうに、同じ山が浮かぶ。この時は雪が積もっている。

「起きたようだな」

老人が隣《となり》に立っていた。湯のみをのせた盆《ぼん》を持っている。湯のみからは湯気が上がっていた。

「絵を見せてもらっていたんです。あなたが描いたのですか？」リディアがたずねた。

老人はうなずいた。

「なぜ同じ山ばかりなの？」

「富士《ふじ》のことか。いくら描いても、描ききれないのさ」

リディアは足の痛みをこらえながら、他の絵を見た。見ると、ほとんどの絵に、同じ三角形の山が描かれている。堂々と雄大《ゆうだい》な山を描いた絵があるかと思えば、背後《はいご》にほんの少し頂上が見えるだけの絵もある。やがてリディアは座った。思わず涙《なみだ》ぐむ。老人もお盆を下に置いて、リディアのそばに座った。

「痛むのか？」北斎《ほくさい》が聞く。

「ええ、胸《むね》が痛くて、指もずきずきするの」

「感覚が戻《もど》ってきた証拠《しょうこ》だ。絵が好きなのか？」

「ええ。でも私《わたし》、もう雪山は見たくない」リディアは正直に言った。

「そうか」

北斎はそう言いながら、まじまじとリディアを見た。この子は顔だけでなく、言うことも変だ。富士の山を見たくないとは。

「名は何という？」北斎が聞いた。

「リディアよ、リ、ディ、ア」

「何だって。リワ？　イワ？　生まれはどこだ？」

「たぶん、ここからずっと遠いところ」

雪崩《なだれ》で頭を打ったせいか、それとも、本当にわからないのかも知れないと、北斎は思った。

「横になって体を休めたらどうだ？」

リディアは首を横に振《ふ》って答えた。

「座っていれば痛まないわ」

リディアは湯のみを両手で持ち、お茶を飲んだ。部屋にしばらく沈黙《ちんもく》が流れる。

「あなたは、偉《えら》い絵描きさんなんですか？」リディアがたずねた。

「偉くはないが、北斎といえば、ちっとは知られているようだ。このごろは画狂老人と名乗っているがな。狂《くる》ったように絵を描く老人って意味だ」老人は答えた。

リディアは笑い出したが、体が痛むのですぐに笑い止め、胸に手を当てた。北斎が心配そうに見たが、リディアは首を横に振り、「大丈夫《だいじょうぶ》」と言った。北斎という名前をどこかで聞いたような気がした。さっき見た絵はどれも見たことがなかったが、北斎という名を聞いて、記憶《きおく》のどこかから一枚の絵が浮かび上がる。

「わかった」リディアは叫《さけ》んだ。「大きな波の絵だ！　私、大好きだった。おじいちゃんの家にポスターがあって、日本の浮世絵だって言ってたわ。」

北斎は小さく微笑《ほほえ》み、うなずいた。

「ぽす……何だかは何のことだがわからんが、波の絵はたくさん描いたよ。お前が言うのは神奈《かな》川沖浪裏《がわおきなみうら》のことかな？　気に入ったかい。あの絵は富嶽《ふがく》三十六景の一枚さ」

「あの絵にも、富士山があったかしら？」リディアはいぶかしげに聞いた。

北斎は棚に近づき、絵を一枚取り出すとリディアの目の前で広げた。大きな青い波が空に向かってうねり、やがて白い泡《あわ》になって消えていく。その泡はまるで広げた指のようにも見える。波間に見え隠《かく》れする黄色い舟《ふね》が三隻《せき》行く手に向かって突き進む。遠くに、それを見守るような富士山の姿《すがた》があった。リディアはしばらくその絵に見入った。

「ずいぶんたくさん富士山の絵を描いたのね」

リディアがようやく口を開いた。

「ああ、数えきれないくらい描いたな」北斎が答えた。

どうしてあの山に、そこまで魅了《みりょう》されるんだろう？

「飽《あ》きないんですか？」リディアがたずねた。

「飽きるどころか、まだ描き足りない」北斎はきっぱりと言った。「お前も絵を描くようだな？」

「ええ」

「イワ、歳《とし》はいくつだ？」

「十三です」本当はリディアだけどと思いながらも、そう答えた。

「一人前の絵描きになるには、まだまだ若《わか》いな。俺《おれ》など、この歳になってもまだ納得《なっとく》する絵が描けない」

有名な絵描きだというのに、どうしてそんなことを言うのかリディアには理解《りかい》できなかった。

「この歳って、今何歳《さい》ですか？」とたずねた。

「八十三歳。数年前『富嶽百景』にも、自分の心境《しんきょう》を書いたことがある。『思えば俺は六歳の時から、自然に目に映《うつ》るものを絵に写しとっていた。それ以来絵を学び続け、五十歳のころから絵や版画を世に出してきた。だが、今見ると、七十歳より前に描いた絵は、取るに足りないものばかりだ。ようやく七十三にして、鳥獣虫魚《ちょうじゅうちゅうぎょ》の骨格《こっかく》や植物の成り立ちが少しは分かってきたと思っている。だから、この先も絵の修行《しゅぎょう》に励《はげ》めば、八十歳にはもっと良い絵が描けるようになり、九十歳になれば極意《ごくい》を極《きわ》め、百歳でまさに人知を超《こ》える絵が描けるのではないだろうか。そして百十歳ともなれば、一筆ごとに命を持つようになることだろう』とね。長寿《ちょうじゅ》の神さまが、俺の言葉にうそ偽《いつわ》りがないことを見届《みとど》けてくれるのを、心から願うばかりだよ」

北斎は話し終えるとリディアを見た。薬の助けを借りても、リディアには意味不明の言葉《ことば》が多く、正直言ってよくわからなかった。だが、その気迫《きはく》はいやというほど伝わった。この北斎という人は、生涯《しょうがい》をかけて絵の道を究めると、心に決めているようだ。まだまだ、自分の画業は完成とはいえない、この歳になってやっと少しわかってきたところで、これから先長生きをすればきっと良い絵が描けるようになるだろうと。でも命を持つ絵が描ける百十歳まで、本気で生きられると思っているのかしら？

窓の外に目をやると、晴れた空がきれいだ。山々の間を川が流れ、木立を縫《ぬ》って細い道が見える。馬に引かれた荷車が通る。

「ここは日本なのね。今はいつなんだろう？」リディアがつぶやいた。

北斎がじろりと見た。妙《みょう》なことばかり言う。記憶を失ったのだろうか。それとも、人間世界の時間など通用しないところから来たのか。

「いつとは何だい？　そこの暦《こよみ》を見るがいい。天保《てんぽう》十三年、壬寅《みずのえとら》の年に決まってる」と北斎は答えた。「暦もわからんのか、お前は」

こよみ？　てんぽう？　みずのえとら？　何を聞いてもリディアには意味がわからない。北斎という画家は確《たし》か日本人だから、ここは日本に違いない。そういえば昔の日本では西洋とは違うカレンダーで日にちを数えていたと聞いたことがある。本当のことを話しても信じてはもらえないだろうし、どうしよう。

北斎はわかった、というようにうなずいた。いずれにしてもこの子には何かわけがありそうだ。

「まあ、いいさ。得体の知れない居候《いそうろう》がいるのも、面白いだろう。ちょっと高井さまのところで仕事があるから、休んでいなさい。留守《るす》の間に何か腹《はら》に入れるものを母屋《おもや》から届けさせるよ」

リディアは布団に戻った。痛む手足を投げ出し目を閉じると、次の瞬間《しゅんかん》にはもう眠《ねむ》っていた。

出かける前、北斎はそっとかけ布団を直してやった。家を出て歩く間、不思議な拾いっ子のことばかり考えていた。あの子は何かの知らせだろうか。だが、何の知らせなのか全くわからない。まあ、そのうち分かるだろう。さもなければ、人生と同じ、謎《なぞ》のままでもいいってことさ。

北斎漫画《ほくさいまんが》

リディアは足が痛《いた》くて目が覚めた。そう長く眠《ねむ》っていたわけでもなさそうだ。日はすでに暮《く》れていたが、出かける前に北斎が行灯《あんどん》を灯してくれたのか、湯のみ茶碗《ちゃわん》や筆が置かれた机《つくえ》に、行灯が暖《あたた》かな光を投げかけている。眠っている間にだれかが届けてくれたのだろう、枕元《まくらもと》に握《にぎ》り飯《めし》があった。急に空腹感《くうふくかん》を覚えたリディアは、握り飯にかぶりついた。食べ終わると満足して立ち上がり、棚《たな》のほうへ行った。木版画《もくはんが》や本などが雑然《ざつぜん》と積み重ねてある。リディアは、棚の本を手に取ってみた。リディアが知っている本とは紙も形も違《ちが》っている。柔《やわ》らかい紙に印刷した木版画を、糸で綴《と》じて一冊《さつ》の本に仕立ててあり、持つと手にしっとりとなじむ気がする。言葉《ことば》のおかげで会話はできるが、日本語の文字は難《むずか》しい。それでも何とか読むことができた。

『北斎漫画』漫画って……リディアも日本のアニメや漫画を知っている。でも北斎の本をめくってみると、いわゆるマンガとは違って、スケッチ集のようなものだとわかった。色々な絵を寄《よ》せ集《あつ》めたようなその本が、リディアは一目で好きになった。まず目を引かれたのは、職業《しょくぎょう》づくしとでもいうようなシリーズだ。船を造《つく》る人、かごを編《あ》む人、竹を割《わ》る人、餅《もち》をつく人、傘《かさ》を張《は》る人……何をしているのかリディアにはよくわからないけれど、そんな人々の生活のひとこまが、今にも動き出しそうに生き生きと描《か》きとめられている。子どもたちの遊ぶ様子があるかと思うと、動物、植物、風景など、次から次へとさまざまな世界が繰《く》り広《ひろ》げられていて、見ていて飽《あ》きることがない。笑ってしまったのは、わざと面白い顔をして見せる人たちをずらりと並《なら》べた絵。踊《おど》りの振《ふ》りつけを説明したような絵もある。ほかにも歴史や妖怪《ようかい》を描いた絵があるかと思うと、橋や建築《けんちく》の構造《こうぞう》を図解《ずかい》した絵もある。北斎は、イラスト百科事典を作ろうとしているのだろうか。単《たん》純《じゅん》な線でさらりと描いた絵もあり、大胆《だいたん》な構図の絵も、すみずみまで細かく描きこまれた絵もある。一冊の本の中でも、北斎はさまざまな技法《ぎほう》を使い分けているようだ。リディアは感心するとともに、ねたましさも覚えた。たとえ百十歳《さい》になるまで毎日絵を描き続けたとしても、自分にはとてもこんな絵を描くことはできないだろう。あまりに集中し過ぎたのか、そのうち頭の中で北斎の絵がぐるぐると回り始めた。その時、がらりと戸が開き、リディアははっとして顔を上げた。中年の女の人が不審《ふしん》そうにこちらを見ている。

「あんた、だれだい？」女の人が聞いた。

「私《わたし》……」リディアはしどろもどろになって答えた。「山で助けられて、目が覚めたら、ここにいたんです」

「山で助けられた？」

五十代だろうか？　素《そ》っ気《け》ない口調《くちょう》だが、四角張《ば》った顔は意地悪そうには見えない。地味な着物を重ね着し、長い髪《かみ》を後ろでひとつに結んでいる。相手の顔をじっと観察する様子が、どこか北斎に似《に》ているような気がした。

「雪崩《なだれ》です。よく覚えていないんですけど」とリディアは答えた。

「おやじどのは？」

「北斎さんなら、しばらく前に出かけました」

女の人はいら立たしそうに、首を大きく横に振った。

「そうかい。帰る帰ると言いながら、ちっとも荷造《にづく》りを始めないから小布施《おぶせ》くんだりまで、手伝いにきてやったのに、本人がいないときたか。でも、この雪じゃあ、まだ旅は難しそうだね」

外で物音がしたと思うと、若《わか》い男が二人入ってきて、リディアを見ると、ぎょっとしたような顔をした。女の人が声をかける。

「明日は江戸《えど》に立つ手はずだったが、足元がよくなるまで、旅は日延《ひの》べするしかないね。片付《かたづ》けだけでも、はじめるとするか」女の人が男たちに言った。「この家を引《ひ》き払《はら》って、そろそろ江戸に戻《もど》るさ。向こうでも仕事が待ってるからね」

リディアは何をしたらいいかわからず、ただ座《すわ》っていた。この家にいられなくなったら、どうすればいいんだろう？　女の人はリディアの困《こま》り顔に気づいて、隣《となり》にしゃがむと話しかけてきた。

「私はお栄。北斎の娘《むすめ》だよ。あの二人はおやじどのの弟子なのさ」お栄は一息ついて、リディアに聞いた。「あんた、山から拾われてきた迷子《まいご》だろう。そういえば村の人がうわさしてたっけ。何てことはない、おやじの居候《いそうろう》になってたのか。この村じゃ、あんたみたいな子の面倒《めんどう》を見てくれる人は、おやじの他はいないよ。どうだい、一緒《いっしょ》に江戸に来るかい？　けがが治ったら、うちの手伝いをしておくれ。しかし、何だって山の中なんかにいたんだ？」

「北斎さんは私を、天狗《てんぐ》か何かの子みたいだって」とリディアが言った。

お栄が笑顔になった。

「おやじどのらしいね。だから狂人《きょうじん》だって言うんだよ。それにしても、あんた、どこから来たんだい？」

「それも覚えていないんです。たぶん、ずっと遠いところ」とリディアははぐらかした。「北斎さんは、どんなものでも絵に描くことができるんですね」

「そうさ」お栄が答えた。「おやじどのの絵は評判《ひょうばん》がいい。だけど、お金はたまらない」

「大きな波の絵だけは前に見たことがあります」とリディアが言った。

「波の絵ね」お栄は答えた。「どれだけ波を描いたかわからない。思い通りの絵ができるまで、とことんこだわる人だから。百何歳にならないと本物の絵が描けない、って話を聞いただろう？　全くおやじったら。私のほうが先に死んじゃうわ」お栄はため息をついた。

「おやじどのは変人でね。でも、日本一の絵師《えし》さ。将軍《しょうぐん》さまの前でも絵を描いたことがあるし、若いころにはオランダ商館のカピタンに頼《たの》まれて描いたこともある。あの歳《とし》で、今でも毎日長いこと筆を持って絵を描いているよ。それでもお金は出る一方。筆や墨《すみ》や絵具を買うには、金に糸目をつけないし。何せ引《ひ》っ越《こ》しが好きでさ、これまで何回引っ越したと思う？　八十回！　うそじゃないよ」

リディアは信じられないという顔をした。

「どうしてそんなに引っ越しをするの？」リディアはたずねた。

「掃除《そうじ》をしたくないからだとさ」とお栄は答えた。

リディアは笑いたかったが肋骨《ろっこつ》が痛かったので、何とかこらえた。

「どうしたんだい？」お栄がたずねた。

「肋骨を傷《いた》めたらしいんです。足も」

弟子達は、山のような本や版画、紙の束《たば》、筆、絵の具の材料などを相手に奮闘《ふんとう》し、汗《あせ》をにじませていた。二人のうちの一人がお栄に言った。

「あねさん、一服させてください」

「しようがないねえ」とお栄は答えた。「まだ始めたばかりじゃないか」

二人が出ていくのと入《い》れ替《か》わりに北斎が帰ってきた。

「おうい、お栄。道の雪がなくなったら、江戸に向かって立つとするか」
「そのつもりだよ。その拾いっ子も連れて行こう」お栄が言った。

やがて雪も消え、世話になった屋敷《やしき》の主人へのあいさつもすんで、旅支度《たびじたく》が整うと、大変な旅が始まった。高齢《こうれい》の北斎を気遣《きづか》う主人の計らいで大八車が用意され、北斎とリディアは、荷物と一緒に乗せてもらうことになった。お栄は徒歩、弟子二人が交代で車を引く、こうして一行は一路江戸へと向かった。歩かなくてすむとはいえ、街道へ出るまでの山道では激《はげ》しくゆさぶられて体中が痛む。いくつもの山を越え、木立をぬけ、緑の田畑や川に沿《そ》ってうねる街道をゆっくり進んだ。峠《とうげ》のかなたに本物の富士山が見えた時には、リディアの心も感動に震《ふる》えた。日に日に気候もよくなり、木々の葉は緑に色を変え、茂《しげ》みには小さな花がゆれる。宿場に近づくと、わら葺《ぶ》き屋根の小さな家の集落が増《ふ》え、行き交う旅人の数も増えてきた。大半が徒歩で、荷物を背負《せお》ったり、肩《かた》から下げたりして運んでいる人もいた。小柄《こがら》だが、体つきはがっしりしてたくましい。質《しっ》素《そ》な着物を着て、みな傘のような帽子《ぼうし》を頭にのせていた。宿場では旅籠《はたご》に泊《と》まって夜を過《す》ごし、朝になるとまた大八車にゆられる。来る日も来る日も、それの繰り返しだった。リディアにとっては永遠《えいえん》とも思えるような旅だったが、二週間ほどかかっただろうか、ようやく江戸に着いた。

　ここはこの国で一番大きな町だとお栄が話した。リディアは日本の首都は東京だと思っていたが、何も知らないと思われないよう、黙《だま》っていた。東京がその当時、江戸と呼《よ》ばれていたことを知ったのは、だいぶたってからだ。渡《わた》し船《ぶね》で川を渡ると、最後の宿場町についた。そこから先は割合平たんな街道を進み、大きな寺の前を通り過ぎて市街地に入った。通りの両側には木造《もくぞう》の店や家が並び、人通りが激しいので荷車はゆっくり進んだ。物売りの声や子どもたちの笑い声が聞こえ、とてもにぎやかだ。市場には色とりどりの果物や野菜が並んでいる。やがて市場も過ぎ、木戸をくぐって間口の狭《せま》い家が並ぶ路地へ入った。荷車が止まると、二人の弟子は、やれやれ今度は荷下しと運び入れだと愚痴《ぐち》をこぼした。

「いいな。ここなら長く住めそうだ」北斎は家を指差して言った。「奥《おく》の部屋を画室に使おう」

「いつだって今度は長く住むって言うんだよ」お栄がリディアに耳打ちした。「でもしばらくすると、また引っ越すって言い出すのさ」

　お栄はてきぱきと働き、荷物を下ろし終わらないうちに、北斎とリディアに手足を洗《あら》う水を汲《く》んできてくれた。それからどこかで食べものを買ってきてみんなで腹《はら》ごしらえをした。お腹《なか》が一杯《いっぱい》になるとリディアは、旅の疲《つか》れで眠くなってしまった。

　夜中、リディアはふと目を覚ました。初め自分がどこにいるのか分からなかった。窓《まど》から満月の光が差している。しばらく横になっていたが、思い切って起き上がった。青白い光の下に北斎の画帳がある。寝《ね》る前に絵を描いていたのだろう。リディアはためらった。絵を盗《ぬす》み見たりしたら怒《おこ》られるかもしれない。

絵。リディアは思い切って画帳をめくった。魚や植物、滝《たき》、座って縫《ぬ》いものをする女、川辺の家のそれで終わりで、あとは空白だった。画帳を閉《と》じる直前、最後の紙に何か描いてあるのに気づいた。その絵を見たリディアは凍《こお》りついた。突然《とつぜん》、雪崩に襲《おそ》われた時の記憶《きおく》が押《お》し寄せる。月の光が注ぐ中、リディアが見つめる北斎の絵には、大きなトラが雪の上を跳《と》びはねている。トラはのびのびと体をのばし、まるでどこかに飛んでいくかのように、宙《ちゅう》に浮《う》いている。周りの木の枝《えだ》には雪が積もり、光り輝《かがや》く鉤《かぎ》づめのように見える。絵の中のトラは、秘密《ひみつ》めいた笑みを浮かべていた。

金庫

マジシャンのホフマンは、どこへ行っても、その都市ごとに決まったホテルの決まった部屋に泊《と》まることにしていた。中にはホフマンしかかぎを持っていない小部屋があり、そこには掃除《そうじ》係さえ入れなかった。その部屋には、彼《かれ》が興業先《こうぎょうさき》に持ち歩く携帯《けいたい》用の金庫が置いてあった。ツアーのスタッフはみな、大金が入っているのだろうと思っていたが、実際《じっさい》は違《ちが》った。実際に金庫に入っていたのはお金ではなく、秘密《ひみつ》の情報《じょうほう》だった。緊急事態《きんきゅうじたい》への対処《たいしょ》方法と、マジックの種についての情報だ。二頭のうちの一頭のトラが消えた今が、まさにその緊急事態だ。ところがホフマンがいくらそれを読みこみ、四苦八苦しても、トラは戻《もど》ってこなかった。そのことでホフマンは眠《ねむ》れぬ日々を送っていた。

金庫には、もうひとつ大事なものが入っていた。それはリディアのと同型のブレスレットだった。リディアのはルーマニアの実験室で作ったものだが、金庫の中にはその時作った試作品のブレスレットが二個《こ》入っている。試作品だから、正常《せいじょう》に動くかどうかはわからない。

ホフマンの部屋に出入りできるのは、鳥青年とナターシャだけだ。ナターシャはマジック・ショーのアシスタントだが、今は監禁《かんきん》中のリディアの祖父《そふ》に食事を出す仕事をさせていた。気が優《やさ》しく、よく言うことを聞く女だと思っていたナターシャだが、最近は生意気になってきて、時々口答えしては、ホフマンを怒《おこ》らせることがある。

考えてみると、前から、その兆候《ちょうこう》はあったかもしれない。トラの扱《あつか》いがひど過《す》ぎると、俺《おれ》に文句を言ったことがある。あの時ナターシャを蹴《け》りとばしたかったが、そうできない理由があった。トラが狂暴《きょうぼう》になると、ナターシャの言うことしか聞かなくなるのだ。しかもこのところ、トラがホフマンに逆《さか》らうことが増《ふ》えていた。調教師《ちょうきょうし》としても一流の俺にでなく、なぜあんな小《こ》娘《むすめ》にトラたちがなつくのか、全く理解《りかい》できない。

ホフマンは、部屋のドアに『入室無用』の札をかけると、金庫を置いた小部屋のかぎを閉《し》めた。

ホフマンはリディアが自分たちをからかっているのだろうと思ったが、鳥青年の意見は違《ちが》った。

おじいちゃんを取り戻したいはずだから、そんなことをするわけない。おそらくブレスレットが故障《こしょう》したのではないかと。批判《ひはん》されるのが嫌《きら》いなホフマンは、それを聞いて怒り狂《くる》ったものの、内心ではそれも一理あると気がついていた。それでホフマンは、どんな故障が考えられるかを調べるためにブレスレットに内蔵《ないぞう》された取扱説明を読み直すことにしたのだ。

てっきり金庫には、試作品が二つあるものと思っていたが、いざ開けてみると、一つしかない。もう一つはルーマニアの実験室に置いてきたのだろうか?

残りの一つを手に取って、故障の場合の対処法を全て読んでみたが、理由はわからない。きっとあの娘が、押《お》し間違えたかしたのだろう。初めは何もかも上手《うま》くいっているように思えた。ゴッホの絵が持ち主の元から消えてしまったのを知って、リディアがゴッホの絵を持ち帰るに違いないと期待して待っていた。しかしどこかで歯車が狂ってしまった。メキシコにいるというメールを悪ふざけと思ったが、あれは本当なのかもしれない。だが、ロビンソン・クルーソーの話ときたら!

火事

リディアは筆を置いて、今書いた文字をながめた。まあ、何とか形になってきたかな。ここしばらく、来る日も来る日も習字をしていた。はじめのうちは、墨《すみ》が筆からたれて紙が真っ黒になったり、思うように筆が動かずいらだつばかりだった。筆で文字を書くのは思ったよりずっと難《むずか》しかったが、へこたれず毎日練習した。やがて日本の筆の持ち方に慣《な》れてくると、コツが少しずつ分かってきて、手本を見ながら、ようやく文字らしいものが書けるようになってきた。上手《じょうず》とはいえないけれど、まあいいだろう。文字を書く練習をして、上手《うま》く書けるようになったら、感謝《かんしゃ》の手紙を北斎《ほくさい》に渡《わた》すつもりだった。

リディアは相変わらず北斎の家の居候《いそうろう》になっていた。お栄は「しっかり休んで、動けるようになったら、家の手伝いをしてもらうよ」と言ってくれた。リディアの体は雪崩《なだれ》で痛《いた》めつけられていた。肋骨《ろっこつ》にひびが入っていて、江戸《えど》に戻《もど》ってからもしばらくは激《はげ》しい動きをすると、痛みが走った。今は随分《ずいぶん》と元気になったので、習字をすることにしたのだ。初めは北斎もお栄も笑っていたが、そのうち子どもが使う、かな文字の手習い本を、北斎が近所の人からもらってきてくれた。北斎が手を添《そ》えて、筆の持ち方、文字の書き方のコツを教えてくれたこともある。墨があちこちにはねるたびに北斎は愉快《ゆかい》そうに笑い、リディアは悔《くや》しがった。どうして北斎の手は、あんなに自由自在《じざい》に絵や文字が描《か》けるのだろう。そう言うと、北斎は肩《かた》をすくめてこう答えるのだった。

「この歳《とし》まで毎日絵を描いているが、ネコ一匹《ぴき》思うように描けねえことだってあるさ」

弟子たちまでがリディアの習字を見てからかうので、アルファベットを筆で書いて見せた。すると、「そんな汚《きたな》い渦《うず》巻《ま》き、読めないよ」とか、「虫の死骸《しがい》みたいだ」などとさんざんだった。弟子たちはまた、北斎がどれほど有名かを話してくれた。

「将軍《しょうぐん》さまに絵を描くように呼《よ》ばれた時には、おやじどのの気が変わるといけねえってんで、町名主《ちょうなぬし》が何日も前から見張《みは》りをつけたものさ。その時の語り草がすごい。将軍さまの前で大きな紙を広げると、さっと青い線を引いた。そこに鶏《とり》を連れてきて、足を赤い絵具にひたし、その上を歩かせた。そしてこう言ったとさ。竜田川《たつたがわ》でございます」

「それで将軍さまは何て言ったの?」リディアがたずねた。

「もちろん、いたくお喜びさ」

叱《しか》られるのを恐《おそ》れて、リディアは画帳を勝手に見たことを北斎に話していなかった。ところが北斎が描いた雪の中に立つトラの絵は、いつしか雪崩の時のトラの記憶《きおく》と混《ま》ざってしまって頭から離《はな》れず、思わず夜中に目が覚めることが何度もあった。北斎がトラを描いているのは偶然《ぐうぜん》だろうか。一番わからないのは、ロビンソンの島でも、日本の信州の雪の中でも、トラに出会うのはなぜか、ということだ。思えばフリーダの夫のディエゴも、大きな壁画《へきが》にトラを描いていた。ディエゴは確《たし》かメキシコシティーにトラが出たという話をしていた。全てが始まったメールでトラに関する言葉《ことば》を受け取ったスウェーデンでのこと。その次に、おじいちゃんが行方不明になった晩《ばん》の、マジック・ショーでのトラの一件《いっけん》。何かがつながっている気がするのだが、どうつながっているのかがわからない。

『トラよ！　トラよ！　夜の森で
　こうこうとひとみを燃《も》やすトラよ……』

眠れない夜、リディアは北斎の家で横になりながら、つぶやいた。

「最後にはトラに食べられるのかもしれない」

これからもきっとトラに出会うだろう。今までのように間一髪《かんいっぱつ》で助かるとは限《かぎ》らない。リディアの頭の中で、北斎の絵の落ち葉のように、思考がぐるぐると回る。考え疲《つか》れて、うとうとしてきたところで急に気づいた。リディアが出会ったのは同じトラではないか。同じ一頭のトラがリディアを追いかけてきたのでは？　なぜかはわからないが、きっとそうに違《ちが》いない。

リディアは一人で習字をするのに飽《あ》きてきた。ずっと座《すわ》りっ放《ぱな》しだったので、外に出て足を伸《の》ばしたくなった。通りに出たリディアは肌寒《はださむ》い春の夕べのにおいを吸《す》いこんだ。胸《むね》はもう痛まない。ようやく治ったんだ。町は静かだった。だれも皆《みな》、仕事を切り上げ、夕飯を食べに家に帰ったのだろう。しばらく歩いたリディアは、ゆっくりと通りを戻りはじめた。だいぶ暗くなり、店先に灯りがともりだした。

突然《とつぜん》、煙《けむり》のにおいに気がついた。初め、どこかでたき火をしているのかと思ったけれど、たき火の季節でもない。暗がりをすかして見ると、通りの先の路地から煙が上がっている。胸騒《むなさわ》ぎがして、思わずリディアは駆《か》けだした。いつの間にかまわりの人々も血相をかえて同じ方向へ駆け出していく。向こうから逃《に》げてくる人々もいる。みな口々に火事だ火事だと叫《さけ》んでいる。リディアは人をかきわけながら、先を急いだ。胸騒ぎが的中した。煙があがっているのは、さっき出てきた、北斎が住む長屋のようだ。

火消しも駆けつけ、路地の入口は黒山の人だかりになっていて近づくこともできない。町の人たちはただ見守るばかりだった。家から飛び出してきた男も、子どもを抱《かか》えた女の人も、若《わか》い人も、おじいさんもおばあさんも、みな顔面蒼白《そうはく》で、煙がもくもくと上がり火の粉が飛ぶ様子を見つめている。江戸の長屋は木造《もくぞう》だから、一軒《けん》から火の手が上がれば、あっという間に隣《となり》の家に燃え広がる。火は路地の家々を焼きつくす恐《おそ》れがあった。お栄と北斎が留守《るす》なのは不幸中の幸いだと思ったその時、北斎の姿《すがた》がリディアの目に入った。つえをつき、通りを大急ぎでやってきた北斎は、野次馬をかき分けたと思うと、止める間もなく路地に駆けこんでいった。気づいた人々は驚《おどろ》いて叫び声を上げた。リディアは声も出ない。若い男が二人、北斎を追いかけたが、「危《あぶ》ないぞ！」とだれかが叫び、二人を止めた。

大きな音とともに屋根が焼け落ち、路地から通りまで破片《はへん》が降《ふ》り注いだ。リディアは火の粉が舞《ま》う様子を、息もできずにながめていた。ジャンジャンという半鐘《はんしょう》の音、火消しの声、野次馬の叫び声。リディアのほおには涙《なみだ》が流れた。あの中に飛びこんだら、とても助からないだろう。

リディアは不安な気持ちでお栄を探《さが》した。火が燃えさかる路地に北斎がいると知ったら、一体どう言うだろう？　濃《こ》い煙が流れる通りに、突然見覚えのある人影《ひとかげ》が現《あらわ》れた。リディアは目を見張った。灰色《はいいろ》の煙の中から、まるで幽霊《ゆうれい》のような姿の北斎が足を引きずり歩いてくる。着物は焼け焦《こ》げ、すすで真っ黒になった顔の目ばかりギラギラと光らせている。北斎は筆を握《にぎ》りしめていた。野次馬から歓声《かんせい》と拍手《はくしゅ》がわきあがった。北斎はそれに答えて手を挙げた。リディアは人をかき分け、北斎に駆け寄《よ》った。しかしお栄のほうが先だった。角ばった顔を涙でぬらして、北斎の胸を殴《なぐ》りつけた。

「おやじどの、何てことをするの！」お栄は声をつまらせた。

「筆を取ってきたんだ」北斎は落ち着き払《はら》った様子で言った。

「絵はどうしました？」近くにいた老人がたずねた。「絵は、持ち出さなかったんですか！」

「絵より筆だよ」と北斎が答えた。「筆さえありゃ、絵は描ける」

北斎がせきこみ、お栄がその体を支《ささ》えた。結局、火事はたいして燃え広がらずにすんだ。雨が降り出したためだろう。穏《おだ》やかな春の雨が、通りとまだ煙が上がっている路地、そして焼けてしまった北斎の家に降り注いでいる。すすだらけの北斎の顔に雨が注いで、しましまになっていた。

北斎は絵が燃えてしまったことを特に悲しむ様子はなかった。

「生きている限り、絵は描けるさ」

直前の今

鳥青年はホフマンが泊《と》まっているホテルの部屋に何度も電話をしたが留守《るす》だった。ナターシャに連絡《れんらく》をとろうと思ったが、ナターシャの電話番号は聞いていない。それで、直接訪《ちょくせつたず》ねることにした。鳥青年は、うきうきしていた。実はナターシャに、ひそかに恋心《こいごころ》を抱《いだ》いていたのだ。

何度もノックして、ようやくナターシャがドアを開けた。

「何の用？」ナターシャは冷たく言った。

ナターシャは鳥青年が好きではなかった。

「ホフマンを探《さが》しているんだけど、どこにいるか知らない?」

「さあ、わからないわ」

鳥青年は、真っすぐにナターシャの目を見たが、まばたきもせず見つめ返されたので、うそではないと思った。

ホフマンがいなくなって二日経《た》つ。ナターシャは、ホフマンの企《たくら》みとは無関係だったから、このままずっと帰ってこなければいいとまで思っていた。

「そう」鳥青年がもったいぶって言った。「それならぼくは……」

その先は言えなかった。ナターシャにドアをぴしゃりと閉《し》められたからだ。鳥青年が肩《かた》を落として通りに出たころ、ナターシャはもう一度眠《ねむ》りにつこうとベッドに戻《もど》った。このところナターシャはあまり眠れなかった。将来《しょうらい》のことを考えていたのだ。いつまでもこんなことをしていて、いいのだろうか?

三日前、マジシャンのホフマンも同じことを考えていた。これ以上、続けられないと。ホフマンは、リディアを自力で見つけようと心に決めた。ブレスレットを作った時、予備《よび》として試作品を作っておいた。リディアに渡《わた》したブレスレットと試作品との間で、信号を送れるようにしてある。うまく作動すればリディアがいる場所に行けるのだ。それはひとつの賭《か》けだったがホフマンは必死だった。

手元のブレスレットを試してみると、動きそうだ。リディアを捕《つか》まえたら、ゴッホの絵を奪《うば》い取る。その後であの娘《むすめ》と、じいさんと、鳥青年も始末してしまおう。

ブレスレットの設定《せってい》が終わると、ディスプレイを見てぎょっとした。リディアはなんと、十九世紀の日本にいるらしい。なぜだ？　一瞬《いっしゅん》、あきらめかけたが、考え直した。ホフマンは数日外出するとホテルのフロントに電話で告げ、ブレスレットの黒い文字盤《もじばん》を押《お》した。

リディアのブレスレット

江戸《えど》の町の通りは、さまざまな人が歩いている。物売り、荷物を積んだ牛や馬、町娘《まちむすめ》、商人、職人《しょくにん》、お供《とも》を連れた武士《ぶし》……地方からやってきた旅人もいる。みな用事があって先を急いでいるようで、一風変わった女の子がまぎれていても振《ふ》り向かれることもなかった。すれ違《ちが》いざまにぎょっとしたように立ち止まり、しみじみ見つめられたことは何度かあったが、それでも、お栄が髪《かみ》を結《ゆ》ってくれ、自分の古着を着せてくれたおかげで、「ちょいと妙《みょう》な子だね」と言われるぐらいで済《す》んだ。

体調が戻《もど》ったリディアは、よく町を歩いた。火事の後、新居に引《ひ》っ越《こ》した北斎《ほくさい》は、何事もなかったかのように絵を描《か》き始めたけれど、北斎の身を案じたお栄の姉がやって来て、一緒《いっしょ》に住むことになった。お栄と姉は折り合いがよくなく、その姉が家の中のことを仕切るからお栄の機嫌《きげん》も悪い。それでリディアも家にいたくなかったのだ。

その日は少し肌寒《はださむ》かったので着物の下に自分の服を着こみ、お使い帰りに遠回りをして歩いていた。リディアの心は沈《しず》みこんでいた。自分は時空を旅する根なし草、二度と元の時代に戻《もど》ることはできないだろう。捕《と》らえられているおじいちゃんを思うと、助け出せないことが情《なさ》けない。携帯《けいたい》電話の充電《じゅうでん》が切れてしまった今、連絡《れんらく》をとる方法がない。家に帰りたい。お父さん、お母さん、自分の部屋、自分の持ち物、学校でさえなつかしい。元の世界に戻るためなら何だってする。戻れたらもう二度と平凡《へいぼん》だとか退屈《たいくつ》だとか思わないだろう。

リディアは思った。根なし草どころじゃない。さまよえるオランダ人だわ。幼《おさな》い時にその話をおじいちゃんにしてもらったことがある。さまよえるオランダ人というのは、呪《のろ》われた幽霊船《ゆうれいせん》の船長のことだ。その船は決して港にたどり着かず、七つの海を延々《えんえん》と旅し続ける運命なのだ。

ふと気がつくと、知らない町に来ていた。江戸の通りには標識《ひょうしき》があるわけではないので、迷《まい》子《ご》にならないように、いつもは目印を見ながら歩いていた。でもそのあたりには、白い塀《へい》に囲まれた大きな屋敷《やしき》ばかりで、目印になる橋も、坂も、やぐらも見当たらず、人気《ひとけ》もなかった。武家屋敷が並《なら》ぶあたりに迷《まよ》いこんでしまったようだ。

日が落ちかけている。リディアは足を速めた。何とかここをぬけて、知っている通りに戻《もど》らなくては。暗くなっても灯りがともる様子がない。疲《つか》れて混乱《こんらん》し、戻るにはどちらへ行くのか見当もつかない。道を聞くにもまったく人通りがなかった。

その時、背後《はいご》に足音がした。振り返ると茶色い着物の男が二人いる。リディアが止まらずに足を速めると、男たちも足を速めた。リディアは駆《か》け出した。男たちは追いかけてきたが、リディアのほうが速かった。暗い路地裏《ろじうら》に隠《かく》れたリディアは、振り切れたと思い、ほっとした。その時、道の穴《あな》に足をとられて前にのめった。そこへ立ち上がる間もなく、男たちがやって来て、リディアに襲《おそ》いかかった。足をつかまれたリディアは、子ネコのように足をばたばたさせたが、あえなく路地を引きずられた。助けを求めて叫《さけ》んだものの、かすれた金切り声しか出なかった。

「静かにしろ」耳元で男の一人が言った。

二人はリディアをさらに暗い路地の奥《おく》へと引きずって、歩かせた。やがて男達は大きな蔵《くら》のような建物の前で立ち止まった。門がぴたりと閉《と》ざされている。男の一人が門の脇《わき》の木戸をたたいた。木戸が開き、リディアを引きずり入れると、地面に投げ倒《たお》した。リディアは体を丸め、こぶしを握《にぎ》って身を守る姿勢《しせい》をとった。男たちの声が遠く、くぐもって響《ひび》く。

「ノラネコみたいなガキだ」と男が言った。

「縛《しば》るかい?」

「まあ、いいだろう。もう行っていいぞ」

答える声がする。その声は、床《ゆか》にうずくまるリディアの前に立つ三人目の男のものだった。木戸が閉《し》まる音に続いて、足早に立ち去る音。リディアは首をひねって、見上げた。ろうそくの光の中で、男の顔の輪郭《りんかく》しか見えなかった。あとは奇妙《きみょう》な暗い光沢《こうたく》を帯びた目。どこかで見たような気がするが、どこで見たのかはわからない。

「お前にはうんざりだ、リディア」と男は言った。それは久しぶりに聞くスウェーデン語だった。強いなまりがあったけれど、それでもリディアの国の言葉《ことば》に違いない。

「いつまでも待たせやがって」男は続けた。「お前は約束が守れないのか」

男の曲がった人差し指の影《かげ》が壁《かべ》に映《うつ》った。突然《とつぜん》わかった。トラを消したマジシャンだ。このマジシャンも鳥青年の一味だったのだ。もっと前に気づくべきだった。ホフマンという名前だったと思うが、どうして私《わたし》がこの時代の日本にいることがわかったのだろう? どうやって追いかけて来たのだろう?

「絵をどこにやった?」

ホフマンは、リディアをおどすように手を挙げた。黒いコートのそでがまくり上がった時、同じブレスレットをつけているのが見えた。それを見たリディアはなぜか気持ちが少し落ち着いてきた。ホフマンも時空を超《こ》えて、ここにやって来たのだ。

「そのブレスレット」リディアは言った。「それ、とんでもない不良品ね」

「何を愚《おろ》かなことを。お前が使い方を間違えたのだろう」ホフマンが吐《は》き捨《す》てるように言った。

「お前はなぜこんなところにいる？　ゴッホの絵を取りに、フランスへ行ったはずだろう？　ゴッホの絵はどこにやった？　俺《おれ》をだまそうとしたら、お前の命はそこで終わりだ。じいさんの命も同じだぞ」

ホフマンに見つめられたリディアは、ヘビににらまれたカエルも同然だった。胸《むね》が締《し》め付けられるようだ。おびえているのを悟《さと》られませんように、と声に出さずに祈《いの》った。ホフマンのほうが力が強いし、おじいちゃんが人質《ひとじち》だ。どう見ても相手のほうが優位《ゆうい》だ。ただし、リディアにはゴッホの絵があるではないか。時間稼《かせ》ぎのために、水が飲みたいと言った。ばかな真似《まね》はするなよ、と言いおいて出ていくと、水を入れた器を持って戻ってきた。リディアは考えをめぐらせながら、ゆっくりと水を飲んだ。

「さあ、絵はどこにある？　言え！」

「本当に、おじいちゃんを解放《かいほう》してくれる？」

「絵さえ手に入れれば、じじいに用はない」

「誘拐犯《ゆうかいはん》はそう言いながら、人質を殺すものよ」リディアは言った。

自分でもよくそんなことが言えたと思ったが、ホフマンがたじろいだ。

「どうして自分でゴッホのところに行かないの？」リディアはたずねた。「あなたのブレスレットは私のよりきちんと動くんでしょ」

「お前には関係ない」ホフマンはリディアの言葉をさえぎった。

気分を害したようだ。タイムトラベルをする勇気がないから？　それなら日本にも来なかったはずだ。もしかしたらホフマンのブレスレットは、リディアのと一緒でないと動かないのか？

「ともかく、私のブレスレットは故障《こしょう》してるわ」リディアはホフマンに言った。

「設定《せってい》を間違えたんだろう」ホフマンが軽蔑《けいべつ》するように言った。「お前は全くとんでもないガキだ。冗談《じょうだん》メールを送信しやがって」

「冗談なんて送信してないわ！」リディアは言い返した。「私がおもしろがっていると思うわけ？　旅行を楽しんでるとでも思う？　ジャングルでトラに捕《つか》まりたいって、私が頼《たの》んだ？　骸骨《がいこつ》に囲まれて目を覚ましたいって？　雪崩《なだれ》に埋《う》もれたいって？　本当にそう思うの？　言わせてもらうけど、このブレスレットは最悪よ。ブレスレットがまともに動けば、少なくとも……」

リディアは口を閉じた。言い過《す》ぎた。

「少なくとも何だ？」ホフマンは冷静な声で言うと、ヘビのような目でリディアをにらみつけた。

「このブレスレットを作ったのは俺だ。不満なら、このまま日本に残るか、好きな時代に行けばいい。氷河時代なんてどうだ？　お前が素直《すなお》に従《したが》えば、元の時代に戻れるようにしてやるところだがな」

リディアは冷《ひ》や汗《あせ》が流れるのを感じた。ホフマンの言葉は、はったりかもしれない。でも実際《じっさい》、彼《かれ》の言う通りだとしたら、元の時代に戻れるかはホフマン次第ってことだ。リディアは必死に考えた。おじいちゃんを返してもらう代わりに、ゴッホの絵を渡《わた》すなら、樫《かし》の木のうろから絵を取り出す必要がある。とするとあの絵を置いてきた場所に戻らなくてはならない。川辺の樫の木の中に絵はまだあるだろうか？　鳥が巣を作るか、ネズミがかじってしまっているかもしれない。でも今それを考えていても仕方がない。肝心《かんじん》なのは、元の時代に帰ることだった。

「元の時代に戻らせてくれるなら、おじいちゃんと引《ひ》き換《か》えに絵を渡すわ」リディアは精一杯《せいいっぱい》落ち着いた声で言った。

ホフマンは、リディアの提案《ていあん》を検討《けんとう》するふりをした。

「いいだろう」ホフマンはようやくそう言った。「ブレスレットをよこせ」

リディアはブレスレットを外して、ホフマンに差し出した。ホフマンは隣《となり》の部屋に入り、何やら作業をはじめた。戸口のすき間から、ホフマンがブレスレットを調整しているのが見える。二つのブレスレットを重ねた。ホフマンのブレスレットは、リディアが自分のブレスレットで見たのと同じ光を放っていた。ホフマンは手早く何かを操作《そうさ》している。数分後、ホフマンはリディアにブレスレットを手渡した。後ろの壁に、彼の影がうごめく。

「時間と場所をセットした。あとは七回ボタンを押《お》すだけだから、お前にもできるだろう」

「どこが悪かったの？」

「説明したところでわかりっこない。お前と俺のブレスレットを同期したから、同時にタイムスリップする」

リディアがブレスレットを身につけると、ホフマンもブレスレットを手にはめた。リディアは北斎とお栄を思った。自分がいなくなったら心配するだろう。また今回もさよならを言えないのか。リディアは文字盤《もじばん》に人差し指を置くと、声を出さずに数えた。一、二、三、四、五、六……。数えながらホフマンを見ると、その長く曲がった指が震《ふる》えているではないか。

あの人も不安なんだわ。

ガラスの泡《あわ》

今回は何かが違《ちが》う。リディアは闇《やみ》に呑《の》みこまれながら、そう感じていた。鼓膜《こまく》を震《ふる》わせるバリバリという音が、甲高《かんだか》い風の音と混《ま》ざっている。世界もろとも崩《くず》れ去るのではないかと思えた。

リディアは意識《いしき》を失った。

再《ふたた》び意識を取り戻《もど》したリディアは、まだ生きていることに驚《おどろ》いた。リディアは、夕日に照らされて、草むらや木立、静かに流れる小川を、感嘆《かんたん》して見つめた。枝《えだ》から葉がすっかり落ちた木々や、その下草は秋の終わりの茶色い葉で覆《おお》われてはいたが、その場所は以前とそう変わらないように思えた。扉《とびら》にさびた蝶番《ちょうつがい》がかけられた古い倉庫がある。そこから丘《おか》の木立の間を小道がうねるように続いている。その先のどこかにリディアの家があるはずだ。今すぐ走って家に帰りたかったが、何かおかしい。地面に足がつかない。草に足が届《とど》かない。木の幹《みき》に手を伸《の》ばしてみた。草木や落ち葉は見えるが、それに触《ふ》れることはできなかった。リディアは失望でうめいた。

自分の体を見てみた。いつの間にか、着物は脱《ぬ》げていて、いつものジーンズは汚《よご》れ、片足《かたあし》が破《やぶ》れている。江戸時代に二人の男に捕《と》らえられた時、穴《あな》が空《あ》いたのか。リディアは片方の腕《うで》をつねってみた。普通《ふつう》に痛《いた》みを感じた。体はいつも通りだが、ただ周りのものに手が届かないのだ。映《えい》画《が》を見ているような気分だ。目の前の景色は、透明《とうめい》なフィルムの向こうにあるようだった。

目に涙《なみだ》があふれてきた。一瞬《いっしゅん》、本当に戻って来たんだと思ってしまったけれど、これでは、まぼろしの世界と同じだ。あのまま北斎《ほくさい》と日本にいられたらよかった。あそこは少なくとも木にも家にも触れられる本物の世界だった。

急にリディアの目にホフマンが映《うつ》った。倉庫の裏《うら》であたりを見回している。リディアのことを探《さが》しているみたいだ。リディアはホフマンに向かって叫《さけ》んだ。激《はげ》しい嫌悪《けんお》で気分が悪くなってきた。でもリディアが現実《げんじつ》の世界に戻る唯一《ゆいいつ》の道はホフマンの手の中だったし、絵を手に入れるために、リディアを助けようと必死なのもホフマンだ。ところが彼《かれ》はリディアの声も聞こえなければ、姿《すがた》も見えないようだった。リディアのすぐそばを通り過《す》ぎ、大きな木に近づいた。リディアはその樫《かし》の木に見覚えがあった。しわだらけの幹の真ん中より少し上のほうに穴がある。その穴にまだ絵があるのなら、ホフマンは絵の近くにいるってことだ。絶望的《ぜつぼうてき》な苦境《くきょう》にいるにもかかわらず、リディアは一人、つい笑い出してしまった。

小道から声がする。ホフマンは川沿《ぞ》いの草陰《くさかげ》に急いで隠《かく》れた。姿を見られたくないのだろう。声は近づいてくる。懐《なつ》かしい声。お父さんとお母さんだ。二人はひどく深刻《しんこく》で悲しそうな表情《ひょうじょう》をして、木々の間から現《あらわ》れた。お母さんの顔は真っ青で、茶色い髪《かみ》は乱《みだ》れていた。お父さんは額《ひたい》に深いしわが寄《よ》り、とてもくたびれて見えた。

「お母さん！」リディアは叫んだ。「お父さん！」

でも二人に、リディアの声は届かない。二人は川沿いにやってきて、草の上に座《すわ》った。リディアは、動かない泡の中に閉《と》じこめられたかのように、そばに行くことができなかった。リディアの耳にはお父さんとお母さんの声が、はっきりと聞こえるのに。

「希望を失ってはいけないよ」とお父さんが言った。

「あの子の言葉《ことば》にもっと耳を傾《かたむ》けてやればよかった」お母さんの声がする。「何か言おうとしていたのに、ちゃんと聞いてやれなかった」

「あの子はいつも秘密《ひみつ》を抱《かか》えていたんじゃないか」

「警察《けいさつ》はまだ何もわかっていないの？　一体何をしているの？」

「全力をつくしてはいるんだろう」

「殺されていたら、どうするのよ！　私《わたし》のお父さんだって！」

すすり泣きを始めたお母さんを、お父さんが抱《だ》き寄せた。リディアは胸《むね》が一杯《いっぱい》になった。自分のことばかり、かわいそうだと思っていたけれど、今、わかった。お父さんとお母さんだって、ずっと苦しんでいるのだ。リディアは深くため息をついた。自分が戻りたい場所はここだけだった。その時、お母さんの声が再び聞こえた。

「あの子が小さい時、ここに来たの、覚えている？　あの子、川が流れるのを見るのが好きだったわよね」

「ああ。それに皆《みな》で枝を投げて、だれの枝が一番先になるか競争したよな。リディアはいつも、速く流れそうな枝を見つけてきた」

リディアも覚えていた。枝を川に投げこめたら、ここにいるよ、と二人に知らせられるかもしれないのに。すると、ただの偶然《ぐうぜん》だったのだろうか、乾《かわ》いた枝が突然《とつぜん》お父さんの足元に落ちた。

お父さんはそれを拾い、不思議そうに辺りを見回した。

「リディアからの合図よ！」お母さんが叫んだ。「見えないけど、どこかにいるのよ」

「そうだったらいいね」お父さんが真剣《しんけん》に言った。

「リディア」お父さんが大きな声で言った。「お前の合図を受け取った証《あかし》に、この枝を水に投げ入れるよ。または……」お父さんの声が途《と》切《ぎ》れた。「……お前が生きた証として、枝を投げるよ」

「不吉なこと言わないで！」お母さんが叫んだ。「リディアは生きているわ。あなたもそう信じていてちょうだい。もうここにいたくないわ。ここにいると悲しくなるの。凍《こご》えそうだし」

二人は立ち上がると、互《たが》いの腰《こし》に手を回し、リディアのいるほうへとまっすぐに歩き出した。

リディアのすぐ横を通り過ぎたので、もう少しで触れられそうだった。

二人が行ってしまうと、リディアは今までにないほど、深く絶望した。こんなに孤独《こどく》を感じたことはない。川の向こう岸の森の陰に太陽が消え、闇に包まれた。リディアは左手を挙げ、いまいましい黒いブレスレットを見た。

「でも今より最悪なことは起こりっこないわ」リディアは自分に話しかけた。「自分で新しくチャレンジをしたほうがいいわ。だれも助けてはくれないから」

文字盤《もじばん》に触れ、全ての値《あたい》を0にセットした後、時間と場所を再びセットし直した。リディアは現実の世界に戻りたかった。上手《うま》く行く自信はなかった。それでも……。

第五章　ミケランジェロ・メリージ・ダ・カラヴァッジョ（一五七一〜一六一〇年、イタリアの画家）

一般《いっぱん》に知られている「カラヴァッジョ」というのは通称《つうしょう》で、元々は一族の出身地の名前だった。ミラノに生まれて修行《しゅぎょう》を積んだ後ローマに移《うつ》り、短い期間に数々の名作を残した。ローマで、有力者のデル・モンテ枢機卿《すうききょう》に認《みと》められ、コンタレッリ礼拝堂《れいはいどう》のために描《か》いた絵が評判《ひょうばん》を呼《よ》び、その名声は不動のものとなった。『聖母《せいぼ》の死』、『聖パウロの回心』などの宗教画《しゅうきょうが》に、泥《どろ》に汚《よご》れ、破《やぶ》れた服を身に着けた人物を登場させたカラヴァッジョの絵は、当時は非常《ひじょう》に前衛的《ぜんえいてき》なものだった。一般に卑賤《ひせん》とみなされた路上の人々をモデルに宗教画を描いたことで教会の反感を買ったが、称賛《しょうさん》する人も多かった。カラヴァッジョの絵の特徴《とくちょう》は、光と影《かげ》の強烈《きょうれつ》なコントラストにある。カラヴァッジョの生涯《しょうがい》は謎《なぞ》に満ちているが、性格《せいかく》が荒《あら》く、何度も争い事に関わったことは確《たし》かで、入院や服役《ふくえき》の記録が数多く残っている。決闘《けっとう》で人を殺害し死刑《しけい》を言い渡《わた》され、ついにローマを脱出《だっしゅつ》した。その後はイタリア各地を転々としたあげく、ローマに向かう途上《とじょう》、病死した。

足の裏《うら》の泥《どろ》

ローマ教皇《きょうこう》クレメンス八世はバチカンの執務室《しつむしつ》に座《すわ》っていた。金の装飾《そうしょく》をほどこした机《つくえ》の上には純銀《じゅんぎん》のインク壺《つぼ》と羽ペンがあり、署名《しょめい》を待つばかりの文書が山積みだ。室内には枢機卿《すうききょう》が二人呼《よ》ばれていた。教皇は堂々とした体格《たいかく》の、生真面目《きまじめ》で厳《きび》しい顔つきの人物だった。教皇はローマ中の教会を視察《しさつ》し、教会内の絵や彫像《ちょうぞう》を調べて、不適切《ふてきせつ》なものは全て外させていた。不適切とは、荘厳《そうごん》さに欠けるものだ。また、教会の装飾に関して決まりを定め、それを破《やぶ》った芸術家《げいじゅつか》や建築家《けんちくか》は厳しく処罰《しょばつ》した。

「さて」教皇が枢機卿に言った。「コンタレッリ礼拝堂《れいはいどう》の祭壇画《さいだんが》三点について、意見を聞かせてもらおう。随分《ずいぶん》と評判《ひょうばん》になっているようだが」

「カラヴァッジョの作品は、これまでにないものと存《ぞん》じます」髪《かみ》の薄《うす》い小柄《こがら》で太った枢機卿が言った。

「そう、確《たし》かカラヴァッジョと呼ばれる画家だった」教皇が言った。

「カラヴァッジョの絵は大衆《たいしゅう》に愛されています」太った枢機卿が続けた。「彼《かれ》の絵を見ようと、大勢《おおぜい》の人が教会に来ます。聖書《せいしょ》に描《か》かれた情景《じょうけい》が、このローマで今まさに起きているような気持ちになるとうわさされております。まるで現実《げんじつ》を写したような絵でございます」

「それは良い」と教皇は好意的に見えた。「市民に正しい宗教観《しゅうきょうかん》を与《あた》えられそうだ」

「猊下《げいか》」もう一人の枢機卿が口を開いた。面長で、目の細い男だ。「カラヴァッジョという男は、聖人の絵を描くために、あろうことか卑《いや》しい身分の者をモデルに使うということでございます。そのようなことが許《ゆる》されるでありましょうか？」

「描かれた聖人が尊《とおと》く見えるならば、モデルが何者だろうと良かろう」と教皇は言った。

「しかし猊下」面長の枢機卿が顔にしわを寄《よ》せて言いつのった。「私《わたし》の見るところカラヴァッジョの態度《たいど》には、聖なるものへの尊敬《そんけい》が見られません。チェラージ礼拝堂の場合、注文主が突《つ》き返して描きなおさせたほどでございます」

「それはなぜだ？」教皇がたずねた。

「聖人の足の裏を、泥まみれに描いたのです」枢機卿が憤慨《ふんがい》して言った。「また聖パウロの絵では、馬の尻《しり》が強調されています。私としては、きわめて不適切と考えます」

「確かに少々変わったところはございますが」太った枢機卿が言った。「けれど、非常《ひじょう》に才能《さいのう》のある画家であることは間違《まちが》いありません」

「そのカラヴァッジョという画家に、決まりを教えれば済《す》むことではないのか」と教皇。

「それが、ひどく不遜《ふそん》な男なのでございます」と面長の枢機卿。

「守らないのなら罰を与えよ」と教皇が言った。「もう、下がってよろしい」

二人の枢機卿はすぐに立ち上がると、礼をして部屋を後にした。

教皇自身は、カラヴァッジョの絵を気に入っていた。聖人を一般《いっぱん》市民と同じように描くのは、大衆に主の教えを伝えるのに役立つだろう。主イエスは神の子だが、同時に一人の大工の息子《むすこ》でもある。しかも教皇の説教を聞くのは、大衆なのだから。カラヴァッジョがならず者に近い男であることは承知《しょうち》していた。警察《けいさつ》の厄介《やっかい》になったことも知っている。そろそろ彼も法を守ることを覚えるべきだろう。彼を擁《よう》護《ご》する有力者もいるが、罪《つみ》を犯《おか》せば今度こそ容赦《ようしゃ》はしない。

教皇は羽ペンを持ち、書類に署名をした。『クレメンス八世、一六〇三年九月十九日』

テニスボール

ブレスレットを押《お》すと同時に、リディアは耳をふさいでいた。前回使った時、轟音《ごうおん》に鼓膜《こまく》が破《やぶ》れそうになったからだ。でも今は、ぼんやりとした暗い紫色《むらさきいろ》の時間のトンネルを、音もなく滑りぬけていく。やがて急に目の前に白い光が現《あらわ》れ、思わず目を閉《と》じた。次の瞬間《しゅんかん》、ドサッと下に落ちた。目を開けるまでもなく、元の時代の元の場所ではないとわかる。

リディアが落ちたのは、石のベンチの上だった。雲一つない空には太陽が輝《かがや》き、背《せ》の高い檜《ひのき》が影《かげ》を落としているが、それでも背中の下のベンチは暖《あたた》かかった。雪山でなくてよかった！　滑らかな石の板が手に触《ふ》れるから、異次元《いじげん》空間でもない。少なくとも現実《げんじつ》世界には戻《もど》れたようだ。リディアはしばらく横になったまま、手の平で石の感触《かんしょく》を楽しんでいた。すると突然《とつぜん》顔に何かがぶつかった。悲鳴をあげて立ち上がり、顔に手をやる。痛《いた》い。見ると目の前の地面に、小さな革《かわ》のボールが落ちていた。リディアはそれをひろうと、あたりを見回した。少し離《はな》れた芝生《しばふ》に、ラケットを持った男が二人いて、言い争いをしている。二人ともひざまでのズボンに、ふくらんだそでのシャツという服装《ふくそう》だ。リディアはがっかりした。また過去《かこ》の世界に来てしまったようだ。ポケットを探《さぐ》って薬を探《さが》す。耳に飛びこんできた言葉《ことば》は、イタリア語だった。

「ズルいぞ。アウトだ！」

「全然出ていないいじゃないか！　うそつき！」

「うそじゃないさ。お前の目は節穴《ふしあな》か、このアホ！　今のはアウトだ！」

「だれが見てもインだよ！　このボケ」

「言ったな！　ピエトロ、ボールを持ってこい。早く！」と、後ろに控《ひか》えていた召《め》し使《つか》いに命じた。

木の間からピエトロと呼《よ》ばれた少年がリディアのほうに走ってきた。少年はベンチの前で立ち止まると、目を丸くした。パサパサな黒髪《くろかみ》に、突《つ》き出した耳の小柄《こがら》な少年ピエトロは、汚《よご》れた手を突き出した。

「ボールを渡《わた》せよ」

言い方がしゃくに障《さわ》ったので、リディアはボールを持つ手を背に回した。

「顔にぶつかったのよ」リディアは言った。「すごく痛かったわ」

「いいから、さっさとよこせ」

「自分で取りなさいよ」

リディアはそう言い捨《す》てて、ボールを茂《しげ》みに投げこんだ。ピエトロはリディアをののしりながらボールを追いかけた。テニスコートでもどなり声があがった。男たちがラケットを投げ捨て、剣《けん》を構《かま》えているではないか。テニスが原因《げんいん》で大の男が決闘《けっとう》とは、何ということだ。と思う間に、一人が急に大声で笑い出して剣を放り投げると、もう一人も笑い出した。

「ボールはどうした？」

「見つからないと俺《おれ》のせいになる。おおい、ピエトロ」

テニスをしていた男の一人が、リディアのいるほうに向かって歩き出した。ようやくボールを見つけたピエトロも、木の間をぬけて駆《か》けていき、男と鉢合《はちあ》わせをした。そのとたん、ピエトロは耳を引《ひ》っ張《ば》られて、悲鳴を上げた。

「ボールを持ってこいと言っただろ。寝《ね》ぼけるなよ、このうすのろ！」男がわめいた。

「そこの坊主《ぼうず》が、ボールを茂みに投げこんだのでございます」ピエトロがリディアを指差した。

男は眉間《みけん》にしわを寄《よ》せてリディアを見た。無精《ぶしょう》ひげに太い眉《まゆ》、前髪の伸《の》びた三十代の男だ。今の一戦で傷《きず》を負ったのか、片《かた》ほおに血がにじんでいる。

「本当か？」

「ええ」リディアは答えた。「ボールを人の顔にぶつけておいて、怒鳴《どな》るだけなの？　普通《ふつう》は謝《あやま》るものでしょう」

男は笑い出した。

「この私《わたし》に謝れと？」

そして一歩踏《ふ》み出すと、リディアをたたこうと手を挙げた。リディアは素早《すばや》く身を翻《ひるがえ》し、茂みの方へ逃《に》げだした。男は後を追うのをあきらめて、代わりに召し使いに平手打ちを喰《く》らわせた。三十メートル先からも聞こえるほど大きな音だった。

「あんな小さなガキにばかにされたのか。このできそこない！」

見るとピエトロが目をこすっている。男はコートへ戻ろうとしていた。

「私を捕《つか》まえられないからって、その子をぶつなんて卑怯《ひきょう》だわ。ついでに言うけど、私は女ですからね！」リディアが叫《さけ》んだ。

生意気な口をきけば自分が危《あぶな》いかもしれないが、黙《だま》ってはいられない。男は聞こえないのか、コートの真ん中でもう一人の男と話をしている。リディアは歩きながら反省した。あの子にボールを渡していれば、あの子は殴《なぐ》られずにすんだのに。

水鏡

いつしか木はまばらになり、気がつくと牧草地に出ていた。木立越《ご》しに水のきらめきが見える。そちらに向かうと、蛇行《だこう》する大きな川の縁《ふち》に着いた。対岸は見渡《みわた》す限《かぎ》り市街が広がっている。さらにその先には、教会の塔《とう》と、巨大《きょだい》なドームが太陽の下で輝《かがや》いているではないか。その大きなドーム型の建物に見覚えがあった。おじいちゃんが世界一大きな教会だと写真を見せてくれたのだ。あれはローマのサン・ピエトロ大聖堂《だいせいどう》。バチカンだわ。

ということは、今自分はローマにいるってことだ。リディアはおじいちゃんを思って悲しくなり、ため息をついた。その時、急にのどの渇《かわ》きを覚えた。お腹《なか》も空《す》いている。向こう岸のほうが、食べものにありつけそうだ。遠くに橋が見える。

リディアは川に沿《そ》って歩き始めた。太陽が空高く昇《のぼ》り、頭の上で小さな雲のかけらが風に流されるままに漂《ただよ》っている。人っ子一人いないところを見るとシエスタの時間なのかもしれない。日差しがきつくてひどく暑い。上着を脱《ぬ》いで腰《こし》に巻《ま》いていても汗《あせ》ばんでくる。やがて柳《やなぎ》の木の横を通り過《す》ぎた。ごつごつした枝《えだ》が川岸に伸《の》びている。リディアは枝につかまって岸に降《お》りると、かがんで水をすくった。ほてった顔を水で洗《あら》い、冷たい水を味わう。さらに先に進むと川が大きく曲がり、池のようになっていた。リディアは、水辺にうずくまる少年にぶつかりそうになった。少年はリディアに気づきもせず、ほおに手をあてて水面をのぞきこんでいる。リディアも身を乗り出して水面を見下ろしたが、水に映《うつ》る自分と少年の顔しか見えなかった。

少年が顔をあげた。

「ああ、驚《おどろ》いた」と少年が声をだした。

「こんにちは。魚を探《さが》しているの？」

「別に」少年は物憂《ものう》げに答えた。

茶色い大きな目と形のよい鼻、赤い唇《くちびる》。茶色い髪《かみ》が額《ひたい》の上でくるくると巻いている。白いシャツは汚《よご》れ、ひざ丈《たけ》のズボンは破《やぶ》れているが、笑顔は天使のようだ。

「何を見ていたの？」リディアはたずねた。

「水に映る自分の姿《すがた》を見ていたのさ」しぶしぶ少年が答えた。

リディアは噴《ふ》き出した。

「いつからそうしていたの？　他にすることないの？」

少年が顔を赤らめた。その質問《しつもん》に答える気はないというように、口を結んでいる。

「ナルキッソスを知っている？」少年が言った。

「えっ？」

「ナルキッソスさ。水に映った自分の姿に恋《こい》に落ちた人」少年が言った。

「ああ、神話の話ね。自分の顔がそんなに好きなら、鏡を見ればいいのに」

「鏡なんて高価《こうか》なものが、うちにあるわけないだろう」

「あんたがナルキッソスだったのね」ばかげた冗談《じょうだん》だけど、付き合うことにしようと思い、リディアは言った。

「違《ちが》うよ。ぼくはルイージ。でもナルキッソスの絵のモデルをしたんだ。有名な画家が描《か》いてくれた。カラヴァッジョっていう人だよ、知ってる？」

「多分ね」リディアは戸惑《とまど》いながら言った。

おじいちゃんの画集で見たことがあるかもしれない。

「その絵は、今は伯爵《はくしゃく》のお屋敷《やしき》に飾《かざ》ってある」少年は誇《ほこ》らしそうに言った。「モデル料をもらったんだよ」

「でも、何で自分の顔を水に映しているの？」リディアがたずねた。

「それは」少年は、また赤くなった。「その絵のナルキッソスがぼくの顔にそっくりだってうわさなんだけど、ぼくはモデルをしただけで絵を見たことがない。伯爵のお屋敷になんて入れないだろ。だから水に映った姿を見て、想像《そうぞう》するしかないじゃないか」

リディアは笑いをこらえてうなずいた。

「いつも絵のモデルをしているの？」

「ふだんは大工の見習いさ。でも今日はまた、カラヴァッジョ先生の絵のモデル。大作なんだぞ。親方にもお金を払《はら》ってくれたから、今日は休みをもらえたのさ」

「そう」リディアは言った。「ところで何か食べさせてくれるところを知らない？」

「食べさせてくれるって、家は遠いの？」

ルイージは初めて疑問《ぎもん》に思った。この子はだれだ？

「そう」とだけリディアは答えた。「お店はない？　食べものを出すお店」

「食堂ならそこにあるけど。でもお金がいるよ」ルイージはびっくりして言った。

「お金ならある」

「すごいなあ。ぼくなんか食堂で食べたことなんてないよ」

「なら一緒《いっしょ》に行こうよ」リディアは言った。「おごるから」

ルイージは飛び跳《は》ねると、リディアの手を取って振《ふ》りまわした。

「君は空からの使いに違《ちが》いない」少年が言った。「または大うそつきか。名前は？」

「リディアよ」

「ばか言うなよ」ルイージが笑った。「女の子の名前じゃないか」

「私《わたし》、女だもん」

ルイージがリディアをまじまじと見た。

「そういえば女の子の顔かもしれない」彼《かれ》は言った。「でも何で男の服を着ているの？」

「そんなことどうでもいいから」リディアはいらいらして言った。「今すぐ食堂に連れて行って。私、飢《う》え死《じ》にしそう」

モデル

食堂の店主は、二人を見たとたん「金は？」と聞いた。リディアが金貨を差し出しても、初めは本物とは思わなかったようで、しばらく確《たし》かめたあと、ようやく受け取った。食事をテーブルに運ぶ時も、食べている間も、ドアの近くに立ってリディアたちをちらちら見ていた。

ルイージも金貨に目を丸くした。

「盗《ぬす》んだの？」ルイージが声をひそめて聞いた。「正直に話していいよ。だれにも言わないから」

「盗みなんかするもんですか」

「じゃあ、どうしたんだよ？　どこの村から来たの？　そのおかしな服は何？」

ルイージは、ようやくリディアのことに興味《きょうみ》を持ったようだ。

「今は言いたくないわ」リディアが言った。「まずは何か食べさせて」

そこは埠頭《ふとう》のそばの小さな石造《いしづく》りの店で、ちょうど魚が入ったかごを持った漁師《りょうし》が岸に上がるところが見えた。かごの中で銀色の魚がはねている。二人は口もきかずに魚料理と野菜を平らげた。リディアはむさぼるように食べたが、ルイージも負けずにがつがつ食べた。何日もまともな食事をしていないように見える。

お代わりまでしてようやく満腹《まんぷく》になったルイージは、げっぷを一つした。それからリディアに礼を言い、そのあと何か聞こうとして口を開けたが、思い直して窓《まど》の外を見た。

「いけない」ルイージが叫《さけ》んだ。「カラヴァッジョ先生のところに行かなくちゃ。三時に行くことになってるんだ。遅《おく》れたらたたかれる」

二人が立ちあがると、店主が釣《つ》り銭《せん》を持って近づいて来た。そして「うちの店に来たことは、人に言うなよ」と告げた。それを聞いたルイージは、リディアに耳打ちした。

「盗んだ金だと思っているんだ。ぼくらが捕《つか》まった時に、巻《ま》き添《ぞ》えになりたくないのさ」

外に出たとたん、オーブンの扉《とびら》を開けたような熱気に襲《おそ》われた。リディアは強烈《きょうれつ》な日差しに慣《な》れるまで、しばらく目を閉《と》じた。

「これから、どこへ行くの？」ルイージがリディアにたずねた

「さあ、どこへ行けばいいかわからないのよ」リディアは悲しそうに答えた。

「じゃあ、一緒《いっしょ》に来ないか？」とルイージが言った。「カラヴァッジョ先生が、新しいモデルを探《さが》していると言っていたから。君なら年ごろもいいし、かわいいからきっと雇《やと》ってもらえるよ」

「そうなの？」

かわいいという言葉《ことば》は、聞こえなかったことにして、リディアは答えた。

「おいでよ」ルイージがきっぱりと言った。「だめでもともと。まあ、大丈夫《だいじょうぶ》だと思うよ」

リディアには何のあてもなかったので、ルイージに決めてもらえて助かったし、とにかく一人になりたくなかった。

二人は、優美《ゆうび》な五連アーチの大きな石造りの橋を渡《わた》り始めた。二頭立ての馬車が通る。背中《せなか》に袋《ふくろ》を背負った男が歩いている。橋の上に木のお椀《わん》を持った子どもが座《すわ》っていた。お椀の中には硬貨《こうか》が二枚《まい》入っている。リディアが足を止めて、さっきの釣り銭をお椀に入れると、ルイージが慌《あわ》てて叫んだ。

「何するの！　そんなことをしたら、ローマ中の物乞《ものご》いが追いかけてくるよ！」

物乞いの子はリディアの手を取り、お礼のキスをしようとした。顔に赤いしっしんがいくつもできているのを見て思わず後ずさったリディアは、ルイージに腕《うで》を引《ひ》っ張《ぱ》られて、その場を逃《に》げ出した。

石造りの橋の両端《りょうはし》は、翼《つばさ》を持った獅子像《ししぞう》で飾《かざ》られていた。彫刻《ちょうこく》の獅子のうつろな目を見て、リディアはホフマンのことを思い出した。あの時ホフマンはリディアを探していたのに、リディアの姿《すがた》が目に入らないようだった。ホフマンはまた近くにいるのだろうか。あの男はきっと、どこまでも追いかけてくるだろう。ルイージが、「何か心配事でもあるのかい?」と聞いてきたが、リディアは首を横に振《ふ》った。

二人は美しい噴水《ふんすい》のある広場に出た。ハトがエサをつついている。広場の向こう側に、豪華《ごうか》な彫刻のある三階建ての建物があった。門の前には四頭立ての馬車が止まっている。

「デル・モンテ枢機卿《すうききょう》のお屋敷《やしき》だよ」とルイージが指差した。「枢機卿はローマの有力者なんだ。ぼくらがモデルをする絵も、このお屋敷に飾られるんだろうな。さあ、早く!」

ルイージはリディアを路地に引っ張った。日陰《ひかげ》といえども空気がこもって、むせ返るほど暑い。路地には、破《やぶ》れた服の老人や子どもがうずくまり、欠けた茶碗《ちゃわん》や、両手を前に差し出している。こわごわ通るリディアに、うさんくさそうに目を向ける男もいた。二人は馬の糞《ふん》やゴミを踏《ふ》まないように、気をつけて進んだ。やがてルイージが足をとめて、リディアを門の内側に押《お》しこんだ。

そこは裏庭《うらにわ》で、大きなマロニエの木の枝《えだ》の間から太陽の光が注ぎ、草の上に模様《もよう》を作っている。

リディアはルイージのあとに続いて建物の中に入った。

着いた部屋はとても大きくて、人が大勢《おおぜい》いた。十人ぐらいいるだろうか。奥《おく》には茶色いマントに、長いひげの男が二人立っている。うつむいて、ひどく深刻《しんこく》そうな顔をしている。その隣《となり》の男は、手で顔をおおって泣いているようだ。手前のベッドに、若《わか》い女性《じょせい》が横たわっている。目を閉じ、片方《かたほう》の腕をだらりとたらして。リディアは問いかけるようにルイージを見た。

「モデルだよ」ルイージは耳打ちしてきた。

「あの女の人は?」リディアがささやき返した。

「マリアさま。今亡《な》くなったところ」

リディアがぎょっとしたので、ルイージが説明した。

「本当に死んだわけじゃないよ」

「また遅刻《ちこく》か!」

後ろから怒鳴《どな》り声がした。振り返ったリディアは、目を疑《うたぐ》った。反射的《はんしゃてき》に逃げようとしたが、ルイージに腕をつかまれた。

「じっとしてて」ルイージはささやいた。「先生は、機嫌《きげん》が悪いみたいだ」

怒鳴り声の主が近づき、リディアを見て立ち止まった。見覚えがあるようだ。リディアのほうも覚えていた。テニスコートで召《め》し使《つか》いに乱暴《らんぼう》した男だ。広いローマで、同じ人物にもう一度出くわすとは！　あの男がカラヴァッジョだったの？　ここへ連れてきたルイージが恨《うら》めしい。

「こりゃ驚《おどろ》いた」、カラヴァッジョは冷たく言った。「お前には言いたいことがある」

リディアはこぶしをぎゅっと握《にぎ》り、カラヴァッジョの目を見返した。言いたいことって何？部屋にいる人達がひそひそ話しながらリディアを見ている。いつの間にかマリアも目を開けていた。するとカラヴァッジョが急に笑い始めた。

「何だお前、格好《かっこう》は男だが本当は女だな。運のいい奴《やつ》だ。男なら、ぶちのめすところだ」

「先生を知っているの？」ルイージが声をひそめて聞いた。

「こいつを連れてきたのはお前か？　ルイージ」カラヴァッジョが問いかける。

「ええと、そうです」ルイージが答えた。「先生が言ってましたよね、もう一人モデルがほしいって。それでぼく、考えたんです……」

「考えたと？」カラヴァッジョがさえぎった。「お前でも考えることがあるのか！　ばかばかしい。だが、今度だけはお前が正しいようだ。どれどれ！」

カラヴァッジョはリディアに近づいて、そのあごをくいと持ち上げた。そしてリディアの顔をまじまじと見た。

「顔立ちは、まあまあだな」カラヴァッジョが言った。「名前は？」

「リディア」

「よろしい。リディア、マリアのそばに行って、悲しんでみろ。衣装室《いしょうしつ》にお前に合う服があるはずだ。そっちだ！　さあ、早く！」

カラヴァッジョがドアを指差した。リディアは言われた通りにしたが、そのことに、自分自身が驚いていた。嫌《いや》な男だが、どこか人を惹《ひ》きつけるところがある。それに将来美術館《しょうらいびじゅつかん》に飾《かざ》られるような名画のモデルになるのも、おもしろそうだ。

隣の部屋で、サイズの合いそうな白いブラウスとれんが色のスカートを見つけて画室に戻《もど》ると、他の人たちが優《やさ》しくうなずいてくれた。その人たちは、ペテロ、ヨハネ、パウロなどのモデルだとルイージが教えてくれた。マリアの赤い服は、茶色い髪《かみ》に映《は》えて美しい。リディアの役は、マリアが横たわるベッドの手前のいすに座《すわ》る女だった。ルイージは緑のマントを羽織《はお》り、片手《かたて》をほおに当ててマリアのそばに立った。

初めリディアは背筋《せすじ》を伸《の》ばして座っていたけれど、しばらくするとカラヴァッジョから、「うつむいて、前かがみになれ」と怒鳴《どな》られた。

「お前たちは深い悲しみのどん底にいるんだぞ」画架《がか》の前からカラヴァッジョが叫ぶ。「聖母《せいぼ》マリアが亡くなった瞬間《しゅんかん》を想像《そうぞう》してみろ！」

リディアは、マリアさまの死に立ち会った女の悲しみを思って長い間座っていた。けれど、耳がむずむずしてきたので、そっと指でかき始めた。

「おい、そこの新入り、じっとしていろ」カラヴァッジョが言った。

「わかったから怒鳴らないで」リディアが言い返した。

長い時間がたった。部屋は暑く、モデルたちの体臭《たいしゅう》が充満《じゅうまん》している。

物思いに沈《しず》んだ。この時代には、こういう聖書の一場面を描《か》いた絵がたくさん描かれていたのね。

でも、この時代って、いつなんだろう？　十七世紀ぐらいだろうか？　ローマ市民は、皆《みな》とても信仰《しんこう》が篤《あつ》いのに違《ちが》いない。カラヴァッジョもそうなのかしら？　リディア自身は、神の存在《そんざい》に確《かく》信《しん》が持てずにいた。もしも神様がいたとしたら、この世に災難《さいなん》を次々巻き起こすのは、なぜ？

小学校の時の担任《たんにん》は、この世に起きる全てのことは、神のご意志《いし》なのだと教えてくれた。でもリディアには理解《りかい》できない。例えば、私《わたし》がこんな風に時空をさまようのも、神のご意志？　神様が私をどこにタイムスリップさせるか決めているっていうの？

「今日はこれで終わりだ」

その声にびくっとした。いつの間にか眠《ねむ》っていたらしい。リディアは伸びをした。ひどく肩《かた》がこっている。マリアは起き上がっていた。他の人たちも着替《きが》えを始めた。カラヴァッジョはまだ筆を握って絵の前に立っている。リディアが絵に近づこうとすると、ルイージが止めた。

「のぞくと怒《おこ》られるよ」

「でも見てみたいの」リディアは言った。

画架の前に回りこむまで、カラヴァッジョはリディアに気づかなかった。

「だれがのぞいていいと言った？」カラヴァッジョが怒った。

「だれも言ってないわ」リディアが答えた。「でも、もう見ちゃったもの」

カラヴァッジョは口を開きかけたが、すぐにまた閉じた。絵はまだ途中《とちゅう》だが、人物の顔は全部描き終わっていた。人々が悲痛《ひつう》な面持ちで聖母マリアの亡骸《なきがら》を見ている。マリアの顔は、柔《やわ》らかい光に照らされていた。カラヴァッジョの描く聖母マリアは、実際《じっさい》のモデルよりはるかに美しかった。光はリディアの顔にも当たっていた。うなだれた顔は長い髪に隠《かく》れ、見えるのは片側のほおと耳だけだ。髪は明るめな色で描かれている。

「何だ？」カラヴァッジョが言った。「何か言いたそうだな」

リディアはしばらく黙《だま》っていた。

「すごくきれいで、泣きたくなるぐらい悲しい絵」リディアが言った。「あと、内側から光が差しているように見えるわ」

カラヴァッジョが満足そうに笑って言った。

「生意気にも、少しは絵がわかるようだ」

「でも、あの女の人は私よりずいぶん年上に見えるけど」

おだて過《す》ぎるのもどうかと思って、リディアが続けた。

「ああ、絵筆の力で大人にしたのさ」カラヴァッジョが言い返した。

リディアは、ルイージのところに戻った。ルイージは着替えをすませ、ひげの男と話をしていた。

他に残っていたのはマリア役の女性だけで、カラヴァッジョはその人の腰《こし》に手を回し、キスをしているではないか。

「あの人は先生の愛人だよ」ルイージがそう言って、リディアに目くばせした。

「これからぼくは友だちのところに行くけど、どうする？」

「大丈夫。自分でどうにかするわ」

ついてきてほしくないような空気を察してリディアが答えると、ルイージは手を振って、ひげの男と行ってしまった。

「リディアとか言ったな」カラヴァッジョが声をかけてきた。「こっちに来い！　ルイージにほうりだされたな。迎《むか》えに来る身内はいるのか？」

リディアは首を横に振った。

「しようがない。このあたりで女の一人歩きは危《あぶな》いから送ろう。家はどこだ？」

「ずっと遠く」とリディアが答えた。

「お前は、わけがわからないことばかり言う。まあいい、来い」

「まだ着替えてないわ」リディアが言った。

「その服、くれてやるぞ。よく似合《にあ》ってる。そう思わないか、フランチェスカ?」

フランチェスカと呼《よ》ばれたマリア役の女性がリディアに笑いかけた。リディアもその服は気に入ったので、返すには未練があったが、やはりジーンズとT《ティー》シャツに着替えることにした。

シスター・セシリア

外は少し涼《すず》しくなっていた。カラヴァッジョは、自分が身を寄《よ》せるデル・モンテ伯爵《はくしゃく》の屋敷《やしき》に帰る前に、見せたいものがあるそうだ。人通りは結構《けっこう》あったが、カラヴァッジョが剣《けん》を持ち歩いているから、みんな道を譲《ゆず》ってくれる。リディアとフランチェスカは、そのすぐ後について歩いた。

カラヴァッジョは、ルイージと通ったのとは別の道を通った。大きな教会のある広場に出ると、フランチェスカがカラヴァッジョに別れを告げた。するとカラヴァッジョはリディアに、教会の入り口を指差した。

「ついて来い」

二人は教会に足を踏《ふ》み入れた。石造《いしづく》りの教会の中は暗く、空気はひんやり湿《しめ》っていた。ろうそくの火が、壁《かべ》の彫刻《ちょうこく》に光を投げかけている。ステンドグラスに浮《う》かぶ聖者《せいじゃ》たちが、祭壇《さいだん》のほうへ歩くリディアとカラヴァッジョを見ていた。ほかにはだれもいない。石の床《ゆか》に二人の足音が響《ひび》く。重厚《じゅうこう》な天井《てんじょう》のアーチを見上げると、押《お》しつぶされそうな気持になる。

カラヴァッジョは、二台の銀の燭台《しょくだい》の上でゆれるろうそくの炎《ほのお》に照らされた、大きな絵の前で止まった。大きな翼《つばさ》を持つ天使の絵だ。叱《しか》りつけるかのように手を挙げて、下を睨《にら》んでいる。その足元で転げるようにしているのは、子どもの天使と悪魔《あくま》がひとりずつ。

「さあ」カラヴァッジョが言った。「何か言ってみろ」

リディアは何と答えてよいかわからなかった。写実的なところや、光の当たり方がカラヴァッジョの絵に似《に》ているけれど、何かが違《ちが》う。

「上手な絵ね」リディアはためらいながら言った。

「何だと！」カラヴァッジョが大声で叫《さけ》んだので、リディアは飛び上がった。「上手だと？　こいつは、このカラヴァッジョさまの作品をコケにして、わざとこんなものを描《か》きやがった」

その剣幕《けんまく》に思わずリディアは後ずさった。この絵を描いたのは、どうやら別の画家のようだ。

「じゃあ……あなたの真似《まね》をしたってこと？」リディアは口ごもった。

「ああ。下で蹴《け》りとばされている天使を、私《わたし》の作品の『勝ち誇《ほこ》るアモール』に似せて描いたんだ」カラヴァッジョは、少し落ち着いたようだ。

「お前は絵がわかると思ったが、見そこなったぞ」

リディアは、相手の目をまっすぐ見て言った。

「あなたの描いた絵とは何かが違《ちが》うとは思ったわ。でも、怒鳴《どな》られるのが怖《こわ》くて本当のことが言えなかったの」

「そうか。すまんな、悪い癖《くせ》だ」カラヴァッジョが言った。

「何ていう画家?」リディアはたずねた。

「バリオーネ。この私と張《は》り合《あ》おうというふとどき者さ。あいつにはこんな詩を進呈《しんてい》してやった。

『バカオーネ
　お前の絵の具は糞《くそ》だろう
　お前のカンヴァス雑巾《ぞうきん》か
　尻《しり》をふくのにちょうどいい
　お前の絵は掃《は》き溜《だ》め行き……』

この続きは子どもには聞かせられない。さあ、行くぞ」

カラヴァッジョはリディアの手をつかんで教会を出た。太陽が家々の屋根の向こうに沈《しず》みかけ、雲を赤く染《そ》めている。暗い路地に、叫び声や笑い声が響き、どこかで馬のひづめの音がする。大またで歩くカラヴァッジョの後を、リディアは小走りで追いかけた。

「お前が女なのは惜《お》しいな。ピエトロを首にしたから、男なら召《め》し使《つか》いにするところだが」カラヴァッジョが言った。

二人は屋台や小さな店が並《なら》ぶ通りを歩いた。そろそろ品物をしまい、戸締《とじ》まりをはじめている。やがて別の通りに入った。片側《かたがわ》には暗い家々、もう一方には高い塀《へい》が続く。気づくと門が一つあり、カラヴァッジョが中のだれかと話している。

「新入りのモデル、リディアだ」とカラヴァッジョは言った。「この娘《むすめ》を一晩《ひとばん》置いてくれ」

門の中の女の人は、リディアを見るとうなずいて、手でうながした。

「ついていらっしゃい」

リディアは恐《おそ》る恐る門の内側に足を踏み入れた。カラヴァッジョは門の外に立ったままだった。

「明日迎《むか》えに来よう。絵の続きがある」

答える間もなくカラヴァッジョは去っていき、門が閉《し》まった。ふらつくリディアを女の人が支《ささ》えた。

「疲《つか》れているようね、リディア」黒い服とベールをつけた若《わか》い女の人が優《やさ》しく言った。

小さな顔に大きな深い青のひとみ、赤い唇《くちびる》の、人形のような修道女《しゅうどうじょ》だ。その人はシスター・

セシリアと名乗った。そこは、修道院だった。鳥のさえずりが聞こえ、バラとラベンダーの香《かお》りがする。

庭から建物に続く砂利道《じゃりみち》の両側は、手入れの行き届《とど》いた緑の生《い》け垣《がき》だった。シスターはしっかりリディアの手をつかんで砂利道を進み、建物に入った。そしてリディアを修行《しゅぎょう》用の小部屋に案内した。白い壁と小さなベッドのある部屋に落ち着くと、リディアはすぐに眠《ねむ》りに落ちた。

バラと風

リディアは顔の汗《あせ》を手でぬぐった。手は土まみれだから、顔にも泥《どろ》がついただろう。リディアは地面にひざまずいて雑草《ざっそう》をぬいていた。うなじに太陽が照りつける。伸《の》びた前髪《まえがみ》が目に入る。修道院《しゅうどういん》に来てから四日が経《た》っていた。夜は小部屋の硬《かた》いベッドで眠《ねむ》り、食事は修道女たちと一緒《いっしょ》のテーブルにつく。修道女の年齢《ねんれい》は、まちまちだった。自分ぐらいの年の子がいると思えば雨風にさらされたような肌《はだ》の中年の人もいた。院長のマザー・アンジェリカは、やせた五十代ぐらいの女性《じょせい》だった。食事中「静かに」と注意する口元に短いしわがよるが、目は優《やさ》しそうだった。

最初の二日間は、朝、カラヴァッジョが迎《むか》えに来た。リディアは彼《かれ》について画室に行き、マリアの亡骸《なきがら》と、嘆《なげ》き悲しむ人々と一緒に絵のモデルをした。ルイージに、修道院にいると話すと、「よかったね」と言っただけでくるりと背《せ》を向けて若《わか》い男と話し始めた。ルイージはもうリディアに興味《きょうみ》がないようだった。

二日目の午後、二つのことが起きた。一つ目はカラヴァッジョの絵を見に、枢機卿《すうききょう》が訪《たず》ねてきたこと。枢機卿は年配の男性で、周りの人間には目もくれず、カラヴァッジョにだけあいさつをすると、描《か》きかけの絵をしばらく見て、何も言わずに帰っていった。そのあと、カラヴァッジョの機嫌《きげん》は悪かった。リディアを修道院に送る時にも、むっつりと黙《だま》りこんでいた。教会の前の広場に三人の男がいた。通り過《す》ぎようとすると、三人のうちの一人、鼻の大きな男がカラヴァッジョの前に立ちはだかった。

「今からあんたを訴《うった》えに裁判所《さいばんしょ》に行くところさ」

「何のことだ?」カラヴァッジョは言った。「私《わたし》の絵が、お前の落書きよりも上手《うま》いと訴えに行くのか、バリオーネ?」

「妙《みょう》な詩を流行《はや》らせただろう」バリオーネが言った。

「ああ、そいつは、

　　バカオーネ

　お前の絵の具は糞《くそ》だろう

お前のカンヴァス雑巾《ぞうきん》か
尻《しり》をふくのにちょうどいい
お前の絵は掃《は》き溜《だ》め行き……とかいう詩のことかな？」カラヴァッジョが言った。

「牢屋《ろうや》にぶちこんでやる！」

「だれが流行らせた詩だろうなあ。だが、実に上手くできているじゃないか」

バリオーネが怒《いか》り狂《くる》って、剣《けん》をぬいた。一秒後、カラヴァッジョも剣をぬく。日の光に刃《は》がきらめき、刀と刀が激《はげ》しくぶつかる音が響《ひび》く。リディアは後ずさった。争う二人を、野次馬が取り囲み、どちらが勝つか賭《か》ける声がする。じきに役人が来て、二人から武器《ぶき》を没収《ぼっしゅう》した。みんな、この手のいざこざには慣《な》れっこのようだ。役人が二人の名前を書きとめるとそれで終わり。野次馬もすぐにいなくなった。

驚《おどろ》いたことに、喧嘩《けんか》のおかげでカラヴァッジョの機嫌は直り、修道院までリディアを送ると、明日また迎えに来るよ、と帰っていった。

ところが次の日、カラヴァッジョは現《あらわ》れなかったのだ。シスター・セシリアに「なぜ来ないのでしょう？」と聞かれたが、リディアには見当もつかなかった。突然《とつぜん》ひまになったリディアが、散歩に行きたいと言うと、「断《だん》じてなりません」と言われてしまった。一人で町に出るなど、とんでもないと言うのだ。しまいには修道院長まで出てきて言い渡《わた》された。

「修道院で暮《く》らしている以上、私達にはあなたの身に責任《せきにん》があります」

「自分のことは、自分で責任を持つわ」とリディアが言い返すと、修道院長は笑って言った。

「やることがないなら、人の役に立つことをしてはどうです。雑草を刈《か》る仕事がありますよ」

リディアは黙ってうなずいた。そう言われては仕方がない。それで、日差しが照りつける中、ハーブ畑の雑草取りをする羽目になったのだ。

次の日セシリアが、町のうわさを聞いてきた。カラヴァッジョが剣でいさかいを起こし逮捕《たいほ》されたそうだ。だからリディアを迎えに来なかったのだ。

修道院の鐘《かね》が鳴った。今日の作業は、これで終わりだ。夕飯まであと二時間。この時間は神に祈《いの》りを捧《ささ》げることになっていた。リディアはシスター・セシリアを探《さが》して、お風呂《ふろ》に入りたいと言ってみた。すると、セシリアはぎょっとしてリディアを見た。

「お風呂ですって？　なぜ？」

「汗と泥で体が汚《よご》れたからです」

「汚れたらふけばいいでしょう」

「ふいても落ちない汚れを洗《あら》い流したいんです」

「水で洗ったりしたら、病気になるわ。知らないの？」

リディアはわけがわからなかった。この時代の人たちには、お風呂に入る習慣《しゅうかん》がないのだろうか？　そういえば、どこに行っても体臭《たいしゅう》と汗臭《あせくさ》さがつきまとう。修道院での食事の時も、絵のモデルをしている時も。

「どうか、水浴びのできる場所を教えてください」

「本当に変わった子ね」セシリアが静かに言った。

建物の裏手《うらて》に小さな庭があって、そこが洗濯場《せんたくば》になっていた。セシリアは、れんが造《づく》りの洗い場と井戸《いど》を指さし、あまり冷たい水を使わないように気をつけてと言った。

リディアは井戸の水を汲《く》んで、体を流した。周りには、修道女の黒い服が干《ほ》してあって、まるで大きな黒い鳥のようにはためいていた。

さっぱりしたリディアは、上機嫌で中庭に戻《もど》った。院長の部屋の戸が開いているのが見えて、中をのぞいてみた。他の部屋より少し大きく、本棚《ほんだな》があり、壁《かべ》には十字架《じゅうじか》がかかっている。修道院長のマザー・アンジェリカが机《つくえ》の前に座《すわ》って、書き物をしていた。顔を上げたマザー・アンジェリカが、リディアの視線《しせん》に気づいて声をかけた。

「おや、リディア、何かご用？」

院長の羽根ペンを見て、リディアの心の中に何かを描きたい気持ちがわきあがった。

「院長さま、お願いがあります」リディアは思い切って口に出した。

「何です？」

「私にペンと紙を貸《か》していただけないでしょうか」

どうしてこんなことが言えるのか、自分でも不思議だった。

マザー・アンジェリカはペンを置いて、答えた。

「あなた、文字が書けるの？　ペンや紙は、大切な仕事に必要なものです、むやみに使わせるわけにはいきません」

「私、絵を描きたいんです」

驚いたことにマザー・アンジェリカはリディアを部屋に招《まね》き入れると、紙と羽根ペンと小さなインク壺《つぼ》を貸してくれた。

「貸しましょう。ただし、主を讃《たた》える絵を描くこと。それ以外は認《みと》めません」マザー・アンジェリカは言った。

リディアは素直《すなお》にうなずいた。礼を言って中庭に戻り、石のベンチに座った。絵を描くならベンチに限《かぎ》る。院長が渡してくれた紙は分厚《ぶあつ》く、ざらざらしていた。急に気おくれがしてきた。良い絵が描けるだろうか？

風が強まって、リディアの髪を乱《みだ》し、塀《へい》をつたう赤や白のバラの花びらをハラハラ落とす。リディアは絵に没頭した。白い紙に羽根ペンを走らせるうちに、次第に子どもを抱《だ》いて座る母の姿《すがた》が浮《う》かび上がってきた。互《たが》いに見つめあう母子の周りを、バラのつるが囲んでいる。まるで子どものころに戻ったように、リディアは無心に描き続けた。やがてペンを置き、自分の絵をながめた。久しぶりに思い通り描けたと思う。

　すると、急に風が吹《ふ》きつけてきて、リディアの手から絵をもぎとった。反射的《はんしゃてき》に手を伸ばしたが、紙は高く舞《ま》い上がり、塀を越《こ》えていくではないか。あわてたリディアは門に走ったが、門には錠《じょう》がおりていた。セシリアに泣きついて重い門を開けてもらった時には、どこまで飛んでいってしまったのか、リディアの絵はもう影《かげ》もかたちも見えなかった。

　がっかりするリディアを、セシリアが元気づけた。

「院長に頼《たの》んで、もう一度紙をもらえばいいじゃない」

「無理だわ」リディアは心の底からそう答えた。「特別に一枚《まい》だけ描かせてくださったんですもの。それに、私、二度とあんな風には描けない」

　その日の午後、リディアはずっとふさぎこみ、夕食後自分の部屋のベッドに身を投げ出すと眠ってしまった。夜遅《おそ》く目が覚めたリディアは、横になったまま、修道女の足音やつぶやき声が消えるまで耳を澄《す》ませていた。すでに心は決まっていた。しばらく待ってからそっと庭に出ると、塀の前に立った。年経《へ》たバラのつるは頑丈《がんじょう》で、充分《じゅうぶん》リディアの体重を支《ささ》えてくれそうだ。塀の上にたどり着いた時には、バラのとげに引っかかれて、手が血まみれになっていた。塀は二メートルぐらいあったが、何とか外の通りに下りることができた。

それから二時間近く、リディアは町をあてもなくさまよい歩いた。夜の町には人気《ひとけ》がなかった。風はおさまり、空は雲に覆《おお》われていたが、時折月が顔を出す。そのうちに見覚えのない大きな広場に出た。柱廊《ちゅうろう》が並《なら》ぶ建物があり、幅《はば》の広い大階段《おおかいだん》が見える。歩き疲《つか》れたリディアは、二頭の獅子像《ししぞう》が両脇《りょうわき》を守る石の階段に腰《こし》かけた。石像の獅子達は、闇《やみ》を見つめているようだ。今夜は野宿だ。まずは安全に夜を過ごせる場所を探して、その先のことは明日考えよう。

獅子像にもたれていたリディアは、ぎくりとした。枕《まくら》にしている獅子像の足が、急に柔《やわ》らかくなった気がしたのだ。手で探《さぐ》ると、石ではなく毛皮のように感じる。リディアが悲鳴をあげて飛び起きると、獅子像も立ち上がって低くうなった。その時月の光が射《さ》し、リディアは自分の間違《まちが》いに気がついた。獅子像と思ったのは、生きたトラだったのだ。

リディアはあわてて逃《に》げ出した。石造りの建物をまわりこみ、石畳《いしだたみ》の通りを駆《か》けぬける。いつトラに飛びかかられて、背中につめを立てられても、おかしくないと思ったが、ふと気づけばトラの足音もうなり声も聞こえないではないか。思い切って振《ふ》り返って見ると、月明かりに照らされた通りはがらんとして、トラの姿は見えない。リディアは止まって呼吸《こきゅう》を整えた。本当にトラだったのかしら？　どこへ行ったのだろう？　あれは、いつかのトラに違いない。ロビンソンの島で追いかけてきたのも、日本の雪山にいたのも、ローマに現《あらわ》れたのも、みな同じトラだと思う。一頭のトラが時代を超《こ》え、海を越えてリディアを追いかけてきている。なぜそんなことが起こるのか、なぜトラに追いかけられるのか、さっぱり分からない。考えれば考えるほど分からない。

そのまま歩き続けると、円形の建物の前に出た。三階立てくらいの壁に窓《まど》がたくさん並んでいる。リディアはその遺跡《いせき》の写真をどこかで見たような気がした。有名なコロッセオだわ。その時、だれかに腕《うで》をつかまれた。

「やっと捕《つか》まえた」

振り返ると、小柄《こがら》な男が憎々《にくにく》し気《げ》に睨《にら》んでいる。テニスボールを探していたカラヴァッジョの召《め》し使《つか》い――ピエトロだ!

「お前のせいで首にされたんだぞ。どうしてくれる」

手にはナイフが光っている。逃げようとしたリディアは、仰向《あおむ》けに転んでしまった。ピエトロはリディアに馬乗りになってナイフを突《つ》きつけてくる。リディアは必死に体をよじって、相手を蹴《け》ろうとするが、相手の力にはかなわない。やっとのことで片手《かたて》をふりほどいてピエトロの顔をひっかくと、ピエトロがナイフを取り落とした。それでもまだリディアの首を絞《し》めてくる。息ができず意識《いしき》が遠のくなかでリディアは片手でブレスレットをつかんだ。指が文字盤《もじばん》に触《ふ》れたと思ったとたん、何も見えなくなった。

はためく紙片《しへん》

同じ日の午後、二頭の白馬に引かれた黒と金の馬車がバチカンの門を出た。御者台《ぎょしゃだい》にはお仕着せを着た御者が座《すわ》り、馬車の後ろには正装《せいそう》の傭兵《ようへい》が二人立っている。馬車の主は、教皇《きょうこう》クレメンス八世だった。

教皇はひどく疲《つか》れていた。こんなに暑くて風の強い日には、涼《すず》しい自室で聖書《せいしょ》を読んで過《す》ごしたいものだ。しかし聖都を回る仕事がある。最近は健康がすぐれず片頭痛《へんずつう》もあったが、教皇クレメンス八世は何があろうと自らの責務《せきむ》を果たす人間だった。

馬車はゆれながら石畳《いしだたみ》の道を進んでいく。教皇はビロードの分厚《ぶあつ》いクッションにもたれたが、それでも楽とは言えない。紫《むらさき》のカーテンを引いた車内は暑く、身体がからからに干《ひ》からびていくような気がした。教皇は教会や礼拝堂《れいはいどう》など、石造《いしづく》りの壮麗《そうれい》な建物が並《なら》び彫像《ちょうぞう》があちこちに立つ自らの町を、馬車の窓《まど》から見るともなくながめていた。教皇に就任《しゅうにん》して以来、ローマの過去《かこ》の栄光を取り戻《もど》すことに力を注ぎ、素晴《すば》らしい建物や壮大《そうだい》な教会を建ててきた。最高の建築家《けんちくか》と技術者《ぎじゅつしゃ》を雇《やと》い、イタリアだけでなくオランダやフランスからも芸術家を迎《むか》え入れた結果、こうしてローマ中に彫刻や絵画があふれるようになったのだ。

それでも教皇は満足してはいなかった。特に近頃《ちかごろ》の作品は、どうも気に入らない。情《なさ》けないことに、宗教《しゅうきょう》美術そのものが衰《おとろ》え始めているのではないだろうか。視察《しさつ》に回る度に、その思いを強くしていた。例えば最近評判《ひょうばん》のバリオーネという画家がいるが、教皇は彼《かれ》の絵は中身がなく、魂《たましい》が宿っていないと感じる。今一番有名なのはカラヴァッジョで、教皇は彼に大きな期待を寄《よ》せていた。カラヴァッジオの絵には素朴《そぼく》で敬虔《けいけん》な民が描《えが》かれ、絵の中の人物は、内側からほとばしる光によって輝《かがや》きに満ちている。その作品は、神が投げかける光そのものを再現《さいげん》しているのだ。ところがあの男は、乱暴《らんぼう》で行いが悪く、何度も警察沙汰《けいさつざた》を起こしている。思慮《しりょ》に欠ける点が、時としてその作品にまで表れるのが最も困《こま》る。例えば絵の中の馬が無遠慮に尻《しり》を向けていたり、聖人の足が汚《よご》れていたり……ことに問題になっているのは、今取りかかっている聖母マリアの臨《りん》終《じゅう》を描《か》いた大作だ。その絵を見た一人の枢機卿《すうききょう》は、カラヴァッジョが自身の愛人をマリアのモデルに使って描いたことにショックを受け、それを報告《ほうこく》してきた。愛人だ！　これ以上見過ごせない。彼に教会の絵を描かせることはできない。カラヴァッジョを厳罰《げんばつ》に処《しょ》そう。

角を曲がる時馬車が傾《かたむ》いて、教皇は天井《てんじょう》に頭をぶつけないよう必死につかまった。この御者は新参者か！　その時、紫のカーテンをゆらして強風が吹《ふ》きこんだと思うと一枚《まい》の紙が舞《ま》いこんで、教皇の足元に落ちた。拾い上げると、紙には素朴なペン画が描かれていた。バラの花輪に囲まれた聖母マリアと幼児《おさなご》イエス。教皇はその小さな絵から目が離《はな》せなくなった。何と素晴らしい。

いつしか教皇の目に感動の涙《なみだ》があふれた。今自分に遣《つか》わされたこの絵こそ、まさに尊《とうと》い世界を現《あらわ》すものだ。簡素《かんそ》で純粋《じゅんすい》で、何の気負いもない。裏《うら》を返して見たが、画家の名前はどこにも書かれていなかった。一体だれが描いたのだろうか？　新しい祭壇画《さいだんが》を見るためにローマの郊外《こうがい》の小さな礼拝堂まで行くつもりだったが、とりやめにしよう。

教皇は御者に引き返すよう命じた。自室に戻ると、教皇はその絵を机《つくえ》の引き出しにしまった。そして一人になった時にだけ、そっと取り出してながめるのだった。

訪問者《ほうもんしゃ》

あの日の川辺で、リディアのほうからは泡《あわ》の向こうにいる両親が見え、声を聞くこともできたが、リディアの声が二人に届《とど》くことはなかった。ブレスレットの力で別の次元にいたからだ。それなのにリディアの両親は、娘《むすめ》がすぐそばにいるような妙《みょう》な気配《けはい》を感じ取っていた。あるいはリディアを思う気持ちから、そう感じただけだろうか？　川からの帰り道、二人は言葉《ことば》少なだった。ようやく帰り着いたが、リディアのいない家は閑散《かんさん》として寂《さび》しかった。二時間あまり経《た》ったころ、玄関《げんかん》のインターホンが鳴り、お母さんはドキッとした。リディアが無事に見つかったのかしら？

それとも悪い知らせ？　ためらった末ドアを開けると、そこには黒いコートを着た背《せ》の高い男が立っていた。目つきの悪い不気味な男だ。リディアのお母さんは思わず後ずさった。

「スウェーデン統計局《とうけいきょく》の調査員《ちょうさいん》です」男は葬式《そうしき》に来たかのような暗い声で言った。「この地域《ちいき》で人口調査を実施《じっし》しています。ご家族の人数を報告《ほうこく》してください。成人は何人？　未成年者は何人ですか？」

「うちは家族三人です」リディアのお母さんは戸惑《とまど》いながらも答えた。「大人二人、子ども一人。でも、普通《ふつう》は調査用紙に記入するものでしょ？」

「お子さんは今、一緒《いっしょ》に暮《く》らしていますか？」男はお母さんの言葉を無視《むし》して続けた。

「そんな質問《しつもん》に答える必要ないでしょ？」リディアのお母さんは怒《おこ》った。「あなた、本当に統計局の調査員なの？」

「ご協力ありがとうございました。また伺《うかが》います」男はさっさと帰って行った。

「誰《だれ》だい？」二階から下りてきたお父さんが聞いた。

「あの人、人口調査に来たって言うんだけど、そんな調査があるなんて聞いてないでしょ？　どうも変だわ。子どもがいるかってしつこく聞くし」お母さんが小声で答えながら、男の後ろ姿《すがた》を指差した。

「警察《けいさつ》に知らせよう」お父さんが言った。

すぐにパトカーが来て、あたり一帯を調べたが、男の姿はなかった。警察官から、どんな男だったかとたずねられたが、お母さんの記憶《きおく》に残っているのは、ヘビのような目つきと曲がった指、あとは奇妙《きみょう》な黒い腕時計《うでどけい》のようなものだけだった。

一方、川の茂《しげ》みに身をひそめていたホフマンにはリディアの両親の会話が聞こえなかったので、二人がリディアの親とは知らなかったが、関係者だろうと気づいた。ホフマンはリディアが捕《つか》まらないことにいら立っていた。考えてみると、自分から逃《に》げてもリディアが得することは何もない。人質《ひとじち》のじじいを取り戻《もど》したいはずだからだ。あの娘は、思ったより骨《ほね》のある奴《やつ》だが、それにしてもまだ子どもだ。親が恋《こい》しくて家に帰ったのか？　まずはそこを確認《かくにん》しようと、町に行って、ホテルのパソコンで調べることにした。すると、リディアの苗字《みょうじ》の家は一軒《けん》しかなかったので、タクシーでその住所の近くまで行き、少し離《はな》れたところに車を待たせておいたのだ。

チャイムに応《おう》じてドアを開けたのは、まさに川にいた女性《じょせい》だった。予想通り、あれはリディアの両親だったのだ。ホフマンは、人の表情《ひょうじょう》を読むことができる。お母さんは悲しそうで、疲《つか》れ切って見えた。つまり、リディアは家に帰っていない。

町に戻ったのは、日が暮れ始め、車窓《しゃそう》から見える通りの家々に灯りがともるころだったが、暗い考えで一杯《いっぱい》のホフマンには、灯りなど目に入らなかった。ブレスレットが正常《せいじょう》に機能《きのう》していることは間違《まちが》いない。だが、今、迷《まよ》いが生じてきた。あの娘は別の時代の別の場所に行ってしまったのか？　ホフマンは今回の不始末には疲れ果ててしまった。何一つ思い通りにいかず、全てが手から滑《すべ》り落ちていくようだ。今は、トラも娘も両方見失ってしまった。全くの失敗だったわけだ。タクシーで帰るうちにホフマンはどんどん腹《はら》が立ってきた。ホテルに着くと、ポーターに八つ当たりしてかぎを受け取り、部屋でじっくり考えようとした。ところが、部屋に入るなりどっと疲労《ひろう》を感じ、ベッドにもぐりこむ始末となった。

リディアのおじいちゃんはついに心を決めた。いつまでもこんなところに閉《と》じこめられているわけにはいかない。危険《きけん》を覚悟《かくご》で、ここからぬけ出そう。脱出《だっしゅつ》方法を考える時間は十分にあった。まず、部屋じゅうの床《ゆか》や壁《かべ》、天井《てんじょう》をたたいて、もろそうなところを探《さが》したが見つからなかった。そうなると、唯一《ゆいいつ》外に出られる可能性《かのうせい》があるのはドアだ。あの女の人が食事を持ってくる時に出入りするドア。初めは彼女《かのじょ》に飛びかかることを考えたが、やめた。相手は女性とはいえトラを扱《あつか》えるような若者《わかもの》だ、八十歳《さい》の老人が勝てるわけない。何かで殴《なぐ》れば勝てるかもしれないが、打ちどころが悪ければ、命を奪《うば》ったり、傷《きず》を負わせたりすることになってしまうだろう。それに、おじいちゃんは彼女に好感を持ち始めていた。彼女は申《もう》し訳《わけ》なさそうにこちらを見ることがある。まるで同情するかのように。

何とかして、ぬけ出せないだろうか。ドアの後ろに隠《かく》れて、彼女がドアを閉《し》める時に外に出るのは、老人には難《むずか》しいだろうか。おじいちゃんは、ドアの右手の簡易《かんい》キッチンにいた。食器棚《しょっきだな》からコーヒーカップを取り出そうとして、ふと棚の上の壁にあるものに気がついた。あんなに部屋じゅうを調べたのに、どうして今まで気がつかなかったのだろう？

眠《ねむ》れない夜を過《す》ごした朝、ナターシャも心を決めた。良い行いをするのは今だ、とお茶を飲みながら決心したのだ。不思議なことにもう怖《こわ》くはない。ホフマンの姿《すがた》を何日か見ないせいかもしれない。のしかかる重圧《じゅうあつ》から解放《かいほう》されたようだ。

午前中、ナターシャは散歩をしながら計画をまとめた。十一月にしては暖《あたた》かい日だった。空は紫《むらさき》がかった淡《あわ》い青で、太陽の光に暖められたアスファルトから蒸気《じょうき》が上がっていた。

一時にはおじいちゃんに昼食を運ぶことにしていた。今日のメニューはサーモンのソテーと野菜だ。お祝いのワインも特別に買った。ナターシャは門を入る前に、念入りに左右を確《たし》かめた。つけられていないかチェックするために身についているのだ。

地下室には庭にある鉄扉《てつとびら》から入る。ナターシャは、薄暗《うすぐら》い廊下《ろうか》を進んだ。ワインの瓶《びん》と食事は、ビニール袋《ぶくろ》に入れてある。ドアを小さくノックしてからかぎを開けた。おじいちゃんに敬意《けいい》を示《しめ》すために必ずノックをしているのだが、今日は返事がなかった。寝《ね》ているのかしら？　ナターシャは慎重《しんちょう》にかぎを回し、中に入った。部屋は薄暗く、フロアランプが一つだけともっていた。ベッドに人型がある。やはり寝ているようだ。いつもなら食事を置いて出ていくところだが、今日は特別な日だから、起こさなくてはならない。ナターシャはベッドの横のテーブルへと、足音を忍《しの》ばせて歩いた。

その時、目の前が真っ暗になった。ナターシャは悲鳴を上げ、ワインと食事を入れてきた袋を落とした。瓶が床に落ちて割《わ》れる音が響《ひび》く。ナターシャは悪態《あくたい》をつきながら何とかドアの方へ戻ろうとした。何かが、ドアにぶつかる音がする。ナターシャは、音のする方向に耳を向けた。今日は新しい人生を歩みだすはずだったのに、どうしてこんなことになってしまうんだろう。

第六章　アルバート・アインシュタイン（一八七九〜一九五五年、理論《りろん》物理学者）

ユダヤ人の両親の間に生まれ、ドイツで育った。言葉《ことば》の発達が遅《おそ》い子どもだったが、数学に関しては傑出《けっしゅつ》した才能《さいのう》を示《しめ》した。一九〇五年に「特殊相対性理論《とくしゅそうたいせいりろん》」を、一九〇七年には、公式「$E = mc^2$」を発表した。一九一六年、「一般《いっぱん》相対性理論」を発表。相対性理論は初め疑問視《ぎもんし》されたため、ノーベル物理学賞が授与《じゅよ》されたのは、「光電効果《こうか》の法則《ほうそく》」の発見に対してだった。一九二一年度のノーベル物理学賞受賞のニュースは、翌年《よくねん》十一月日本訪問《ほうもん》の途上《とじょう》にもたらされた。日本には、四十三日間滞在《たいざい》し、全国各地で八回の講演《こうえん》を行っている。ナチスが政権《せいけん》を握《にぎ》った一九三三年、アメリカに亡命《ぼうめい》し、プリンストン大学の教授《きょうじゅ》に就任《しゅうにん》。一九四〇年アメリカ国籍《こくせき》取得。一九五五年バートランド・ラッセルと共に核兵器廃絶《かくへいきはいぜつ》、戦争の根絶《こんぜつ》、科学技術《ぎじゅつ》の平和利用を訴《うった》えるラッセル＝アインシュタイン宣言《せんげん》に署名《しょめい》した。二十世紀最大の科学者と考えられている。アインシュタインの理論は粒子《りゅうし》から宇宙《うちゅう》全体まで、現代《げんだい》物理学の世界観を造《つく》り上げた。

パーティーへの招待《しょうたい》

くぐもったブーンという音が聞こえ、気がつくとリディアは、ふかふかのソファーのようなものの上に座《すわ》っていた。ちっとも立ち上がりたくなかった。傷《きず》ついた体を包みこまれ、気持ちがよかったからだ。ふと、数分前の記憶《きおく》がよみがえった。憎《にく》しみに満ちた声や、顔に押《お》し当てられたナイフの冷たさなどを。

やがてリディアは目を開け、あたりを見回した。そこは、車の後部座席《ざせき》だった。前の座席に運転手の頭が見えた。運転手はリディアが乗っていることに気づかないのか、振《ふ》り返らない。リディアは窓《まど》ガラスから外を見た。夜か夕方みたいだ。街灯がともされ、車の脇《わき》に鉄の門が見えた。その門から砂利道《じゃりみち》が続いていて、その先に小さな家が建っていた。下の階に明かりがともり、芝《しば》生《ふ》の上には白いガーデン家具が置かれている。ここには電気も車もガーデン家具もある。元の時代に近づいているようだ。リディアは運転手に自分が乗っていることを知らせようか、それとも車から黙《だま》って降《お》りようか決断《けつだん》を下せずに、柔《やわ》らかい座席にただ座ったままでいた。

砂利を踏《ふ》みしめる音がし、鉄の門がキーッと鳴った。車のドアが開き、天井《てんじょう》のランプがついた。外には灰色《はいいろ》のひげを生やした小柄《こがら》な老人が立っていた。茶色く鋭《するど》い目でリディアをじっと見つめている。着ている燕尾服《えんびふく》は、しわくちゃだった。蝶《ちょう》ネクタイは曲がっていて、シャツの真ん中に茶色い染《し》みがついている。その老人がリディアの隣《となり》に乗りこんで、車が動き出した。老人はリディアの方に向き、しわだらけの手を伸《の》ばした。リディアはためらいながら手をとった。

「これは驚《おどろ》いた。この退屈《たいくつ》なパーティーで、こんなに楽しいパートナーに出会えるとは思わなかったよ」

　老人の声は低く友好的だったが、妙《みょう》ななまりがあった。リディアも英語は少し話せたが、彼《かれ》が言うことはほとんど理解《りかい》出来なかった。老人はリディアがわかっていないことに気がついたようで、陽気にこう続けた。

「Oder sprechen sie deutsch? Das ist besser, denn meine englisch is nich so gut.（それともドイツ語で話すかい？　そのほうがいい。わしも英語はあまり得意じゃないからね）」

　リディアは薬を口に入れると、答えた。

「言葉《ことば》を変えてもらう必要はありません。どちらの言葉も話せるので」

「そうかい。それはよかった。前にどこかでお目にかかったかな？」老人は礼儀《れいぎ》正しく聞いた。「もしそうなら、忘《わす》れていて、すまないね」

「いいえ」リディアは答えた。「会ったことはない……と思いますけど」

　この老人には、どこか見覚えがあった。

「仕事仲間の娘《むすめ》かと思ったが」老人が続けた。「こんなきれいなお嬢《じょう》さんを忘れるなんて」

老人はしわだらけの顔で、にかっと笑った。彼には人を惹《ひ》きつけるものがあり、そのことを本人も知っているようだった。

「名前は？」老人はたずねた。

「リディアです」

「ここプリンストンに住んでいるのかい、リディア？」

リディアは首を横に振った。今、私《わたし》はプリンストンという場所にいるのか、と考えながら。イギリスだったっけ？　それともアメリカ？

「ということは今わしは、同じパーティーに行こうとしている見知らぬ娘といるってわけか……人生というのは本当に驚きで満ちているものだな。君はなぜここにいるんだい？　この車はわしを迎《むか》えに来たんだよ。あれこれ聞かないでほしい、と感じているのならすまない。だがね、人間というのは質問《しつもん》することで物事を学べるものさ」

リディアの口から「あれこれ聞かないで」という言葉が出かかっていたところだった。老人におかしな子だと思われているようだが、むこうだって、ちょっと変わった人だ。

「なぜここにいるかですって？　そうね……。私はタイムスリップして、気づいたらここにいたの」とリディアは答えた。

老人は急に、わっはっはっ、と笑い出した。

「何とまあ、気のきいた答えだ。リディア、君は実に頭のきれる子だ。本気で同じテーブルにつきたくなってきたよ」

「でも私、パーティーに招待されてもいないんですよ。きちんとした服も持っていないし」

「何をばかなことを。今、招待されたじゃないか、このわしに。服のことは心配しなくていい。大事なのは見てくれじゃない。中身さ」

しばらく静かになった。車は暗い住宅街をぬけると、角を曲がって、芝生と葉の青々と茂《しげ》った木々のある公園を通る道に入った。

「時間を越《こ》えてきたって言っていたね」老人がつぶやいた。「まさにわしら全員がしていることなのさ。わしらは時の旅人なのさ……。こんな名言が飛び出すとは、自分でも驚きだよ」

リディアは、私の言いたいのはそういうことじゃない、と言おうとしたところで、車が止まった。ツタの絡《から》まった巨大《きょだい》な石造《いしづく》りの建物の正面だ。アーチ型の門の前でたいまつが燃《も》えていた。リディアが見上げると、塔《とう》と時計のある塔が目に入った。時計の針は、九時半を指していた。老人はリディアが時計を見ているのに気づくと、自分の腕時計《うでどけい》をちらりと見た。

「時計を一つ持つ者は、何時か知っている。それぞれ違《ちが》う時間を指す時計を二つ持つ者は、いつまでも時間を確信《かくしん》できない」と老人は言った。

運転手が車から降りて、二人のためにドアを開けてくれた。運転手はリディアをさっと見たが、顔色ひとつ変えなかった。老人はリディアと腕を組み、門までエスコートした。赤い軍服を着、背《せ》の高い帽子《ぼうし》をかぶった男が二人に向かっておじぎをし、右手を指し示《しめ》した。そこには開いたドアがあり、中から人声とグラスを合わせる音がした。ジーンズと運動靴《うんどうぐつ》という自分の格好《かっこう》が、いかにも場違いに思えた。でも老人を横目で見ると、ぷっと噴《ふ》き出してしまった。片足《かたあし》にはエナメルの靴を、もう片方の足には、古いフェルトのスリッパを履《は》いている。二人はドアの向こうに足を踏み入れた。

広い応接間《おうせつま》は、パーティー衣装《いしょう》に身を包み、手にグラスを持った人で埋《う》めつくされていた。天井からは、クリスタルがきらめく大きなシャンデリアが下がっている。花の飾《かざ》られた舞台《ぶたい》の上には、『$E = mc^2$』と書かれた小さな旗が掲《かか》げられていた。

ドアの内側には、お腹《なか》の周りに絹《きぬ》のサッシュを締《し》め、手につえを持った紳士《しんし》が立っていた。今夜のパーティーの司会者のようだ。司会者は老人とリディアを目にすると、つえで床《ゆか》をたたき、大声で叫《さけ》んだ。

「レディース&《アンド》ジェントルマン、今晩《こんばん》のパーティーの主役をご紹介《しょうかい》いたします。アルバート・アインシュタイン教授《きょうじゅ》と……ええと……」司会者がリディアのほうに身を乗り出した。

リディアはそっと自分の名前をささやいた。

「リディア！」司会者は締めくくった。

ゲストが思い切り拍手《はくしゅ》をした。リディアは顔を赤らめた。

二人はゆっくりと応援間を歩いた。皆《みな》が笑顔でうなずき、リディアを興味津々《きょうみしんしん》、見つめている。リディアは途方《とほう》にくれた。そして、はっと気がついた。この人はそうだ、アルバート・アインシュタイン、世界一有名な科学者だ！　相対性理論《そうたいせいりろん》とか何とかいうのを考えた人だ。授業で習ったけれど、難《むずか》しくてよくわからなかった。そういえば、リディアが今、祝賀《しゅくが》ムードにあふれるたくさんの人の中を、アインシュタインと歩いていることも、理解不能《りかいふのう》なことだけど。アインシュタイン自身はこの場の雰囲気《ふんいき》を気にしていないみたいだったし、服装《ふくそう》についても全く無頓着《むとんちゃく》のようだった。白髪頭《しらがあたま》は鳥の巣みたいだし、靴下を履いていないみたいだ。

給仕がグラスの乗ったトレーを運んで来た。アインシュタインがグラスを一つ手に取った。リディアもだ。リディアはグラスの中身をすすった。皆が微笑《ほほえ》んでいる。シャンパンを呑《の》んでいることを、だれも悪いと思っていないみたいだ。アインシュタインはとても有名で特別な存在《そんざい》なので、何でも思い通りになるんだろう。アインシュタインなら汚《よご》れたシャツを着て、エナメルの靴とフェルトのスリッパを履き、もともと招《まね》かれてもいなかった若《わか》い娘と最後にやって来て、その娘にシャンパンをすすめても許《ゆる》されるのだろう。今彼は内ポケットからパイプを取り出して火をつけた。静かに立ち、パイプをくゆらせ、周りの人に向かってうなずいた。

しばらくすると司会者がつえを再《ふたた》び床に打ちつけ、「隣《となり》の部屋にお食事が用意されています」と声を張《は》り上げた。

その部屋には、クリスタルグラスと花で飾られた長いテーブルが置いてあった。でも座席がすでに決まっていたので、リディアはかの有名科学者の隣には座れず、がっかりした。アインシュタインが隣りの女性に席を替《か》わってくれるように頼《たの》むと、その女の人が今にも泣き出しそうな顔をして、リディアをきっとにらみつけた。リディアは「大丈夫《だいじょうぶ》よ」とどもりながら言った。リディアは子ども用のテーブルにつかなくてはならなかった。

大人のテーブルより小さなテーブルに、男の子が三人と女の子が一人の合計四人がすでについていた。男の子のうち二人は七歳《さい》ぐらいで、むすっとしてただ目の前を見つめていた。食事が始まる前に、もう飽《あ》きてしまったみたいだ。もう一人は短髪《たんぱつ》で眼鏡をかけた、背の高い男の子だった。リディアはこっそりと見られているのが分かったけれど、気がつかないふりをした。額《ひたい》ににきびが出来ていた。女の子はリディアと同じ年頃みたいだった。大きな口と茶色いカールのかかった短い髪《かみ》をしていた。目は真っ青だった。着ていたドレスは、ちょうちんそでの赤のチェック。八歳の子に買うような子どもっぽいデザインで、女の子には小さそうに見えた。どこの席に座ろうかとリディアが迷《まよ》っていると、女の子が隣のいすを引いて、座席をたたいた。

「ここに座ったら」

リディアは言われた通りにした。今リディアの向かいの席には、例の背の高い男の子が座っている。目を合わせようとしない。でも女の子のほうはためらいもせず、リディアに話しかけてきた。

「私はアナベル。あなたはリディアっていうのよね？　アインシュタインおじさんとは、どうやって知り合ったの？」

「さっき会ったばっかりよ」リディアは恐《おそ》る恐る答えた。

「なのにおじさん、パーティーに連れて来たのね」アナベルがびっくりして言った。「奇妙《きみょう》だわ。アルバートおじさんは、確《たし》かに不思議な人だけど。あなた、どこから来たの？」

「もともとはスウェーデンにいたわ」とリディアが言った。「色々なところを転々としてきたんだけどね。いつまでたっても元いた場所に戻《もど》れないの」

「スウェーデン」アナベルが言った。「時計が作られているところじゃなかったかしら？　それにきれいな山のある」

「それはスイスだろ」背の高い男の子が口を挟《はさ》んだ。「地理よりも数学のほうが得意みたいだね」

「アルバート・アインシュタインとは、どこで知り合ったの？」リディアはこれ以上質問されたくなくて、聞いた。

「私のお父さんも物理学者なのよ」とアナベルが答えた。「二人は同じ研究所に勤《つと》めていて、ほぼ毎日顔を合わせているの。大抵《たいてい》は喧嘩《けんか》しているんだけどね。お父さんが言っていた。アインシュタインは素晴《すば》らしいアイディアの持ち主だけど、数学が苦手だから、それを証明《しょうめい》できないんだって。私もおじさんの計算は、時々変だと思うわ」

「アルバート・アインシュタインは数学が苦手だなんて、よく言えたな！」男の子が怒《おこ》ってまた口を挟んだ。

「あなた、本気で言っているの？」リディアは信じられない気持ちで聞いた。

「アナベルは実は数学が大の得意なんだよ」と男の子が言った。「かけ算の式をいってごらんよ。あっという間に計算しちゃうから」

「十二×十七」リディアが言った。

「もっと難しいのだよ」と男の子が言った。「そんな子どもだましみたいのじゃなくて」

「二百十六×四十三」とリディアが言った。

「九千二百八十八」とアナベルと男の子がほぼ同時に答えた。

「アナベルにはそんなんじゃ駄目《だめ》さ。だれだってわかるだろう」男の子がさらに言った。

かけ算が苦手なリディアはびっくりしてしまった。

「二万六千七百八十四×九千百十六」リディアが言った。

アナベルが目を閉《と》じた。一、二秒沈黙《ちんもく》が流れた後で、答えが出た。

「二億四千四百十六万二千九百四十四」

「本当に当たっているの？」リディアは信じられなかった。「適当《てきとう》な数字を言っているだけじゃないの？」

「アナベルはそんなこと絶対《ぜったい》にしやしないさ」男の子が言った。名前をサミュエルというらしい。

「ぼくが答えあわせしてみようか」

サミュエルはペンと紙をジャケットの胸《むね》ポケットから取り出した。ぶつぶつ言いながら、数字を紙に書き、かけ合わせた。ものの数秒で答えあわせは終わった。

「合っている」サミュエルは言った。

リディアはだまされていないか二人の顔を順に見たけれど、どちらも真顔だった。子どもを数学の天才にするような光線みたいなものが、アインシュタインから出ているのかしら？

「あなた、学校で周りの子よりずっとできるでしょ」リディアの口からようやく出た言葉はそれだった。何だかばかみたいだ。

「私は学校には行っていないの。大学に通っているから」とアナベルが答えた。

「ってことは、あなた何歳？」

「十三よ」

リディアは声を出さずに、首を横に振った。天才集団の中に、一人だけばかがまぎれこんでしまったような気分になって、それ以上言葉が出てこなかった。間《ま》がよく食事が運ばれてきた。テーブルとテーブルの間を給仕がずらずらと歩いてくる。

何皿もの料理、延々《えんえん》と続くスピーチ。長い食事になった。例の二人の小さな男の子たちは、退屈し過《す》ぎて死にそうになっていた。プリンストン大学が何周年かの記念なのだろう。スピーチする人は全員、アルバート・アインシュタインにお祝いの言葉を送っていた。リディアの耳に、『アインシュタインの天才的な相対性理論』という言葉が十五回ほど届《とど》いた。席が遠くてアインシュタインは見えなかったけれど、彼のいる方からパイプの煙《けむり》が浮《う》かんでくるのは見えた。パイプの煙を吸《す》いこんでいる隣の席の女性は、後悔《こうかい》しているだろう。

「相対性理論って一体どういうものなの？」とようやくスピーチの間に長い休憩《きゅうけい》が入り、アイスを食べている時にリディアが聞いた。

「簡単《かんたん》な言葉で説明するのは難しいよ」とサミュエルが言った。「完全に理解しているのはアインシュタインだけだ、って言う人もいるんだ。彼は人類史上、最も頭のいい人だからね」

「難しくなんかないわよ」とアナベルが言った。「時空の話よ。光の速さで人間が移動《いどう》出来るのであれば、時間は時と場合によって変化する、ってことよ」

「私、時間は相対的なものだって、たまたま知る機会があったの」リディアがつぶやいた。

「どんな機会よ？」アナベルが興味深そうにたずねた。

「また別の時に話すわ」リディアが言った。

リディアは心ここにあらずで、溶《と》けかかったアイスをスプーンでかき混《ま》ぜた。今は一九五三年六月のようだ。確かに元の時代に近づいてはいる。でもこの場所にずっといれば、ホフマンかトラのどちらかが現《あらわ》れるに決まっている。逃《のが》れることはできないだろう。

「どうしてそんなに怖《こわ》い顔をしているの？」アナベルが聞いた。

リディアが答える間もなく、司会者がつえで床をたたき、皆に「今すぐに立ってください。ラウンジでコーヒーが出されます」と告げた。

皆がいっせいにいすを引く音がし、例の二人の男の子が喜々として席を離《はな》れた。

二人はコーヒー・テーブルに向かう途中、アナベルをアインシュタインのほうに押しやった。

「こんにちは、アルバートおじさん」とアナベルは言った。

「やあ。これはこれは、若い優秀《ゆうしゅう》な数学者じゃないか」アインシュタインが優《やさ》しく言った。「大きな数字の謎《なぞ》は解けたかい？」

その後、背後《はいご》に立っていたリディアに視線《しせん》を向けた。

「この美しいお嬢《じょう》さんはだれかね？」

「何言っているの、アルバートおじさん！」アナベルがとがめるように言った。「リディアよ。おじさんが連れてきたんじゃないの！」

アインシュタインは驚いた様子でリディアを見つめた。それからはっとした。

「そうだった、そうだった。君かい！　ごめんよ、リディア」アインシュタインは恥《は》ずかしそうに笑った。「考えごとをしていたものでね」

「いつもこうなのよ」アナベルは耳打ちをした。「おじさんが足に履いているもの、見える？」

リディアはうなずいた。アインシュタインにだれだか分かってもらえなかったからって、傷《きず》つく必要はない。うっかり服のままプールに入ってもおかしくない人なんだから。

逃亡《とうぼう》を試みる

おじいちゃんが閉《と》じこめられている部屋のドアを入ってすぐ右手に、仕切りの扉《とびら》があって、その先が小さなキッチンになっている。今、おじいちゃんがキッチンの棚《たな》で見つめていたのは、ヒューズボックス。そこには、電気をいっせいに消せる主電源《しゅでんげん》のスイッチがあった。部屋に窓《まど》はなかったので、主電源のスイッチを切ったら、真っ暗になることだろう……。

女の人が夕食を運んでくる五時まで、おじいちゃんには準備《じゅんび》をする時間がたくさんあった。ベッドの上に、枕《まくら》と服で人型を作り、毛布《もうふ》をかけた。床《ゆか》の上のランプのほの明かりの中では、本当におじいちゃんがそこで寝《ね》ているように見えた。それからキッチン扉の後ろに立ち、待った。おじいちゃんのいる場所から入り口のドアまでは、ほんの数歩しかなかった。食事を運んで来た時にうとうとしていると、いつも女の人はベッドサイドのテーブルにトレーを置いて、そっと立ち去るのだった。彼女《かのじょ》はいつでも思いやりに満ちていた。そういう時、女の人がドアにかぎを差しっ放しにしていることに、おじいちゃんは気がついた。

今、聞き慣《な》れた足音と、ドアを優《やさ》しくノックする音が聞こえた。かぎがガチャガチャいい、ドアが開いた。キッチン扉のすき間から、女の人がベッドの方を見つめているのが見えた。女の人は食事を乗せたトレーを持って、床の上をそっと歩いた。あと少しでテーブルに着くところで、おじいちゃんは主電源のスイッチを切った。暗闇《くらやみ》の中、小さな悲鳴と何かにぶつかる音がした。女の人が怒鳴《どな》っている。おじいちゃんは手探《てさぐ》りしてドアにたどり着き、かぎをぬくことが出来た。ドアを開けた拍子《ひょうし》に、あわてていたのか、足をドアにぶつけてしまった。痛みをこらえて外に出て、かぎをかけた。数秒後、ドアの取っ手が激《はげ》しくゆらされた。女の人が怒鳴《どな》り声を上げている。だましてしまったことを少し申しわけなく思った。

おじいちゃんは、かすかな光で照らされた廊下《ろうか》を、足を引きずり進み始めた。何週間も前に、ここに連れてこられてきた時は、目隠《めかく》しをされていたが、長い階段《かいだん》を下りた後、歩いたのは、この廊下だったようだ。運んでいたのは二人で、口をきかなかったが、その腕力《わんりょく》から少なくとも一人は男だとわかった。廊下が右にカーブし、階段が現《あらわ》れた。その時、後ろから腕《うで》をひねり上げられた。おじいちゃんは痛《いた》みにうめいた。

「こんな手荒《てあら》な真似《まね》はしたくないんだがな。さあ、おとなしく来た道を引き返すんだ」

この握《にぎ》り方に覚えがあった。前回ここに運んだのと同じ人物だ。おじいちゃんは振《ふ》り返って、人相を確《たし》かめた。まるで鳥のクチバシみたいに突《つ》き出た鼻と薄《うす》い唇《くちびる》、額《ひたい》にかかる黒い髪《かみ》と角ばった顔。

鳥青年はおじいちゃんを部屋に連れ戻《もど》した。おじいちゃんからかぎを奪《うば》い、ドアのかぎを開けた。鳥青年がここにやって来たのは、全くの偶然《ぐうぜん》だった。そうして今、彼《かれ》は逃《に》げようとしていたおじいちゃんを、運よく捕《つか》まえられたというわけだ。鳥青年がドアのかぎを開けると、そこにはカンカンに怒《おこ》ったナターシャが立っていた。

秘密《ひみつ》の会話

リディアは大声で叫《さけ》び、絶望《ぜつぼう》して手をばたばたさせた。目を開けると、あたりは暗く、ベルベットの重厚《じゅうこう》なカーテンのすき間から、かすかに光が差しこむだけだった。リディアは悪夢《あくむ》にうなされていたのだ。目が覚めて夢《ゆめ》だとわかって、ホッとした。ところが今度は、これまでにないぐらい強烈《きょうれつ》な孤独《こどく》と郷愁《きょうしゅう》の波が打ち寄《よ》せてきた。リディアは大きな声でお母さんを呼《よ》びたくなった。こういう時は、別の楽しいことを考えようとすることで、立ち直れることもあった。

昨日のパーティーは、夕食はうんざりするほど長かったけれど、楽しかった。夕食の後、大勢《おおぜい》の人がリディアと話したがった。アインシュタインとパーティーに現《あらわ》れた謎《なぞ》の少女に皆《みな》、興味《きょうみ》津々《しんしん》だった。リディアは「私《わたし》は時の旅人です」と答えるのが一番だとわかった。そう言うと皆、「面白いことを言うね」と喜んでくれた。アインシュタインもだ。リディアはついには、あれこれ聞かれるのにうんざりしてしまって、いすに座《すわ》りこみ、答えの代わりに、あくびをくりかえした。

主催者《しゅさいしゃ》の一人が「家に帰って寝《ね》たほうがいいよ」と言ってくれた。リディアが「家なんてないわ」と答えると、その男の人は驚《おどろ》いて、アインシュタインと相談しにいった。やがて戻《もど》ってくると、「タクシーを呼んだから。近くのホテルに部屋を用意したよ」と言った。リディアはホッとした。パーティーから帰れるんだ。リディアはホテルの部屋に入ると、広いベッドによじ上り、服のまま眠《ねむ》ってしまった。

ベッドサイドのテーブルの上の時計が、六時半を指している。ベッドの上で寝返りを打ち、柔《やわ》らかい枕《まくら》の下に腕《うで》を差し入れると、腕時計のような感触《かんしょく》があった。災《わざわ》いの元であるブレスレット。

でも同時に元の時代に戻る唯一《ゆいいつ》の手がかりでもあった。リディアは、ホフマンがなぜ再《ふたた》び姿《すがた》を現《あらわ》さないのか考えた。ブレスレットが上手《うま》く作動しなかったからに違《ちが》いない。貪欲《どんよく》で邪悪《じゃあく》なホフマンは、ゴッホの絵を手に入れるためなら、リディアを地獄《じごく》の底まで追いかけてきてもおかしくない。そしてリディアは、おじいちゃんを助けるためなら、ゴッホの絵をホフマンに喜んで投げつけてやる！　でも、そのホフマンは自分の作ったブレスレットさえ、ろくに操作《そうさ》できないあんぽんたんなのだ。おとぎ話には、いつでも最後には全てをめでたしめでたしに導《みちび》いてくれる優《やさ》しい魔法使《まほうつか》いが出てくる。でもこの世界にいるマジシャンはホフマンだけ。夢も希望もありゃしない。リディアは絶望した。どうしたら新しい場所にタイムスリップできるのか……。

その時リディアはアインシュタインのことを思い出した。昨日、パーティーに来ていた人たちは、彼《かれ》のことを世界一の科学者だとか、一番頭がいい人だとか言っていた。アインシュタインに助けてもらえないかしら？　ホフマンを殺してもらおう、っていうんじゃない――リディアはできることなら死んでほしかったけれど。アインシュタインはとても穏《おだ》やかな人みたいだった。アナベルが教えてくれたが、世界中の核兵器《かくへいき》を廃絶《はいぜつ》したいとアインシュタインは考えているようだった。彼は戦争と暴力《ぼうりょく》を忌《い》み嫌《きら》っていた。そんな彼がホフマンも含《ふく》め、いかなる人の命も奪《うば》いたくはないだろう。でもタイムマシンの作り方なら知っているかもしれない。試してみる価値《かち》はありそうだ。他にチャンスはないのだから。

見違えるように気分がよくなったリディアはベッドから飛び起き、長いシャワーを浴びた。その後、ホテルの食堂に行き、朝食を食べた。時刻《じこく》は午前十時。アインシュタインを一刻も早く探《さが》したかった。住所を知らなかったので、部屋に戻り、電話帳を調べた。でも載《の》っていなかった。外に出て、だれかに聞いてみよう。

その日は曇《くも》り空だったが、ぽかぽかしていた。そよ風がホテルの表の三角旗をゆらしている。プリンストンはスウェーデンの町に似《に》ていた。ベビーカーを押《お》す母親が笑いかけてきた。そこでリディアは、「アインシュタインの家はどこですか?」と聞いてみた。その母親は申しわけなさそうに、「わからないわ」と首を横に振《ふ》った。ところが灰色《はいいろ》のトレンチコートを着て、すり切れたブリーフケースを持った紳士《しんし》が、「ここから歩いて二十分ぐらいのマーサーストリートに住んでいるよ」と教えてくれた。

マーサーストリートで、通りがかりの人から教えられた家の門の外で、リディアはしばらく立ちつくしていた。アインシュタインの邪魔にならないかしら。今ちょうど新しい重要な理論《りろん》について考えていたらどうしよう? リディアはあたりを見回した。通りの反対側には、エンジンをかけっ放しの車が止まっていた。前方の席の男二人が、こっちを見ている。アインシュタインは、忙《いそが》しくて、自由な時間などなかなか持てないのだろう。怒《おこ》られて追い返されたら? でも頼《たの》んでみないわけには……。

リディアは玄関《げんかん》前の階段《かいだん》を上り、インターホンを鳴らした。しばらく待って、もう一度鳴らしてみた。考えてみれば、アインシュタインが家にいるとは、限《かぎ》らないじゃないか。でもドアに耳を当てると、中から音楽が聞こえた。ヴァイオリンの音のようだ。取っ手を回すと、ドアが開いた。パイプの煙《けむり》のにおいがする。廊下《ろうか》の先の部屋のドアが、わずかに開いていた。さっきの悲し気《げ》なヴァイオリンの音色はここから聞こえてきたのだろう。リディアは廊下をそろそろと進み、リビングをのぞいた。カーテンが閉《し》められていて、昼間なのに暗かった。書類が山積みにされた机《つくえ》の隣《となり》に、しわくちゃの布がかけられた革張《かわば》りのひじかけいすがあり、その向こうには床《ゆか》がぬけてしまわないか心配になるぐらいたくさん本がつめこまれた本棚《ほんだな》があった。暖炉《だんろ》の火があかあかと燃《も》えている前に、アインシュタインが立っていた。茶色いガウンを着て、ヴァイオリンを演奏《えんそう》している。アインシュタインは一瞬《いっしゅん》でリディアに気づき、ヴァイオリンをあごから外した。

「ようこそマイ・ヤング・レディー」とアインシュタインが言った。

英国人らしい言い方だ。

「演奏中にお邪魔だったら、ごめんなさい」とリディアが答えた。

「大丈夫《だいじょうぶ》だよ。どうせひどい演奏だから」とアインシュタインが答えた。「このところずっと練習してこなかったんだ。座っておくれ。話をしようか」

アインシュタインはヴァイオリンと弓を置くと、リディアのために暖炉の前にいすを一脚《きゃく》持ってきた。そして自分は革張りのひじかけいすに座って、パイプにタバコを詰《つ》めた。

「さて、リディア」アインシュタインが言った。「時間旅行は上手くいっているかい？」

「あまり」とリディアは吐露《とろ》した。

「そうかい。なぜだい？」

「どこから話したらいいか、わからないんだけど」とリディアは答えた。「ひどく奇妙《きみょう》だと思われるだろうし、上手く説明できそうもないわ」

「たいていの物事は説明がつかないものさ」アインシュタインが言った。「わし自身は、一番説明がつかないことこそが、わしらの体験できる最も美しきものだと思うがな」

「説明がつかない物事は、後から考えてみると、すごく美しいものなのかもしれませんね」リディアはしばらく考えた末、そう言った。「でも実際《じっさい》に体験している時には、そうは思えないわ」

「現実《げんじつ》というのはしつこくつきまとってくるが、しょせんはただの錯覚《さっかく》なんだよ」アインシュタインは言うと、煙を吐《は》き出した。煙はゆっくりと天井《てんじょう》に昇《のぼ》っていく。

「錯覚って？」リディアがたずねた。

「そうだな。一種の幻想《げんそう》とか夢とか言えばいいかな」

リディアは自分の話を信じてもらいたかったけど、それは不可能《ふかのう》だろうと思った。そこで、別の言い方をすることにした。

「夢の話なんだけど」リディアは言った。「してもいいかしら？」

「もちろん」アインシュタインが答えた。

「すごく奇妙な夢で、話すのに時間がかかるけど」リディアは言った。

「時間ならたっぷりあるさ。始めておくれ」アインシュタインは言うと、励《はげ》ますようにリディアに笑いかけた。「その夢に題名をつけるとしたら？」

リディアは一瞬考えた。

「『トラの謎』かしら」

「そうかい」とアインシュタインが言った。「『リディアとトラの謎』だね」

そこでリディアは話し始めた。ひどく難《むずか》しかったし、途中《とちゅう》少し支離滅裂《しりめつれつ》になってしまったけれど、一番重要なところを順序《じゅんじょ》立てて話すように心がけた。アインシュタインは聞き上手だった。時々、質問《しつもん》したそうにしていたけれど、話を途中でさえぎることはなかった。日本で北斎《ほくさい》と出会ったことについての話に差しかかったところで、リディアはのどが渇《かわ》いてきた。アインシュタインが「紅茶《こうちゃ》を飲もう」と言ってくれた。

二人で小さなキッチンに移動《いどう》した。アインシュタインは紅茶を淹《い》れるときに、紅茶の葉っぱをこぼし、カップを割《わ》ってしまった。おじさんは実生活には疎《うと》いとアナベルが言っていたことをリディアは思い出した。その後二人は部屋に戻り、暖炉の前に再び座った。アインシュタインはパイプに火をつけると、話を続けてくれ、と言った。長い話も終盤《しゅうばん》に差しかかるころには、暖炉の火はすでに消えていた。

「その後、私は自動車の中で目を覚ましたの。そうしたらあなたが乗りこんできたのよ」リディアは話を締《し》めくくった。

アインシュタインは身を乗り出し、暖炉にパイプの中身を空けた。その後、黙《だま》ってリディアを見つめた。リディアは早くもアインシュタインに全てを打ち明けてしまったことを後悔《こうかい》しだした。

「じゃあ今わしらがこうしているのも、君の夢なのかな?」

アインシュタインがようやく口を開いた。

リディアは口ごもった。夢だと言ってしまったことで、袋小路《ふくろこうじ》に入ってしまったようだ。どうやってアインシュタインにブレスレットのことで助けを求めよう?

「君は並外《なみはず》れた想像力《そうぞうりょく》の持ち主のようだね、リディア。すごい作家になれるよ。いや、君はもう作家だ。だが科学的な観点から見ると、君が本当に未来からやって来て、今話していたことを全て体験したとは信じがたい。だが君のブレスレットは……」アインシュタインは言葉を切って、リディアの腕で光る黒いブレスレットを見つめると、やおら声を張《は》り上げて言った。

「まやかしに違いない」そして、口の前に人差し指を立て、リディアにシィッとささやいた。

「少し音楽を聴《き》こうか」アインシュタインが大声で言った。「今からラジオのコンサートが始まる」

アインシュタインは変だ。どうして急にシッと言われ、音楽を聴かなくてはならないんだろう？　アインシュタインはラジオのダイヤルを回し始めた。バチバチ、ガーッと音がし、しばらくするとオーケストラの音楽が聞こえてきた。

「モーツァルトさ」とアインシュタインが声を張り上げた。「第四十交響曲《こうきょうきょく》さ。素晴《すば》らしい音楽だろう？」

リディアは素直にうなずいた。それからアインシュタインは再びいすに戻ると、身振りでリディアに近づくように言った。アインシュタインは身を乗り出し、リディアの耳元にささやいた。

「このことは小さな声で話すべきだったな」とアインシュタインは耳打ちした。「わしは盗聴《とうちょう》されているんだよ」

「だから音楽をかけたの？」リディアがささやき返すと、アインシュタインがうなずいた。

「どうして盗聴されているの？」

「私は核兵器を廃絶するべきと主張《しゅちょう》したんだが、その発言で、多くの人を敵《てき》に回してしまった。軍はわしを防衛《ぼうえい》上の危険《きけん》分子とみなすようになった。盗聴をしているのは軍に依頼《いらい》されたＣＩＡ《シーアイエー》さ。まあわしは全く気にしていないがな。秘密などないから。だがねリディア、君が言っていたことが真実だとすれば——わしには真実なんじゃないかと思えてきたがね——君は大きな危険にさらされているぞ」

「どうして？」リディアはおびえながら言った。「私、命をねらわれるの？」

「いいや。奴《やつ》らの目当てはそのブレスレットさ。とびきりの秘密兵器になりうるからね。君がブレスレットを渡《わた》さない限り、奴らは君を逃《に》がしはしないだろう」

「でも全部私の空想だ、って思わないかしら？　だれもが思うように」リディアが反論した。

「多分、そう思うだろう」アインシュタインは答えた。「だが問題は、君が奴らには理解《りかい》不能なものを持っているってことさ。奴らは、何としてもそれを敵の手に渡るのを阻止《そし》しようとするだろう」

「あなたがブレスレットを直してくれたら、元の時代に戻れるかもしれないの」とリディアが言った。「ねえ、お願い！」

アインシュタインは悲しそうに首を横に振った。

「わしはただの研究者だから」アインシュタインは言った。「技術的《ぎじゅつてき》なことは、てんで駄目《だめ》でね。わしがいじったら、余計《よけい》に壊《こわ》れてしまうぞ」

「でもあなた、世界一頭がいいんでしょう？　アナベルが言っていたわ」リディアが叫んだ。「あなたが、時間は相対的だとか言った時、私はそれこそ自分が経験《けいけん》してきたことだと思ったの。それにあなたついさっき、現実は幻想《げんそう》だって言っていたわよね」

「ああ、確《たし》かにそう言ったよ」アインシュタインは気恥《きは》ずかしそうに言った。「わしはひどくナンセンスなことを言うだろう?」

「私、小さいころに、どうして時間はあるんだろうって思っていたの」とリディアが言った。

「時間がある唯一の理由は、空間があるためさ」アインシュタインが笑った。「だがアナベルはとても賢《かしこ》い娘《むすめ》でね。子どもっていうのは、大人よりずっと賢いのさ。わしも二十代で、すでに自分の理論を立証《りっしょう》した。それ以来、わしは新しいことを思いついていないんだ。だが君の話を聞いてから……」

その時、ちょうどインターホンが鳴った。アインシュタインとリディアは顔を見合わせた。

「CIAかしら?」リディアが声をひそめて言った。

「マスコミってこともありえるぞ」とアインシュタインは言った。「インタビューは受けないいって言ったのに。それでも押しかけてくるのさ。キッチンの窓《まど》からのぞいてみるから、君はここでネズミみたいに静かにしていなさい」

アナベル

リディアは身じろぎせずに座っていた。いつCIA《シーアイエー》が現《あらわ》れ、連れ去られてもおかしくないと覚《かく》悟《ご》していた。ラジオのコンサートは終わった。アインシュタインが廊下《ろうか》でだれかと話すのが聞こえた。やがてアインシュタインはアナベルを連れ、リディアのところに戻《もど》ってきた。アナベルはリディアを見ると、目を丸くした。今日アナベルは、ほつれた赤いセーターと長過《す》ぎるチェックのスカートを着ていた。

「アナベル、よく来てくれた」とアインシュタインが言った。「ちょうど君のことを話していたんだよ」

「お父さんから、おじさんにこの書類を渡《わた》すよう頼《たの》まれたのよ」アナベルは言うと、分厚《ぶあつ》い封筒《ふうとう》を差し出した。「郵便《ゆうびん》で出したくなかったんですって」

「そうかい。手渡しが、一番安全だからね」アインシュタインがつぶやいた。「リディアとわしは長い間話をしていたのさ。この子がびっくりするようなことを言うもんだから、何を信じていいかわからなくなったよ」

アインシュタインは深くため息をつくと、胸元《むなもと》に手を当てた。その姿《すがた》は急に老《ふ》けこんでしまったように見えた。

「アルバートおじさん、大丈夫《だいじょうぶ》?」アナベルが心配そうにたずねた。「横になって休んだら?」

「それがよさそうだ」とアインシュタインは答えた。「わしは二階に行って少し寝《ね》るから、二人で話していておくれ」

やがてアインシュタインがそろそろと上がるたび、階段《かいだん》がきしむ音が聞こえた。

「おじさんは健康じゃないのよ」アナベルがリディアに言った。「血管が弱っているみたいだって、お父さんが言っていた。でもリディア、あなたはどうしてここにいるの？」

「アインシュタインに手を貸《か》してもらいたいことがあって」

「手伝ってもらえそうなの？」

「いいえ」リディアはため息をついた。「でもアインシュタインが盗聴《とうちょう》されているってことを知ることはできたけど」

「ああ、私《わたし》、知ってる」アナベルが言った。「ＣＩＡからでしょ。でも決しておじさんに手出しはしないわ。有名過ぎるから。ただ監視《かんし》したいだけなのよ。今だって男が二人乗った車が、表に止まっていたわ。普通《ふつう》の人みたいな格好《かっこう》をして。ばれないと思ってるんだわ。ばかみたい」

「私のせいなの」とリディアが弱々しい声で言った。

「どうして？」アナベルがたずねた。「ねえ、音楽を流したほうがいいわ！」

アナベルは、ラジオをつけに行った。スピーカーから物憂《ものう》げなダンスミュージックと、女の人のゆっくりした歌声が流れ出した。

アナベルはリディアにくっついて座《すわ》ると、小さな声で、「これで心おきなく話ができるわね」と言った。でもリディアは長い話をもう一度する気にはなれなかった。

リディアは「ＣＩＡの目当てはこのブレスレットなの」とだけ言った。

アナベルは、けげんそうにブレスレットを見た。

「これの何がそんなに特別なの？」アナベルがたずねた。

リディアは「今話す時間はないけど、時間旅行に使うものなの」と答えた。

アナベルは笑って首を横に振《ふ》った。そんなこと信じられるわけがない。

すると再《ふたた》び玄関《げんかん》のインターホンが鳴った。リディアとアナベルがキッチンのカーテンの陰《かげ》から階段をのぞくと、黒いスーツ姿《すがた》の男が二人立っている。リディアはすっかり取《と》り乱《みだ》した。

「私を探《さが》しに来たんだわ」

「裏口《うらぐち》から逃《に》げましょう」アナベルはささやくと、リディアを家の地下室に案内してくれた。洗濯乾燥室《せんたくかんそうしつ》を通って、家の裏庭に出た。隣《となり》の家の敷地《しきち》を通って、姿を見られることなく逃げられた。小さな木立でリディアたちは立ち止まり、呼吸《こきゅう》を整えた。

「今からどこに行くの？」

リディアがたまらずたずねると、アナベルは一瞬《いっしゅん》考えてから言った。

「私の家はだめね。私がおじさんの家に入るところも見られていたはずだから、おじさんの家に私たちがいないってわかったら、真っ先に私の家を探すわ。大学に行きましょう」

狭《せま》い道路や小道を通り、大学のキャンパスに入った。アナベルはキャンパスを知りつくしているようで、木々の間を近道して通り、砂利道《じゃりみち》を通らずに芝生《しばふ》を横切った。今日は日曜日なので、講義《こうぎ》がないのか人気《ひとけ》がない。するとアナベルがツタの生《お》い茂《しげ》る、レンガ造《づく》りの建物の前で立ち止まった。スカートのポケットからかぎを取り出すと、玄関を開け、廊下の先のドアを開けた。茶色い座席《ざせき》が並《なら》ぶ講堂だ。一番前には教壇《きょうだん》と大きな黒板があった。黒板一杯《いっぱい》に数式が書かれていた。

「この部屋はほとんど使ってないの」アナベルは言った。「一年生に教える時ぐらいかしら」

「あなたも先生なの？」

「私は何人かに数学の補習《ほしゅう》をしているの」

「これを書いたのはあなたなの？」リディアは、数式で埋《う》めつくされた黒板を指差した。「私、一つもわからないわ」

「これは特に遅《おく》れている学生向けの、単純《たんじゅん》な練習問題よ。リディア、少しの間ここにいてちょうだい。取ってくるものがあるから」

「何て親切なの」とリディアは言った。「あなたの負担《ふたん》になっていなければいいけど」

「私はそんなに優《やさ》しい人間じゃないわ」とアナベルは言った。「ただあなたに興味《きょうみ》があるだけ。さあ、今はここにいてちょうだい。電気は一個《こ》もつけちゃだめよ。だれにも姿を見られないようにして。あの人達は本当にあなたを探しているでしょうから」

リディアはうなずくと一番前の席に座って、足を伸《の》ばした。窓《まど》の外を見ると、日が暮《く》れてきているのがわかった。プリンストンに青い夕暮れが落ちてきている。空が晴れ、三日月が星とともに、こずえにかかっていた。きっと今ごろアインシュタインもベランダで三日月を見上げていることだろう。アインシュタインの具合がよくなっていればいいと思った。リディアは、アインシュタインのことが好きだった。

明日からどうしたらいいのか、全くわからなかった。でもこれ以上心配しても仕方がない。「一日の苦労は一日にて足る」とおじいちゃんが言っていた。考えてみたら、あのアインシュタインに会えたんだ！　おじいちゃんとアインシュタインが会ったら、仲よしになれそうだ。アナベルはアインシュタインのことを世界一、頭がいいと言っていたけれど、彼《かれ》はきっと、ものを作るよりも理論《りろん》を考え出すほうが得意なのだろう。アインシュタインより理解《りかい》しがたいのはアナベルだ。まだ子どもなのに、あんなに頭がいいなんて。でも、だからといって、ブレスレットを直せるだろうか。思い切って、アナベルに聞いてみようか……。

「ねえ、戻ったわよ」

アナベルが暗がりで懐中電灯《かいちゅうでんとう》を持ち、目の前に立っていた。いつの間にか眠《ねむ》ってしまっていたようだ。アナベルは「遅《おそ》くなってごめんなさいね。親と夕飯を食べなくちゃならなくて。二人が寝るまでぬけ出せなかったのよ」と言った。そんな状況《じょうきょう》でもアナベルは寝袋《ねぶくろ》と食べものの入ったかごを持ってきてくれていた。ハンバーガーとコーラでこんなに喜べるなんて。リディアは無言でむさぼり続けた。その様子をアナベルは楽しそうに見ていた。

「満腹《まんぷく》になった？」食べ終わると、アナベルが聞いた。

リディアはうなずいた。

「とびぬけて頭がいいって、どんな気分？」

「わからないわ。私には、これが普通だし。ただ時々寂《さび》しくなることはあるけどね」

「きょうだいはいないの？　お父さん、お母さんも同じように頭がいいの？」

「きょうだいはいないわ。お父さんもお母さんも数学者よ。学校はすごく退屈《たいくつ》だった。習うことは全部知ってることばかりだし、友だちもできなかった。だから私、特別な知能《ちのう》を持つ子ども向けの学校に入ったの……」

「あなたは数学者になるの？　あ、今だって数学者ね」リディアが言い足した。

「ええ。私、研究助成金をもらっているの。だから数学者になるでしょうね。数学なんかに夢中《むちゅう》になる女の子は、ほとんどいないから。前の学校の女の子たちは、できるだけ早く主婦《しゅふ》になりたいみたいだった。男の子との出会いを待って、退屈な家庭に骨《ほね》を埋めるんだわ」

リディアも、想像《そうぞう》するとぞっとした。

「私、行くわ」とアナベルが言った。「でも明日には戻ってくるから。そうしたら、これからの計画を立てましょう。だれにも見られないように気をつけてね」

リディアはうなずいた。この先どうするか決めなくてはならない。アナベルは講堂の裏の小さな研究室に案内してくれた。リディアは『プランク定数』とか『対数システム』といった本が一杯並んだ本棚《ほんだな》の前に寝袋を広げた。

宇宙《うちゅう》定数

リディアの先の見えない時間旅行が、また一夜明けた。ステンドグラス越《ご》しのにぶい光で目を覚ましたリディアは、部屋の固い床《ゆか》の上で横になっていた。今何時か見当もつかなかった。リディアは時計を持っていなかった。元の時代にいた時、時間を知りたければ、携帯《けいたい》を見るようにしていた。はるかむかしのことに思える。携帯の充電《じゅうでん》は、ずっと前に切れていた。

部屋が暑かったので、寝袋《ねぶくろ》からはい出ると、読書用の小さなテーブルの前に座《すわ》った。茶色いそのテーブルの木の表面はささくれ立ち、ここに本やノートを乗せて、必死で勉強していた数千もの学生がつくった傷《きず》が残されていた。リディアはテーブルの上に手を滑《すべ》らせた。一か所、だれかの文字が刻《きざ》まれていた。『ロバート♥メアリー』別の場所には、『$E=mc^2$＝誤《あやま》り？　アインシュタイン・ファンクラブ』とあった。

ふと、隣《となり》の講堂《こうどう》の中を、だれかが歩いている音が聞こえた。リディアは初め、アナベルが戻《もど》ってきたのかと思ったけれど、念のため音を立てず、そっとドアに近づくと、かぎ穴《あな》からこっそりのぞきこんだ。見えたのは、なんとサミュエル――パーティーでリディアと同じテーブルに座っていた、にきびだらけの少年だ！　壇上《だんじょう》に立ち、あたりを見回している。外に出てあいさつをしようか？　でも何かが彼女《かのじょ》を思い留《とど》まらせた。しばらくすると、サミュエルは講堂を出ていった。

「この講堂を使うのは、私《わたし》が学生に補習《ほしゅう》をする時だけよ」とアナベルが言っていた。きっとサミュエルは、アナベルの生徒の一人なのだろう。

時はゆっくりと流れた。講堂の窓《まど》から、プリンストンの空をながめられた。雲が少しかかっていたけれど、よい日になりそうだ。あとどのぐらい、アナベルを待たなくちゃいけないんだろう。CIA《シーアイエー》の秘密《ひみつ》工作員め。捕《つか》まえたいなら、捕まえたらいい。ガラクタみたいなブレスレットなら、くれてやる。どうせ動きやしないんだから！　そうして私はプリンストンに留まって、主婦《しゅふ》になる。いずれにしろ数学者になどなれやしないのだ。

アナベルがようやく戻ってきた。食べものを運んできてくれたけれど、黙《だま》りこんでいて、昨晩《さくばん》の彼女とは別人のようだった。リディアはサンドイッチにかぶりついた。アナベルは青い目で、思いつめたようにリディアを見つめた。

「話をしなくちゃね」アナベルがようやく切り出した。「何と言えばいいかわからないけど、私の人生で一番奇妙《きみょう》な日だったわ。一晩中眠《ねむ》れなかった。朝になってアルバートおじさんのところに行ったの。何時間も話をした。遅《おそ》くなったのはそのせいなの。おじさんは、あなたから聞いた話を私にしてくれたの。おじさんは真実だと思う、と言っていた。だから私も信じることにした。他の人から聞いたなら、あなたの作り話だと思ったでしょうけどね」

「私がこんな話、思いつくわけないでしょ」リディアが言った。「私はそんなすごいストーリーテラーじゃないわ。ところでサミュエルがここにいたの。私、話しかけなかった」

「それはよかったわ」アナベルが真剣《しんけん》に言った。「サミュエルは信用できない。学内の学生の情《じょう》報《ほう》を、ＣＩＡに流しているんじゃないかと思うわ。昨日、秘密工作員が、アルバートおじさんの家のインターホンを何度も押《お》したんですって。おじさんは根負けしてドアを開けたけど、怒《ど》鳴《な》りまくったそうよ」

リディアは笑った。アナベルも笑うと、再《ふたた》び真剣な表情に戻った。

「あなたのブレスレット、見せて」とアナベルは言った。「おじさんが説明してくれたんだけど、自分で確《たし》かめてみたくて」

リディアはブレスレットを外し、渡《わた》すと、使い方を教えた。

「絶対《ぜったい》に文字盤《もじばん》を押しちゃ駄目《だめ》よ」リディアは注意を促《うなが》した。「七回、文字盤を押したら、どこに移動《いどう》させられるかわからないから」

「本当に？」アナベルは信じられないといった様子で言った。額《ひたい》にしわを寄《よ》せ、ブレスレットに記憶《きおく》された説明書を見ながら、数字をあれこれ押していた。

「すごいわ！」アナベルがつぶやいている。「こんな出っ張《でぱ》っていないボタンのついた機械、初めて見た」

リディアはアナベルの肩越《かたご》しにのぞきこんだ。アナベルは見たこともない数式をディスプレイに表示《ひょうじ》させている。ものの数分で機能《きのう》を把握《はあく》したようだ。本当に頭がいいんだな、とリディアは思うと、うらやましくて胸《むね》がちくりと痛《いた》んだ。

「ここがおかしいわ」とアナベルが言った。「ちょっと計算させて」

アナベルはブレスレットを手に立ち上がり、黒板の前に行った。黒板消しで黒板をきれいにすると、チョークを手に取り、新たに数式を書き始めた。猛烈《もうれつ》な速さで動くその手が、小さな波線みたいなものを黒板一杯《いっぱい》に埋《う》めつくすのを、リディアは見つめていた。どういう意味か聞いたけれど、アナベルは難《むずか》しい数式に没頭《ぼっとう》していて、耳に入らないみたいだ。黒板が埋めつくされると、二歩ほど後ろに下がり、計算を見つめた。アナベルはその後ぶつぶつ言いながら、数か所の数字をいくつか消すと、新たな数字を書き入れた。

「ちょっと時間がかかっちゃってごめんなさいね」アナベルが突然《とつぜん》言った。「あと少しでわかると思うから」

　リディアは黙って待った。数字が一杯に並《なら》ぶ黒板を見ると、リディアは頭がくらくらした。やがてアナベルがチョークを置くと、リディアの隣に座った。ほおが赤く、息が荒《あら》い。

「さあ」アナベルが言った。「わかったと思うわ」

「何がわかったの？」リディアがか細い声で聞いた。

「あなたのブレスレットのどこがおかしいかよ」

「どこだったの？」

「説明してもわからないと思うわ」というアナベルの口調《くちょう》は優《やさ》しかった。「宇宙定数と関係あるんだけどね」

「宇……宇宙定数って？」

「忘《わす》れてちょうだい」とアナベルが言った。「重力と宇宙の膨張《ぼうちょう》と関係があるの。数式を使って修正《しゅうせい》しておいたわ。上手《うま》くいくと思うけど」

「思うだけ？」リディアは言った。

「かなり確信《かくしん》しているわ。私、計算ミスは一切しないから。アルバートおじさんに聞いて」

「じゃあ今すぐ使えるってことね？　今私が時間と場所を入力したら、そこに行けるってことね？」リディアがたずねた。

「保証《ほしょう》はできないわ。私は今でも人間がタイムスリップできるって、信じられずにいるんだから。でもあなたは実際《じっさい》にやったって言っていた。そして私はエラーを見つけて直した。試したいなら、自分で試したらいいわ。おびえていなさそうね。さあ！」

アナベルは腕《うで》につけていたブレスレットをリディアに渡した。その後二人とも黙って座っていた。リディアは重要な時を迎《むか》えたのだと感じていた。

「あなたが消えるところを見たいわ」とアナベルが言った。「もしあなたが、タイムスリップしたら、アルバートおじさんに話すって約束したのよ。それにね、リディア、おじさんと私はこのことをだれにも言わないでおこう、って決めたの。だれにもね」

「多分それが一番でしょうね」とリディアが言った。「あなたのアルバートおじさんに、よろしく伝えて」

リディアは体を前に乗り出し、アナベルを抱《だ》きしめた。

「まあ」アナベルが驚《おどろ》いて声を上げた。「ハグなんてめったにしないわ」

リディアが初め考えたのは、ブレスレットに元の時代の年数を入力することだった。その時、おじいちゃんのことが頭に浮《う》かんだ。自分にできることを最後までしようと心に誓《ちか》ったのだ。リディアはカーソルを一九〇一年にセットした。それからブレスレットを七回押した。最後に見えたのは、大きく見開かれたアナベルの青いひとみだった。

再会《さいかい》

空間と時間は、普通《ふつう》の人にとっては確《たし》かなものだ。例えば、ストックホルム行きの列車に乗る時、私《わたし》たちはストックホルムで電車を降《お》りるつもりでいる。不思議がることでも何でもない。そして私たちは、時間が一定のペースで流れるのに慣《な》れている。昨日が七月五日なら、明日は七月六日。それは確かなことだ。時の流れは退屈《たいくつ》な時はゆっくりと、楽しい時は早く感じるものだけれど、私たちは、時計の針が一定の速さで進んでいると思っている。アインシュタインが『そうではない、時間の進む速さは場合によっては、一定ではなくなる』という説を唱えた時、人々は混乱《こんらん》した。アインシュタインの説は奇妙《きみょう》で不自然だと考える人はいまだに多い。

でもリディアはそうは思わなかった。リディアにとって、時間とは大きなつむじ風のようなものだった。そしてその風は、リディアのことをどこの時代に吹《ふ》き飛ばしてもおかしくなかった。

轟音《ごうおん》の鳴る暗闇《くらやみ》の中、旅をするリディアは、正しい場所にたどり着くなんて、期待しないようにしようと心に決めていた。数秒、意識《いしき》を失ったが、目を開けると、鼻のすぐ前に草があり、クモの巣にたまった雨のしずくが日の光を浴びて輝《かがや》いているのに気がついた。リディアがそっとクモの巣に息を吹きかけると、雨粒《あまつぶ》がゆれた。

リディアは体を起こし、なつかしい川を見渡《みわた》した。何度ここに戻《もど》ってきたいと思ったことか。そしてそこに倉庫もあった。ペンキは塗《ぬ》り替《か》えられ、ドアも窓《まど》も閉《し》まっていたけれど。ブレスレットは、正しく作動したようだ。今回は家の煙突《えんとつ》から煙《けむり》は出ていないし、すすまみれの窓の向こうに人影《ひとかげ》はなかったけれど。今日は鍛冶《かじ》仕事はお休みなのだろう。リディアは空に視線《しせん》を投げかけた。太陽がまだ輝いていたけれど、大きな青黒い雲が、森の端《はし》にまで広がり、次第にこちらに近づいてくる。リディアは古い樫《かし》の木に素早《すばや》く登った。それから穴《あな》に腕《うで》を突《つ》っこむと、しばらくして、カンヴァスを探《さぐ》り当てた。それを引《ひ》っ張《ぱ》り出し、わきに挟《はさ》むと、木から下り始めた。

計画は単純《たんじゅん》だった。元の時代に戻る前に、ゴッホの絵をどこかに隠《かく》すのだ。今すぐにでもホフマン達から連絡《れんらく》があってもおかしくなかったけれど。もしきたら、おじいちゃんも一緒《いっしょ》に連れてきて、と要求しなくては。おじいちゃんの無事を確かめたら、別の適当《てきとう》な絵と交換《こうかん》しよう。

リディアは木から飛び降りた。その瞬間《しゅんかん》、太陽が黒い雲の陰《かげ》に消えて、周りが暗くなった。振り返ると、ホフマンが立っていた。あと少しで上手《うま》くいくところだったのに、まただめだったか。ホフマンは、獲物《えもの》を今まさに呑《の》みこもうとしている大トカゲみたいに、満足そうだった。

「これはよかった」ホフマンが言った。「このあたりに隠したんだろう。そして今、私のために拾ってきたのか。よこすんだ！」

ホフマンの声は凍《こお》った石のように冷たかった。

「だったら先に、おじいちゃんを連れてきなさいよ」リディアが答えた。

「このいまいましい生意気なガキが」

ホフマンは声を荒《あら》らげると、一歩にじり寄《よ》った。リディアは後ずさった。ホフマンの手にピストルが握《にぎ》られていた。

「おとなしくちゃんと絵をよこすんだ。でないと命はないぞ」

「絵を手に入れたら、どうせ殺すつもりなんでしょ」リディアは声が震《ふる》えないようにして答えた。

確かにホフマンはそのつもりだったが、発砲音《はっぽうおん》を出して、今騒《さわ》ぎになるのは困《こま》る。そこでホフマンはいら立ちながら答えた。

「ガキを撃《う》つ趣味《しゅみ》はないさ。言われた通りにすれば撃たずにすむんだ」

リディアは、命知らずにも体の前にカンヴァスを広げ、叫《さけ》んだ。

「私を撃ったら、ゴッホの絵まで撃つことになるわよ！」

ホフマンは一瞬、体をこわばらせたが、すぐに我《われ》に返った。

「だったら足をねらうまでさ」ホフマンは落ち着いて言った。

リディアは恐怖《きょうふ》で手が震え、カンヴァスを持つ手もおぼつかない。駄目《だめ》だ、落としてしまいそうだ。その時、倉庫の裏《うら》から板切れが飛び出し、ホフマンの頭にがんとぶつかった。彼《かれ》は地面に倒《たお》れ、ピストルを放してしまった。

「戻ってくると思っていたわ」

ソーニャだ。前回、川岸で会った赤い髪《かみ》の女の子。洗濯女《せんたくおんな》に殴《なぐ》られていたあの子が、板切れを投げつけたんだ。ソーニャはリディアの前に立ち、笑っている。リディアは、言葉を失ってしまった。やがて、草の上に横たわるホフマンが目に入った。

「死んじゃったの？」リディアは心配そうにたずねた。

「大丈夫《だいじょうぶ》だと思うわ」とソーニャは答えた。「意識を失っているだけよ。でもあなたが望むなら、殺してもいいわよ」

「駄目、殺さないで！」

「じゃあ手足を縛《しば》りましょう」ソーニャはきっぱりと言った。「縄《なわ》を持ってくるわね」

ソーニャは橋のほうへとジャンプすると、長い縄を持って戻ってきた。

「物干《ものほ》し用の縄を借りてきたわ」とソーニャは言った。

二人はホフマンを後ろ手に縛り上げた。

「この人、あなたのと同じようなブレスレットをしてるじゃないの！」

リディアはホフマンのブレスレットを外すと、ポケットに入れた。それからソーニャの手を借り、ホフマンを樫の木の幹《みき》にくくりつけた。ソーニャはピストルを拾い、川に投げ入れた。

「私の命を救ってくれたのね」とリディアは言うと、涙《なみだ》ぐんだ。

「毎日ここにあなたがいないか見に来てたのよ」とソーニャが言った。「どうしてこの人、絵がほしいの？」

「話すと長くなるわ」とリディアは言った。「今は説明する暇《ひま》がないの。私……すぐにあなたの前から消えてしまうから。これをもらって！」

リディアはポケットから金貨の入った袋《ふくろ》を取り出すと、ソーニャの手に中身を空けた。ソーニャはしばらく金貨を見つめると、怒《おこ》って草の上に投げつけた。

「お金なんてもらいたくないわ、リディア！」とソーニャは言った。「私は貧《まず》しいけど、お金のために助けたんじゃない。友だちになってほしかったの。お願い、私も連れて行って！」

リディアは地面を見つめた。お金を渡そうとしたことを恥《は》ずかしく思った。やがて顔を上げ、ソーニャを見つめた。

「でもあなたの人生は、ここにあるんでしょ」リディアは言った。「私のところに来ても、なかなかなじめないわよ。全然別の世界だから。あなたは幸せになれないかも」

「ここに私の人生なんてないわ」ソーニャが口を挟んだ。「リディア、あなたは私を守ってくれた。でもね、あの後さらに厳《きび》しくされたわ。逃《に》げようかと思ったけど、あなたが戻ってくるって思ったから、待っていたの。私を連れて行って、お願い！」

リディアはしばらく考えると、ポケットからホフマンのブレスレットを取り出し、ソーニャの前に掲《かか》げた。

「私の言うことをよく聞いてちょうだい」とリディアは言った。「どうしても私の時代に行きたいのなら、いいわ、やってみましょう。でも大きなリスクを負うことになるってことは、覚悟《かくご》しておいてね。タイムスリップに使うのはこのブレスレットなの。でもこれは困ったブレスレットでね。私は色々とおかしな場所に飛ばされたわ。ただ今度は上手く動くんじゃないかって思うの。ホフマン――ここで寝《ね》ているおじさんのことよ――この人のブレスレットは私のブレスレットと連動しているの。二つのブレスレットに同じ内容《ないよう》を入力すれば、私たち、同じ場所に行けると思う。絶対《ぜったい》とは言えないけど……」

リディアは黙《だま》りこんだ。話している間中、ソーニャは目を輝かせて聞いていた。

「危険《きけん》なのは重々承知《じゅうじゅうしょうち》の上よ、リディア」ソーニャは真剣《しんけん》に答えた。「それに私、ジャングルの野生動物のところに降り立つとしても、洗濯女でいるよりはましだと思う」

リディアは噴《ふ》き出してしまった。同時に、ソーニャの思いに報《むく》いるために、失敗は許《ゆる》されないと思った。リディアの細い腕にブレスレットをつけ、自分のブレスレットと同じ内容を入力した。樫の木の方からうめき声が聞こえる。ホフマンが目を覚ましたのだ。縄をほどこうと暴《あば》れ始めたホフマンは、ブレスレットを同期するリディアを見て、血相を変えて懇願《こんがん》した。

「俺《おれ》を置いていかないでくれ！」

「いいえ」リディアは答えた。「いまいましい生意気なガキは、あなたを置いていくわ」

「絵はいらない。俺の全財産《ぜんざいさん》をやる！　頼《たの》むから置いていかないでくれ！」

「生きてるだけで喜びなよ」とソーニャが言った。「あんたのこと、殺すところだったんだから」

ソーニャはリディアを見ると、自信たっぷりに笑った。私のことを信頼《しんらい》してくれているんだな、とリディアは思った。お願いだからブレスレットさん、ちゃんと動いてよね！　それからソーニャに黒い文字盤《もじばん》を七回押《お》すのだと教えた。二人はお互《たが》いの目を見て、ともに数を数えた。リディアが最後に聞いたのは、ホフマンの悲痛《ひつう》な叫び声だった。

「頼む。置いていかないでくれ。置いていかないで……」

思いがけないルームメイト

リディアはまくらの上で寝返《ねがえ》りをうった。心地よさにため息をつくと、毛布《もうふ》を首元まで引き上げた。ちっとも起きたくなかったけれど、近くで何かが動き回る音がしたので目を開けた。

リディアは広いベッドに横たわっていた。シーツは、新しそうなにおいがした。頭の上の天《てん》井《じょう》には、通風管が通っていて、風が入ってきていた。横を見ると、もう一つ同じようなベッドがあった。そして遠くにまた一つ別のベッドが。リディアの周りは薄暗《うすぐら》かった。光は一つきりのランプから放たれていた。柱が一本あり、その陰《かげ》には他にも家具があった。どれもこれも新しいにおいがした。リディアは起き上がった。リディアがいるのは広い部屋のようだった。端《はし》が見えない。遠い暗闇《くらやみ》にベッドやサイドテーブルが続いていた。それからリディアは視線《しせん》を、すぐ近くのベッドの表示《ひょうじ》に落とした。かがむと、それを読むことができた。『スルターン スヴァーネホルム 六千九十スウェーデン・クローネ』

以前、両親とここに来たことがある。イケアだ。リディアは深く息を吸《す》った。元の時代に戻《もど》ったのだ。今は夜で、営業《えいぎょう》時間外だったけど、そんなことはたいして重要ではなかった。じきに開店時間になるだろう。あと少しで家に帰れるんだ。

次の瞬間《しゅんかん》、リディアはソーニャのことを思い出した。

「ソーニャ」リディアは恐《おそ》る恐る呼《よ》んでみた。「どこにいるの？」

でも答えは返ってこなかった。リディアは、唇《くちびる》を噛《か》みしめた。ソーニャがいない。そして恐ろしいことに、どこに行ってしまっていてもおかしくはないと、苦い経験《けいけん》から知っていた。

「ソーニャ！」

再《ふたた》び叫《さけ》んだけれど、聞こえたのは、天井の通風管から吹《ふ》きこむ風の音だけだった。

今度は、パタリパタリと歩く音がした。リディアの心臓《しんぞう》は凍《こお》りついた。聞き覚えのある音だ。地響《じひび》きのようなのど声。次の瞬間、ベッドの前に巨大《きょだい》な顔が現《あらわ》れ、強烈《きょうれつ》な息のにおいがリディアにかかった。リディアはベッドに背筋《せすじ》を伸《の》ばして座《すわ》っていた。今回は逃《のが》れられない。あきらめて頭をうなだれ、目を閉《と》じた。

「やるならやりなさいよ」リディアがささやいた。「最後には追いつかれるだろうと思っていたわ。先にお父さんとお母さんとおじいちゃんに会いたかったけど、いいわ……」

リディアは身をこわばらせ、のどを噛み裂《さ》かれるのを待った。するとドサッという音がして、ベッドがゆれた。次の瞬間、ざらざらした舌《した》でほおをなめられた。顔にひげが当たるのを感じた。

「やめて、くすぐったいわ」

ベッドに寝転がったトラは、満足そうにため息をつき、そのうち寝入ってしまった。毛布ごしに、大きなトラの温《ぬく》もりが広がった。どこに行っても、トラが追いかけてくると、これまでずっとおびえていたけれど、そんな必要なかったのだ。ばかみたい……。

リディアは、隣《となり》ですやすやと眠《ねむ》るしま模様《もよう》の巨大な『ネコ』を見つめた。毛皮をなでてやると、気持ちよさそうに伸《の》びをした。ベッドからはみ出てしまったトラの後ろ足で、何かが光った。見ると、片方《かたほう》の後ろ足に黒いブレスレットが巻《ま》かれている。リディアはトラを起こさないよう、慎《しん》重《ちょう》にブレスレットを外すと、上着のポケットにしまった。これでパズルのピースがそろった。

ブレスレットは三つあったのだ。リディアのが一つ、トラのが一つ、そして三つ目はソーニャがつけていた。ソーニャは、一体どこに行ってしまったのだろう。ソーニャを連れてこようとしたのは、失敗だったのかもしれない。でもあんなに頼《たの》まれて断《ことわ》るわけにはいかなかった。ソーニャが戻ってこなかったら、リディアは二度と自分のことを許《ゆる》せないだろう……。やがて、まぶたとまぶたがくっつき、リディアは深い眠りについた。

おじいちゃんを連れ戻して、部屋のドアを開けた鳥青年は、目の前にナターシャがいるのを見て、「しめた」と思った。ナターシャに恋心《こいごころ》を抱《いだ》いていた彼《かれ》は、逃《に》げ出した老人を捕《と》らえたのも、今ナターシャを助けたのも自分なのだから、きっと感謝《かんしゃ》されるに違《ちが》いない、と思ったのだ。でもナターシャはちっとも喜ぶ様子を見せなかった。それどころか、鳥青年をにらみつけている。

「幸いじいさんはそう遠くまで逃げ出していなかった」

鳥青年はどもりながら言うと、おじいちゃんを連れて部屋に入りこんだ。

「そう。それはよかったわね」

ナターシャが皮肉っぽく言いながら、鳥青年の背中をどんと押《お》した。鳥青年は床《ゆか》につんのめった。ナターシャはおじいちゃんの腕《うで》をつかむと、素早《すばや》くドアの外に連れ出し、かぎをかけた。おじいちゃんはナターシャに手を引かれるまま廊下《ろうか》を走った。何が何やらわけがわからない。ナターシャの髪《かみ》は金色から茶色に変わっていた。かつらを外したのだ。

「これは一体どういうことだい？」おじいちゃんがたずねた。

「あなたは自由になったってことよ」

ナターシャは答えると、おじいちゃんの手を引いて階段《かいだん》を上り、通りに出た。

「メインスイッチを切ったんだ。君への悪気はなかったんだ」

おじいちゃんは自責《じせき》の念にさいなまれながら言った。

「見事だったわ」とナターシャが答えた。「でもワインはもったいなかったわね」

太陽の光の下に出ると、鋭《するど》い光におじいちゃんが目を閉じた。それから深く息を吸った。外の空気に触《ふ》れられるのは、何とも気持ちがよかった。おじいちゃんは、ナターシャに笑いかけた。

すると、ナターシャのズボンが血まみれなのに気づいた。

「ひざにガラスのかけらが刺《さ》さっちゃったみたい」ナターシャがつぶやいた。

「わしがぬいてやろう。こういうのは得意なんだ」

「そうでしょうね」ナターシャは答えると、タクシーに手を挙げた。「もちろんすぐに家に戻りたいわよね」とナターシャが言った。

「娘《むすめ》と孫の家に行きたい。だがその前にわしのアパートに行って、ガラスの破片《はへん》を取ってあげよう」とおじいちゃんは答えた。

「話をする必要があるわね」とナターシャは言った。

ナターシャは不安そうにあたりを見回した。鳥青年は今閉じこめられているけれど、何をしているかわからない。ホフマンもいなくなってもう随分《ずいぶん》たつが、このまま永遠《えいえん》にいなくなったらいいのに、と思っていた。ナターシャは絵やブレスレットの話を知っていた。ホフマンと鳥青年の話を盗《ぬす》み聞《ぎ》きしたからだ。二人の計画に嫌悪《けんお》を覚えたが、ホフマンを恐れるあまり警察《けいさつ》に通報《つうほう》しなかった。だから、自分も同罪《どうざい》だと思っていた。リディアのことも心配だった。ナターシャは深いため息をついた。おじいちゃんは彼女《かのじょ》のひざをぽんとたたいた。

「さて」おじいちゃんが言った。「これで全て一件《いっけん》落着だ」

「ええ、そうだったらいいわね」

ナターシャは口ではそう言いつつも、心の中は不安で一杯《いっぱい》だった。

「無理やりやらされていたんだろ」とおじいちゃんが言った。「心配しなくて大丈夫《だいじょうぶ》。君は悪くない。わしが保証《ほしょう》するよ」

「そんなことないわ」

「いいや、悪くない」おじいちゃんはきっぱりと言った。

タクシーが曲がり、おじいちゃんのアパートの前の通りに入った。もうじき何週間かぶりに家に帰れる。運転手がラジオをつけた。音楽が消され、ニュースが流れた。アナウンサーが興奮《こうふん》して話している。

「二時間ほど前に、ストックホルム郊外《こうがい》の大型家具店、イケアの店舗《てんぽ》にトラがいるのが発見され、買い物客は避難《ひなん》しました。警察が現場《げんば》に駆《か》けつけ、コールモーデン動物園の獣医師《じゅういし》がトラを麻酔《ますい》で眠らせ、捕獲《ほかく》するため向かっているところです。番組レポーターが現場に取材に行っています……」

「私《わたし》はイケアに行くわ」ナターシャが慌《あわ》てて言った。「おじいさんは家の前で降《お》りて」

おじいちゃんは、急にナターシャと初めて会った時のことを思い出した。リディアと一緒《いっしょ》に行ったトラのショーで、マジシャンのアシスタントをしていたのが彼女だった。

「君のトラかい？」おじいちゃんはたずねた。

「ええ。くわしいことは後で」

「じゃあ娘の家で降ろしてもらえないかね」とおじいちゃん。「ここから少し先だ」

おじいちゃんとナターシャは二人ともそれぞれ物思いに沈《しず》んだ。おじいちゃんは、あと少しで最愛の人たちと再会《さいかい》できるのだと喜んだ。ナターシャも最愛の相手のことを考えていた。それは二頭のトラだった。ここ数週間、一頭しかいなかったけど、もうそれもこれで終わり。二頭のトラは互《たが》いを必要としていた。そしてナターシャにとっても、二頭はかけがえのない存在《そんざい》だった。

元の世界で

リディアはまぶしい照明の光で目を覚ました。次いで人声と足音がして、イケアのシャツを着た二人の男の人がベッドの間を歩いてきた。二人はベッドの上のリディアを見て驚《おどろ》いた。次の瞬間《しゅんかん》、トラに気づき、恐怖《きょうふ》で目を見開いた。二人はすぐに後ずさりした。男の一人が叫《さけ》んだ。

「気をつけて。隣《となり》にトラがいるぞ！」

「このトラ、おとなしいわよ」リディアは答えた。「優《やさ》しいしね」

トラが目を覚ました。顔を上げ、黄色い目でリディアを見ている。それから男の人の方に視線《しせん》を向けた。トラののどから、低いうなり声がした。遠くから聞こえる雷《かみなり》みたいな声。

男の人は階段《かいだん》まで逃《に》げた。そのうちの一人が携帯《けいたい》電話で話をしている。その後、天井《てんじょう》のスピーカーから少しの間、こんなアナウンスが響《ひび》いた。

「警報《けいほう》です。緊急事態《きんきゅうじたい》が発生しました。お客様方、すぐに店舗《てんぽ》から逃げてください。繰《く》り返します。全員出口に向かって、店を出てください」

「危険《きけん》だ！　ここから逃げるんだ！」男の人の一人がリディアに向かって叫んだ。「警察が今来るから」

トラのうなり声が大きくなった。リディアはトラを落ち着かせようとして、小さな声で話しかけた。今、トラは首を横に振《ふ》っている。まるでリディアに放っておいてくれと訴《うった》えかけるかのように。

「落ち着いて」リディアはささやいた。「警察はあなたを助けに来るのよ」

それからリディアはベッドからはい出て、警備員《けいびいん》のところに行った。警備員たちはリディアの手を引き、階段を大急ぎで下り、地下へと向かった。入り口の外にはすでに大勢《おおぜい》の人が立っていて、ガラス窓《まど》の中をのぞいていた。

「中で何をしていたんだ？」警備員の一人に怒鳴《どな》られた。「危《あぶ》ないじゃないか！」

警備員は体中震《ふる》えていた。ただし恐怖は怒《いか》りに取って代わっていたけれど。リディアが答える前に、パトカーが二台、急ハンドルを切って滑《すべ》りこんできた。

皆《みな》が混乱《こんらん》しているうちに、リディアは人の群れをかき分け、こっそり逃げだした。店に向かう大勢の野次馬の横を通り過《す》ぎて、リディアだけは人の流れと逆行《ぎゃっこう》して歩いた。リディアは町行きのバスに乗った。町からほんの数分歩くと、リディアはなつかしい家の前の通りに着いた。サファイア・ブルーの空に、太陽が輝《かがや》いている。今は何月なんだろう？　家が見えてくる。リディアは、胸《むね》が高鳴った。足を速めて、ペンキのはがれた看板《かんばん》の横を歩き、フェンスを乗り越《こ》えた。家の玄関《げんかん》に続く階段には、ソーニャが座《すわ》っていた。

「ソーニャ」

ソーニャに駆《か》け寄《よ》るリディアの足元で、砂利《じゃり》がじゃりじゃりいった。二人は抱《だ》き合った。ソーニャの胸は、鳥のひなみたいにがりがりだった。

「どこに行ってたの？　すごく心配してたのよ」と、リディアは聞いた。

「私《わたし》、ここの茂《しげ》みの下で目を覚ましたの」ソーニャは、草木の生《お》い茂った庭を指差した。「真っ暗で、自分がどこにいるのかさっぱり分からなかった。でもしばらくすると明るくなってきて、家が見えたの。あなたの家に違《ちが》いない、あなたはじきに帰ってくる、って思ってたわ。一人で中に入るわけにいかないから散歩に出かけたの。ここは一体何台、車が走っているの？」

リディアは笑うと、「他に見たことがないものはあった？」と聞いた。

「散歩の後、ここに座ってたの。そしたら、ものすごい速さで走る車に乗ったおじいさんが来たわ。今、中にいるはずよ」

リディアは喜びで体が熱くなった。現実《げんじつ》にしては、上手《うま》くでき過ぎている。するとリディアはゴッホの絵のことを思い出した。全ての元凶《げんきょう》はあの絵にある。リディアは現代に戻《もど》る時、丸めたカンヴァスを上着の中に入れて、なくさないようにした。でも、今それはどこかに行ってしまったし、リディアはどうでもいいと思った。

「私、ここに置いてもらえるかしら？」ソーニャが急に不安そうな声で言った。

「もちろんよ」リディアが真剣《しんけん》に言った。

「私、洗濯《せんたく》ならできるわよ」ソーニャがうれしそうに言った。「一番の特技《とくぎ》なの」

「洗濯ができる機械があるのよ」リディアが言った。

「もう、そんなわけないでしょ、からかわないでよ！」

「からかってなんかいないわ。さあ、中に入りましょうか？」

二人は一緒《いっしょ》に家に入った。

トラの謎《なぞ》

セーデルマルムの北端《ほくたん》に、数席の小さなカフェがあった。壁《かべ》はくすんだ茶色で、小さな窓《まど》から体を乗り出せば、町が見えた。リディアはドアのすき間から中に入ると、すぐにナターシャがいるのに気がついた。今日はきらきらの衣装《いしょう》ではなく、普通《ふつう》のジーンズと赤いセーターという格好《かっこう》だったけれど。ナターシャは角のテーブルに一人、座《すわ》っていた。

リディアは、いすにどしんと座った。ナターシャに笑いかけられたリディアは、急に恥《は》ずかしくなった。時々、そういうことがあった。自分でもどうしてかわからなかったけれど。二人は紅《こう》茶《ちゃ》とエビのオープンサンドを注文した。ナターシャが、「おごるわ」と言ってくれたので、リディアは「ありがとう」と小さな声でお礼を言った。

リディアが熱いお茶をすすっている少しの間、二人は沈黙《ちんもく》した。ナターシャは自分のカップにミルクをたっぷり注ぐと、「私《わたし》が育った英国ではこうするのよ」と言った。

リディアがソーニャを連れて家に帰ったのは、数日前のことだった。家にはおじいちゃんとお母さんとお父さんがいて、リディアの予想通り、涙《なみだ》とハグの連続だった。お父さんとお母さんは、何度も何度もリディアに触《ふ》れ、その姿《すがた》を見つめるのだった。

両親がソーニャに気づくのにしばらくかかった。ソーニャは自分の名前を言うと黙《だま》って座って、よくわからないものが置いてある奇妙《きみょう》な部屋を不思議そうに見つめた。お父さんとお母さんは、今は娘《むすめ》が家に帰ってきたことがうれしくて、ソーニャに質問《しつもん》する気がしないみたいだった。リディアはおじいちゃんに視線《しせん》を投げかけ、ウィンクをした。

「色々あり過《す》ぎて頭の中がぐるぐる回っているわ。おじいちゃんと散歩に行ってくる。くわしい話はその後にしましょう。ソーニャ、一緒《いっしょ》に来て」

ソーニャはわけのわからない説明をせずにすんだことにほっとして、勢《いきお》いよく立ち上がった。両親はすぐに帰ってくると約束するなら、と条件《じょうけん》をつけて行かせてくれた。おじいちゃんはお父さんとお母さんに、リディアが見つかったと警察《けいさつ》に連絡《れんらく》するのはしばらく待ってくれと頼《たの》んだ。

「おじいちゃん、今回のことについてどれぐらい知っているの？」

通りを歩きながらリディアが聞いた。

「知ってはいるが、ほんの少しだけだよ」

「じゃあ私がすごく遠くに行っていたこと、知っているのね」

「そうだろうと思っていたよ」

「でもお父さんとお母さんに話さずにすんでよかった」とリディアは言った。「どうなるか想像《そうぞう》がつくもの。二人で意味ありげに顔を見合わせてから、私にまたあの恐《おそ》ろしいセラピストのところに行けって言うに決まってるわ」

「どうにかせんとな」

その後、おじいちゃんはどんな風に捕《と》らえられていたのかや、ナターシャに逃《に》がしてもらったことを話した。

「二人であのデカ鼻の悪党《あくとう》を閉《と》じこめてやったんだ」

「鳥青年のことね？」とリディアは言った。「閉じこめてくれてうれしいわ」

「ナターシャが警察に連絡して、奴《やつ》の居所《いどころ》を伝えたよ」とおじいちゃんが続けた。「誘拐《ゆうかい》の罪《つみ》で重い刑《けい》を受けることになるだろう」

「あいつのことを話したら、リディア」ソーニャが言った。「私が頭を殴《なぐ》った奴《やつ》のことよ」

リディアは話をした。

「ホフマンが関わっていたのか。それにしても、ソーニャは勇敢《ゆうかん》な子だなあ」と、おじいちゃんは言った。

「あいつ、二度と戻《もど》ってこられないわ」とリディア。

「それなら、一安心だが……。リディア、記憶《きおく》をなくしたと言うのが、一番かもしれんぞ。本当のことを言ったって、信じてはもらえないさ。警察はきっと、薬で眠《ねむ》らされて誘拐され、どこかに閉《と》じこめられていたとでも思っているさ」

「でもソーニャは?」リディアがたずねた。

「そうだな、ソーニャ、君は元の時代を離《はな》れ、ここに来たんだね」とおじいちゃん。「君自身はどうしたいんだい?」

「分からないわ」とソーニャが答えた。「私も記憶喪失《そうしつ》のふりをしようかしら」

「いいんじゃないか」とおじいちゃんが言った。「そう言えば、ここに置いてもらえるさ。もちろん君はマイナンバーを持たないがね」

「マイナンバーって?」ソーニャが心配そうにたずねた。

おじいちゃんは笑って、「この国では皆《みな》、そういうおかしな番号をあてがわれるんだ。君も持たなくてはいけなくなるだろう」と言った。

その後の数日は、警察や記者たちの質問が続き、全く平穏《へいおん》とはいかなかった。でも、賢《かしこ》いおじいちゃんの予想通りに、警察もマスコミも、リディアの記憶喪失は薬で眠らされたせいだろうと、結論《けつろん》づけた。

リディアのお父さんとお母さんは全く反対せずにソーニャを家に迎《むか》え入れてくれた。リディアが戻ってきたことで上機嫌《じょうきげん》な二人は、リディアの頼《たの》みとあれば、クラス全員だろうと受け入れてくれそうだった。それにソーニャは扱《あつか》いやすい子だった。だれに対しても好意的で、手伝いも進んでした。前の生活が、よほど過酷《かこく》だったせいだろう。


それから数日後、どういうわけだか、リディアの携帯《けいたい》にナターシャからメールが届《とど》き、二人は会うことになったのだ。カフェに入ったリディアは、ナターシャが、普通の格好をしているにもかかわらず、すぐに気づいた。二人はテーブルにつくと、すこし戸惑《とまど》いながら互《たが》いを見つめた。

おじいちゃんから、ナターシャが逃げるのを助けてくれたことや、ホフマンのアシスタントだったことは、聞かされていた。

おじいちゃんは、ナターシャをひどく気に入っているようだけど、ホフマンの手先だった人を信用して本当にいいのだろうか？　気まずい沈黙が長く続いた。

「私のことが許《ゆる》せないのも無理ないわ」ナターシャが突然《とつぜん》言った。

「別に……」と、リディアはつぶやいた。

「言《い》い訳《わけ》をするつもりはないの」とナターシャが続けた。「完全に私の過《あやま》ちよ。最悪だったのは子どものあなたが利用されたこと」

「どうして、あなたも関わらなくてはならなかったの?」リディアはあえて聞いた。

「怖《こわ》かったの」

「でもあなたは鳥青年を閉じこめてくれたんでしょう」

ナターシャは一瞬《いっしゅん》困惑《こんわく》した表情《ひょうじょう》を浮《う》かべた後、ふふっと笑った。

「ジョンのことを言っているの? 確《たし》かに鳥みたいに見えないこともないわね。あの人のことを怖いと思ったことは一度もないわ。私が恐れていたのはホフマンよ。彼《かれ》は消えたけど、また現《あらわ》れて、復讐《ふくしゅう》しようとしてくるはずよ」

「いいえ、あなたは二度と彼と会うことはないわ。百年以上前の世界にいるのだから」

リディアが大きな樫《かし》の木にホフマンを置いてきたこと、「置いていかないでくれ」とホフマンが叫《さけ》んでいたことを話すと、ナターシャの目が輝いた。

「リディア、私を救ってくれたのね。あなたには感謝《かんしゃ》してもしきれないわ」ナターシャが続けた。

「人づき合いはあまり得意じゃないの。トラの扱いならお手のものだけどね」

「トラは今どうしてるの？」リディアがたずねた。

新聞には、イケアにトラが現れたという事件が報道《ほうどう》されていた。トラがどうやって入りこんだのか、様々な臆測《おくそく》がなされていた。リディアは、トラの出現《しゅつげん》には、ナターシャが関係しているに違《ちが》いないと、思っていた。ナターシャは、もう一頭のトラ、アガサのところにサマンサを戻したそうだ。トラたちは再会《さいかい》を果たし、うれしそうだったとナターシャは言った。

「一つわからないことがあるの」とリディアが言った。「どうして、サマンサにブレスレットをつけたの？」

「ブレスレットをつけるとタイムトラベルができることを知って、逃がしてやろうとしたの。あの子はすごくナイーブで優《やさ》しい子なのに、ホフマンがひどいことばかりするので、見ているのに耐《た》えられなくなったの。ブレスレットは金庫にしまわれているので、かぎの番号を盗《ぬす》み見《み》たのよ。私は賭《か》けに出たの。サマンサも、どこにタイムスリップしてもおかしくなかった。でも、どこかでだれかに撃《う》たれるとしても、ホフマンにいびり殺されるよりはましだろうと思ったのよ。それにホフマンのショーをぶち壊《こわ》せた。一石二鳥だったの」

「でもサマンサはどうして私の行く先々についてきたのかしら？」リディアがたずねた。「私、すごく怖かった。危険《きけん》なトラだと思っていたから」

「二つのブレスレットは連動してたんじゃないかしら。そしてサマンサはあなたのことが好きだったに違いないわ。理由はわからないけれど、動物は特定の人を好きになるものなの。人間が恋《こい》に落ちるのと同じよ」

リディアの紅茶はとっくに冷《さ》めていた。その時、若《わか》いカップルがカフェにやって来て、窓際《まどぎわ》に座った。二人の目には互いの姿しか映《うつ》っていないようだ。

「これ、見た?」

ナターシャがたずねながら、夕刊《ゆうかん》を取り出した。一面に絵の写真が載《の》っていた。見出しは、『新たな謎《なぞ》――トラが出現したイケアで、ゴッホの絵画発見』

記事本文にはこう書かれていた。

『ゴッホの消息不明の絵画四点が、イケアのベッドの下で発見された。これまで世界各地で盗まれた絵画の総額《そうがく》は数億クローネにも上る。発見されたのは数日前にトラが出現したのと同じベッド売り場だった。どうしてこんなことが起きたのか、警察当局にもわかっていない。しかしこの二つの出来事には、何かしらの関連があるのではないかと思われる』

「そうだわ。絵はどこに行ったんだろうと、ちょうど思っていたところなの」とリディアが言った。「ところで、これからあなた、どうするつもり?」

リディアのナターシャを見る目は変わった。目を見れば正直かどうかわかる。ナターシャは英国に戻ろうと思っていると言った。そこでトラのショーをするのだそうだ。ナターシャは携帯を取り出し、時間を確かめると、「行かなくちゃ」と言った。

「もう一つだけ聞かせて」リディアは言った。「今回のことに私を巻《ま》きこもうとして、初めたくさんメールが届いたけど、『トラよ！　トラよ！　夜の森で……』って何だったの？」

「……こうこうと燃《も》えるトラよ」ナターシャは続けると、笑った。「そのメールは、ジョンが送ったものじゃないわ。送ったのは私よ」

「何が何だか全然わからないわ」リディアが言った。

「ウィリアム・ブレイクの詩よ」と、ナターシャ。「トラの詩で私、好きなの。英国の姉に送ろうとして、間違ってあなたに送っちゃったみたいね。でも他のメールを送ったのは私じゃないわ、ジョンよ。鳥青年、ってあなたは呼《よ》んでたっけ？」

「どうして、私のメールアドレスを知ってたの？」

「ジョンの携帯を盗み見て、あなたの番号を登録したのよ」

「何のために？」

「わかってるくせに！　あなたが心配だったからよ。いつか英国に遊びに来て」

ナターシャは立ち上がり、リディアにハグをすると、ドアの向こうへ消えてしまった。

リディアとソーニャ

新しい生活はソーニャにとって、簡単《かんたん》なものではなかった。リディアにとってもだ。時々二人は激《はげ》しく喧嘩《けんか》をした。ソーニャは新しい世界になじもうと必死だったし、大抵《たいてい》は明るく、色々なことに興味津々《きょうみしんしん》だった。でも、時々は、過酷《かこく》な生活だったけど、元の時代が恋《こい》しくなることもあった。リディアはリディアで、一人でいるのが好きだったのに、今はいつもそばにソーニャがいるので、いらいらすることもあった。

二人はたくさんの点で違《ちが》っていることに二人とも気がついた。リディアはじっくり絵を描《か》いたり本を読むのが好きで、ソーニャは長い散歩に出たり、買い物に行ったり、掃除《そうじ》をしたりと、とにかく活動していないとおさまらない。

ソーニャはもうじき学校に行く。リディアから大丈夫《だいじょうぶ》よ、と言われていたけれど、そのこともソーニャには心配の種だった。リディアやこの世界の他の人のようになりたいのに、違うところやわからないことが多過《おおす》ぎたからだ。

「あなたが地球以外の別の世界に迷《まよ》いこんだような気分になっているのはわかるわ」

リディアが言うと、ソーニャが答えた。

「いいえ、あなたにはわかるはずがないわ。これからだってわかることはないわ」

「仲直りしようか?」

　リディアが声をかけると、隣《となり》のベッドの上のソーニャはうなずいて鼻をすすった。それから冷たい床《ゆか》の上でつま先立ちすると、リディアの隣にもぐりこんだ。

「お話して」ソーニャが言った。

「何の話がいい?」

「わかるでしょ。いつもしている話をしてよ」

　そうしてリディアは話を始めた。

「……ドアが開き、そっと何かが部屋に入ってきた。床に耳をつけでもしないと聞こえないほどのしのび足だ。大きな足が床をこすりながら、そろりそろりとベッドに近づく……」

訳者《やくしゃ》あとがき

この本は、スウェーデンで二〇〇四年に発表された『カンヴァスの向こう側――少女が見た素《す》顔《がお》の画家たち』の続編《ぞくへん》で、原書は二〇一〇年に発表されました。

前作はイタリアのチェント賞と、オランダのセレクシス青少年文学賞を受賞、フィンランド語やポルトガル語、韓国語《かんこくご》などにも翻訳《ほんやく》されるなど国際的《こくさいてき》に高い評価《ひょうか》を得ました。また二〇一三年に刊行《かんこう》された邦訳《ほうやく》は、第五八回西日本読書感想画コンクール及び、第二六回読書感想画中央コンクールの指定図書に選ばれています。そのことを作者にお伝えしたところ、とても喜んでいただけ、受賞者に向け、「未来の芸術家《げいじゅつか》の君へ」と題したお手紙を書いてくださいました。後者のコンクールに入賞された皆《みな》さんの授賞式《じゅしょうしき》の会場に、訳者の私は翻訳したお手紙をお届《とど》けすることができました。その時、目にした受賞者皆さんの笑顔は、今でも忘れられません。他にも絵にしてくださった方々、本を読んでくださった皆さんに感謝《かんしゃ》いたします。

ここで一巻《いっかん》の内容《ないよう》に簡単《かんたん》に触《ふ》れさせてください。絵を描《えが》くのが大好きな十二才の少女リディアが、学校の帰り道、公園のベンチで絵を描いて、鳥に鉛筆《えんぴつ》をかすめとられてから、奇妙《きみょう》な出来事が起こり始めます。さらにおじいさんと国立美術館《びじゅつかん》に行った彼女《かのじょ》は、レンブラントの絵に触れ、一六五八年のオランダ、アムステルダムへやって来ます。その後も様々なピンチに見舞《みま》われながら、レオナルド・ダ・ヴィンチやエドガー・ドガ、ウィリアム・ターナー、ダリといった画家の時代へ次々とタイムスリップしていきます。そこで偉大《いだい》な画家の素顔に触れ、絵の描き方を観察したり習ったりすることで、リディアは成長していきます。

そんな魔法《まほう》の旅から戻《もど》ってしばらくし、十三才になったリディア。タイムスリップしたことを家族や友だちに話しても信じてもらえず、次第に孤独《こどく》を感じるように。生気のぬけたような退屈《たいくつ》な絵しか描けなくなったところから、今回の二作目ははじまります。ある晩《ばん》、一緒《いっしょ》に出かけたマジック・ショーの会場で、おじいちゃんが行方不明になってしまいます。家に戻ったリディアは、携帯《けいたい》電話におじいちゃんを返してほしければ、川沿《かわぞ》いの古い小屋に来るようにという謎《なぞ》のメールが届いていることに気がつきます。翌日《よくじつ》、待ち合わせの場所で待ち構《かま》えていた人物は、リディアに再びタイムスリップし、当時貧《まず》しかったゴッホから名画を安値《やすね》で買って帰るよう言うのです。リディアは渡《わた》された不思議なブレスレットを使って、ゴッホの時代へ。そこからさらに不思議なことに、物語上の人物であるはずのロビンソン・クルーソーの暮《く》らす島にやって来てしまいます。

その後リディアはフリーダ・カーロの時代で、死を明るくとらえるメキシコの人々の死生観や、カーロの自由な思想や特異《とくい》な世界観、パワフルで情熱的な女性としての生き様などに触れます。

葛飾北斎《かつしかほくさい》の時代の日本では、八十三才になってもなお、満足することなく、絵の技術《ぎじゅつ》を磨《みが》き続ける北斎の並々《なみなみ》ならぬ研究心と情熱に感じ入ります。

カラヴァッジョの下では、少年を召《め》し使いとしてこき使い、体罰《たいばつ》をも与《あた》える画家の姿《すがた》にショックと憤《いきどお》りを覚えながらも(スウェーデンでは一九七九年に、子どもへの体罰が法律《ほうりつ》で禁止《きんし》されました)、彼から才能を見初められ気に入られたリディアは、モデルを頼《たの》まれ、画家の卓越《たくえつ》した絵画技法を目の当たりにします。

さらに核兵器《かくへいき》を廃絶《はいぜつ》するべきと主張《しゅちょう》したことで、軍から防衛上《ぼうえいじょう》の危険《きけん》分子とみなされ、盗聴《とうちょう》されていたアインシュタインや、飛び級して大学で学ぶ数学少女の、天才ゆえの孤独や、時間の不思議さにも触れます。

作品中では、これらタイムスリップの場面と並行《へいこう》して、おじいちゃんを誘拐《ゆうかい》した黒幕《くろまく》の動きもスリリングに描かれています。誘拐犯《はん》は一体何者で、その思惑《おもわく》は何なのでしょう? またリディアの行く先々であらわれるトラは、一体?

この作品は実在した人物や実際の芸術作品が登場する歴史絵画ファンタジーで、北斎が掃除《そうじ》をしたくないという理由で何度も引っ越《こ》しをしたことなど、現実に則《そく》して描かれている部分と、作者のイマジネーションで描かれた部分とが入り混《ま》じっています。例えばアインシュタインは近所の女の子に数学の宿題を教えていたことがあり、その女の子の母親に、自分の方がむしろその子から様々なことを教わっているのだと言ったという逸話《いつわ》が残されているそうですが、ひょっとしたら最後の章で大活躍《だいかつやく》する天才数学少女は、作者がこの逸話から着想を得て創造《そうぞう》したキャラクターなのでしょうか？　こんな風にどこまでが現実で、どこからが虚構《きょこう》か想像を膨《ふく》らませられるのも、この作品の魅力《みりょく》のひとつです。

ただ四章の北斎の章については、残念ながら作者のフィンさんらしからぬ誤《あやま》りが見られました。北の果てのスウェーデンは、日本についての資料《しりょう》が乏《とぼ》しいのでしょうか。そのため訳出については、江戸文化の研究者で、児童書の翻訳家でもある佐藤見果夢さんから大きなご助力をいただき、誤りも正してもらいました。この場を借りてお礼申し上げます。

本作の冒頭《ぼうとう》でスランプに陥《おちい》り、思うように絵を描けなくなっていたリディアも、フリーダ・カーロの名画、『二人のフリーダ』からインスピレーションを得た、『二人のリディア』という絵を描き、フリーダから感動的な賛辞《さんじ》をもらったり、彼女の夫で壁画家《へきがか》のディエゴ・リベラから「芸術はハムだ。芸術は卵だ。芸術は人々に栄養を与える」といった金言をもらったり、葛飾北斎の『富嶽《ふがく》三十六景』や『北斎漫画《まんが》』の余りの素晴《すば》らしさに、自分は一生かけても北斎のような絵を描けるようにはならないだろうと嫉妬《しっと》し、刺激《しげき》を受けたりと、次第に絵を描くことへの情熱を取り戻していきます。

またリディアは六章でアインシュタインから、今日の次に明日が来るのは当然ではなく、時間は時と場合によって、一定でなくなるということ、また現実というのはしょせん、ただの幻想《げんそう》かもしれないという問いを投げかけられます。彼の「可愛い女の子と一時間一緒にいると、一分しか経《た》っていないように思える。熱いストーブの上に一分座《すわ》らせられたら、どんな一時間よりも長いはずだ」ということばについても考えながら、時間と空間だけでなく、現実世界と物語の境《きょう》界線《かいせん》をも越えた今回の冒険ファンタジーを読んでいただけると、嬉しいです。

絵画芸術だけでなく、物理や科学のテーマやミステリ的な謎の要素《ようそ》も盛《も》りこみ、魅力を増《ま》した本作をどうかお楽しみください。

平成二十九年一月　　　　　　枇谷　玲子

フィン・セッテホルム Finn Zetterholm
1945年、スウェーデンの古都シグトゥーナで作家の両親の間に生まれる。両親の影響からか自然に児童書の著作活動に入る。スウェーデンでは知らない子どもはいないというほど人気の、テレビアニメ番組の主題歌を手がけた作詞・作曲家、歌手。現在はコンサート活動を行うかたわら、児童書作家としても活動している。前作『カンヴァスの向こう側―少女が見た素顔の画家たち』は、イタリアの「チェント賞」、オランダの「セレクシス青少年文学賞」を受賞している。

枇谷玲子（ひだに・れいこ）
1980年、富山県生まれ。2003年、デンマーク教育大学児童文学センターに留学。2005年、大阪外国語大学卒業。おもな訳書に、『キュッパのはくぶつかん』（福音館書店）、『自分で考えよう―世界を知るための哲学入門』（晶文社）、『エレンのりんごの木』『ハエのアストリッド』『カンヴァスの向こう側―少女が見た素顔の画家たち』（評論社）などがある。

続・カンヴァスの向こう側 リディアとトラの謎
2017年3月31日　初版発行

●―― 著　者　フィン・セッテホルム
●―― 訳　者　枇谷玲子
●―― 装　幀　川島進（スタジオ・ギブ）
●―― 装　画　hiroko
●―― 発行者　竹下晴信
●―― 発行所　株式会社評論社
〒162-0815 東京都新宿区筑土八幡町2-21
電話　営業03-3260-9409／編集03-3260-9403
URL　http://www.hyoronsha.co.jp
●―― 印刷所　中央精版印刷株式会社
●―― 製本所　中央精版印刷株式会社

ISBN978-4-566-02453-3　NDC993　288p.　188mm×128mm

名画をめぐる時空を越えたファンタジー

カンヴァスの向こう側

少女が見た素顔の画家たち

フィン・セッテホルム 著／枇谷玲子 訳
368頁　1600円
第58回西日本読書感想画コンクール指定図書
第26回読書感想画中央コンクール指定図書